FORA DAS SOMBRAS

FORA DAS SOMBRAS

Jason Wallace

Tradução
Marina Slade

Rio de Janeiro | 2012

Copyright © Jason Wallace, 2010

Título original: *Out of Shadows*

Capa: Silvana Mattievich

Foto de capa: Alexander Nicholson/Getty Images

Editoração: FA Studio

Texto revisado segundo o novo
Acordo Ortográfico da Língua Portuguesa

2012
Impresso no Brasil
Printed in Brazil

Cip-Brasil. Catalogação na fonte
Sindicato Nacional dos Editores de Livros. RJ

W179f Wallace, Jason	
Fora das sombras / Jason Wallace; [tradução de Marina Slade] – Rio de Janeiro : Bertrand Brasil, 2012.	
308p. : 23 cm	
Tradução de: Out of shadows	
ISBN 978-85-286-1566-1	
1. Romance inglês. I. Slade, Marina. II. Título.	
12-2420	CDD: 823
	CDU: 821.111-3

Todos os direitos reservados pela:
EDITORA BERTRAND BRASIL LTDA.
Rua Argentina, 171 – 2º andar – São Cristóvão
20921-380 – Rio de Janeiro – RJ
Tel.: (0xx21) 2585-2070 – Fax: (0xx21) 2585-2087

Não é permitida a reprodução total ou parcial desta obra, por quaisquer meios, sem a prévia autorização por escrito da Editora.

Atendimento e venda direta ao leitor:
mdireto@record.com.br ou (0xx21) 2585-2002

– Se eu o pusesse diante de um homem, pressionasse o metal frio de uma arma contra a palma da sua mão
e o mandasse apertar o gatilho, você o apertaria?
– Não, senhor.
– Tem certeza?
– Claro, senhor. De maneira alguma!
– E se eu então lhe dissesse que tínhamos voltado no tempo
e que o nome dele era Adolf Hitler? Você atiraria então? Atiraria?
Atiraria?

Para minha mãe, June, e meu padrasto, Richard,
que nos levou à aventura

E para Katharine

AGRADECIMENTOS

Pelo apoio, trabalho árduo, ajuda, perspicácia e confiança inestimáveis durante a redação deste livro, meus agradecimentos de coração à minha agente, Carolyn Whitaker; ao meu editor, Charlie Sheppard, e a todos da Andersen Press; e a Margaret Barton.

ZIMBÁBUE
1983

UM

Vá em frente, atire, pensei, porque tinha treze anos e estava desesperado, e qualquer coisa, absolutamente qualquer coisa, era melhor que o destino a que meus pais estavam me conduzindo.

O policial estava montado numa motocicleta com o motor ligado, roncando, uma das mãos no coldre, anônimo atrás da viseira. Era um dos batedores do desfile do novo primeiro-ministro e estava fazendo sinais para os carros saírem da estrada. Se os motoristas não parassem bem depressa, tinha licença para atirar. Se não saíssem do asfalto, podia atirar. Se parassem mas o policial achasse que os passageiros no veículo não pareciam confiáveis ou faziam algo suspeito, atiraria. Não era em nada parecido com os policiais do país de onde eu tinha vindo.

Meu país, pensei. Uma dor antiga tomou conta do meu estômago. Inglaterra. Grã-Bretanha. Tão longe. Para mim, a África era outro mundo, e, enquanto estávamos ali olhando o policial que nos vigiava, a Grã-Bretanha parecia mais longe que nunca.

Suspirei.

Meu pai interpretou meu suspiro de forma completamente errada e fez um muxoxo enquanto me mostrava o relógio no pulso bronzeado.

– Temos muito tempo. Tomei cuidado para você não se atrasar no seu primeiro dia – disse.

E no mesmo instante o medo voltou a atacar. Era hoje o dia que rezei para nunca chegar. Qualquer esperança de que meu pai mudasse de opinião e nos levasse de volta para nosso país vacilou e, por fim, morreu.

O policial não se moveu. Com suor brilhando na pele marrom quase negra, apenas olhou com hostilidade para nós enquanto permanecíamos rígidos e em silêncio. Estava ficando cada vez mais quente, agora que o ar não corria pelas janelas abertas. A certa distância do carro, insetos zumbiam no capim seco. Estávamos a quilômetros de qualquer lugar. Qualquer lugar que não fosse ali.

Um minuto depois a carreata passou a um milhão de quilômetros por hora, os carros todos escuros e reservados. Eu não sabia qual era o do primeiro-ministro porque não dava para enxergar através do vidro escuro, embora imaginasse que era o Mercedes maior e mais brilhante, com bandeiras, no meio do desfile.

— Vocês viram aquilo? — perguntou meu pai com a expressão de uma criança olhando a vitrine de uma loja de brinquedos. — Ali vai um grande, grande homem. Ele deu liberdade ao povo; que conquista pode ser maior que essa?

Ele percebeu minha expressão confusa pelo retrovisor.

— Você não leu o livro que eu lhe dei?

Fiz que sim, mentindo, mas ele sabia perfeitamente que eu detestava história.

— Durante gerações, os europeus trataram a África como um parque de diversões. Nós a dividimos entre nós, roubamos suas riquezas e não nos importamos com o povo pobre que vive aqui.

Minha mãe suspirou, mas meu pai estava a todo o vapor.

— A Grã-Bretanha tomou *esta* terra e a chamou de Rodésia, mas os negros resistiram e, por fim, inverteram a balança do poder, filho. Graças a Deus, o domínio da minoria branca acabou. A Rodésia não existe mais. Este é o Zimbábue. E agora que a luta finalmente terminou, aquele homem vai realizar coisas muito importantes neste país, guarde as minhas palavras. Ele é um herói.

Balancei a cabeça, submisso, enquanto, por dentro, ruminava suas palavras: *inverteram a balança do poder*. Parecia uma expressão estranha, porque me trazia a imagem de uma gangorra: quando uma extremidade estava no alto, a outra estava sempre embaixo. Nunca havia equilíbrio de verdade.

O último carro da carreata passou rapidamente, seguido por mais policiais em motocicletas, sirenes soando. Nosso homem se juntou a eles e nos deixou numa nuvem de poeira vermelha que encheu o carro e sujou tudo.

– Sim, um herói realmente. Sabe de uma coisa, querida? – Meu pai falou com a minha mãe. – Se eu pudesse conhecê-lo, nem que fosse só para ficar na mesma sala que ele, consideraria isso o maior acontecimento da minha vida.

E deu uma risada boba, como se isso pudesse de fato acontecer.

Ele nunca chegou a conhecer o sr. Mugabe. Quanto a mim, a história seria bem diferente.

DOIS

Saímos da estrada principal e passamos entre grandes pilares de pedra nos quais se lia Haven School. Subimos um caminho ladeado por salgueiros, depois descemos e demos uma volta até onde ficavam os alojamentos. Muitos veículos já haviam lotado o pequeno estacionamento, uma lembrança tranquilizadora de que havia vida além do terreno da escola. O sol abrasador de janeiro cintilava nos para-brisas.

Meu pai desligou o motor e ficou sentado algum tempo sem falar, olhando para Selous House – o meu alojamento – como se fosse um monumento ou algo parecido.

– Recebeu este nome por causa de Frederick Courteney Selous, um dos fundadores da Rodésia – disse por fim, como se não tivéssemos parado de falar sobre isso. – Os cinco alojamentos da escola têm nomes de fundadores da Rodésia. Dar nomes de pessoas importantes aos edifícios ou lugares era apenas uma forma de o governo branco afirmar seu poder.

Fez um movimento significativo com a cabeça em minha direção.

– Mas isso agora é passado. O colonialismo é um ideal obsoleto que nunca funcionaria. Não importa quem você seja, não pode simplesmente fincar uma bandeira e reivindicar direitos sobre a terra dos outros. Esta é a África dos africanos. E o povo negro tinha todo o direito de se rebelar e usar a força.

Apesar de a maior parte dos outros pais e rapazes à nossa volta ser branca, comecei a me sentir ainda mais nervoso por estar ali e fiquei pensando se ele sabia como estava fazendo eu me sentir. Abri minha boca para falar.

– Então a guerra foi por causa disso? Terra?

– Foi por *isso* – respondeu, descobrindo e apontando uma família negra, isolada, no gramado. O menino era pequeno e estava olhando para os sapatos enquanto os pais tentavam parecer à vontade. – Os ventos da mudança. Oportunidades para todos. Meninos como ele não seriam aceitos numa escola como esta antes da independência. Mas não se podem excluir as pessoas por causa da cor da pele. Ou por qualquer outra razão, por falar nisso. Você acharia certo?

– Não.

– Era totalmente, totalmente errado. – Eu não tinha certeza de que meu pai me ouvira. – Os brancos deviam ter vergonha.

Ele saiu do carro e andou, entusiasmado, em direção à família negra. Logo os três adultos riam e notei alguns pais brancos olhando e sacudindo a cabeça.

Minha mãe estava sentada em silêncio no banco da frente do carro, abanando o rosto. Havia chorado durante quase todo o caminho.

– Não vai ser tão ruim – disse, uma frase com que havia me encorajado de vez em quando durante o Natal; apesar da estranheza de abrir presentes no calor, eu me sentia seguro naquela ocasião, como se o começo das aulas nunca pudesse me alcançar. Mas havia alcançado. – Você fará muitos amigos novos, não terá tempo de ficar triste.

Ficamos sentados olhando meu pai. Dois rapazes mais adiantados o cumprimentaram educadamente ao passar. Meu pai se envaideceu, alisou a barba e respondeu na voz que reservava para falar ao telefone. Ele estava com uma aparência estranha, vestido com um de seus ternos londrinos como se estivesse tratando de negócios. Todos os outros pais usavam camisas de mangas curtas, shorts, botas de deserto e meias compridas. As mulheres usavam vestidos com estampas florais como alguns que eu tinha visto em antigos programas de televisão ingleses.

– Você não deve culpar seu pai – disse minha mãe outra vez. – Ele veio de outro tipo de ambiente, os pais dele nunca tiveram dinheiro. Ele quer muito que você aproveite as oportunidades que ele nunca teve.

Apertou de leve um lenço de papel contra as narinas.

– A embaixada foi muito amável em se oferecer para pagar os custos. Nós certamente nunca poderíamos arcar com uma escola como esta com o salário do seu pai.

– Ele podia arranjar outro emprego. – Falei de modo petulante, olhando para o nó da minha gravata. – Na Inglaterra. Ele age como um professor de história idiota a maior parte do tempo, podia ser um deles.

– Vamos, vamos. Não seja grosseiro – disse-me minha mãe, mas com o rosto voltado para o outro lado.

Assoou o nariz.

– Este país é nosso lar agora – continuou, cumprindo sua obrigação de mãe. Eu sabia que ela estava forçando um sorriso. – Será melhor desta vez. Eu acredito nisso, realmente acredito. Na Inglaterra, o antigo departamento do seu pai simplesmente não valorizava seus... *talentos*, mas acho que ele finalmente se acertará nesse novo emprego. Ele está administrando um escritório inteiro. As coisas serão diferentes.

– Mas eu não sei absolutamente nada deste país – disse eu em forma de apelo, enquanto observava o menino pequeno no gramado, que agora parecia estar olhando diretamente para mim. – E se eles não gostarem de mim?

Ela se virou outra vez.

– Então nós *voltaremos* para a Inglaterra, de uma forma ou de outra. Eu prometo. É a nossa terra. Podemos ir morar com a vovó enquanto nos organizamos de novo. Ela diz que seremos sempre bem-vindos e sente muito a nossa falta desde que viemos embora.

Agora seu sorriso era sincero.

– Mas você tem que prometer que vai ao menos tentar. Se puder fazer isso, então verei o que posso fazer. Seu pai às vezes me escuta, ele se preocupa. Talvez ele possa pedir uma transferência; tenho certeza de que a administração pública faz isso o tempo todo. Combinado?

Balancei minha cabeça depressa, para cima e para baixo, sabendo que podia confiar em seu otimismo, e minha mãe se virou para me dar um abraço. Lá longe, meu pai acenava impacientemente para eu sair do carro.

– Agora você está numa escola de meninos crescidos, Robert, não vai querer que os outros rapazes vejam isso – disse quando me aproximei. Até então, eu sempre fora Bobby. Parecia que Bobby tinha ficado em casa, e eu desejaria estar lá com ele.

Abaixei a cabeça e dei um puxão no meu paletó azul, muito grande, que fazia minha pele coçar.

– Encontrei um novo amigo para você – meu pai continuou, apontando para o menininho negro. – Ele também está começando hoje. Este é o Nelson. Nelson, este é o Robert. Vocês dois serão grandes amigos.

O pai de Nelson sorriu e concordou. O próprio Nelson não se mexeu até que seu pai lhe deu uma cutucada, então ele me cumprimentou com um aceno de cabeça silencioso. Seus olhos expressavam que, na verdade, ele estava tendo o mesmo tipo de dia que eu, e, juntos, rimos de nervoso. Não era algo que faríamos muitas vezes naquele primeiro período letivo.

– Nelson pode ajudá-lo com sua mala, se você pedir com educação – acrescentou meu pai.

Abaixei a cabeça novamente, e ele cruzou os braços. A camisa dele tinha muitas manchas escuras e estava apertada na barriga.

— Vamos, pare com isso. Você tem treze anos — disse ele, como se fosse novidade.

Nelson e seus pais me observavam, e eu olhei para o outro lado.

— Hora de levar a mala para dentro, Robert. Suba.

— Mamãe pode vir comigo?

— Sua mãe não está se sentindo bem com esse calor.

— Mas ela não pode subir, por favor? Ela não pode vir me ver antes de vocês...

Irem embora eram as palavras que não saíram.

Meu pai continuava firme, mas por fim descruzou os braços.

— Vou ver o que posso fazer. — Ele pegou a carteira, tirou duas notas de dez dólares, pensou e guardou uma. — Aqui. E não vá gastar tudo em balas na primeira semana.

Quando eu era pequeno, meu pai sempre insistia em cobrir qualquer arranhão, pequeno ou grande, com um curativo bem fechado; dizia que a cidade em que morávamos era muito suja e uma infecção se espalhava com rapidez em clima quente. Eu odiava isso porque sabia que, quando chegasse a hora de tirar o curativo, meu pai me faria chorar.

Era sempre a mesma coisa: — Vamos, Bobby, quero que você conte até cinco. Um, dois...

Nunca chegava até cinco. Aparentemente, era para o meu bem.

Assim me senti durante todo aquele dia: contando até cinco, esperando a dor.

O dormitório era grande, aberto, com cerca de vinte camas — dez de cada lado de uma parede à meia altura. O chão era um mar de ladrilhos da cor de sangue seco e com ranhuras, e as paredes eram pintadas de um branco imaculado. Janelas basculantes enchiam o cômodo de luz. Dava para ver os campos de esportes de baixo e, ao longe, a savana, mas parecia que se estava olhando de dentro de uma gaiola, porque todas as janelas ainda tinham telas contra granadas do tempo da guerra.

Carregamos nossas malas, uma e depois a outra. Quando terminamos, eu me sentei na cama e ela me empurrou de volta, uma simples panqueca de espuma em cima de uma tábua fina sobre pernas. Todos tinham um armário de madeira com chave perto da cama, e lençóis e cobertores dobrados haviam sido postos em cima dos armários.

– Você acha que nós mesmos temos que arrumar as camas?

– Acho – disse Nelson. – Você conhece alguém aqui?

Sacudi a cabeça.

– Eu também não – disse ele. – Queria conhecer. Alguém que me protegesse, como um irmão mais velho. Não seria tão ruim com um irmão mais velho. Nós somos de Town. E você?

Expliquei:

– Perto de Town, mas um pouco fora da cidade. Lá é chato demais às vezes. Meu pai não gosta de cidades porque elas têm muitas pessoas. Mas, na verdade, nós somos britânicos da Inglaterra – acrescentei, antes que conseguisse me conter. As palavras de repente pareciam culpadas, abrasivas na minha língua. Nunca tinham sido antes. – Isso significa que você me odeia?

Nelson franziu a testa. – Por que eu o odiaria?

– Porque sou britânico. E... você sabe... a guerra.

– A guerra não foi contra a Grã-Bretanha.

– Ah.

– Claro que eu não lutei na guerra, mas, mesmo que eu tivesse idade para isso e você também, ainda assim eu não o odiaria.

– É? – Era minha vez de ficar confuso. – Por que não?

– Porque com certeza as guerras são para acabar com um erro, não para fazer outro.

— Acho que sim.

— A maior parte dos negros não odeia os brancos, e a maior parte dos brancos não odeia os negros.

— Então por que houve a guerra?

Ele parecia um pouco nervoso.

— Alguns brancos que vieram primeiro para a África gostaram muito daqui e de tudo daqui, menos dos africanos. Eles não nos entendiam, então nos tratavam de modo diferente... mal... e isso não era justo. Isso é o que meu pai diz.

— Eu não sabia — comentei.

Nelson levantou os ombros. — Agora acabou, isso é o mais importante. Ei, pelo menos seus pais moram perto, e não vai ser difícil virem visitar você.

— Meu pai diz que vai ser pior para mim se eles vierem.

— *Ja*, os meus também dizem isso. Parece que somos só nós dois então. Talvez a gente devesse cuidar um do outro, hein?

— Como irmãos?

— *Ja* – respondeu ele. — Como irmãos.

— É – disse eu, satisfeito. — Você está certo.

Apertamos as mãos para firmar nosso acordo.

Levantei os trincos da minha mala. Shorts cáqui e camisas para as aulas, calças pretas e camisas brancas para a noite e para a igreja aos domingos, meias, sapatos, roupa de esporte, pijamas... Matilda, nossa empregada, tinha passado, dobrado e arrumado minhas coisas com bastante capricho. Os cartões-postais de minha avó estavam por cima, dentro de um envelope.

O dormitório estava ficando cheio. Um menino veio em nossa direção, ofegante, as bochechas vermelhas, porque estava carregando a mala sozinho. Ele a largou antes da hora e ela bateu com força no chão. O nome no tampo da mala era *Jeremy Simpson-Prior*.

— Você quer uma ajuda? — ofereci, mas ele sacudiu a cabeça e limpou o catarro.

Garotos nos olhavam do outro lado da divisória. Um deles me olhava fixamente — ou talvez olhasse para Nelson, não saberia dizer — e, por fim, se aproximou e bateu no meu ombro.

— Tem uma cama sobrando do lado da minha — disse ele.

Seus olhos eram de um verde brilhante e intenso. Olhei para Nelson, que acho que estava apenas fingindo não escutar enquanto desfazia a mala.

— Estou bem aqui — respondi.

— Sério? Do lado do cara de chocolate fedido aí?

Simpson-Prior soltou uma risada. Se era piada, eu não entendi.

— Aceite a cama.

— Eu estou bem aqui, de verdade — respondi, tendo uma sensação inteiramente nova de nervosismo.

Para meu alívio, o garoto sacudiu os ombros. — A escolha é sua — disse, mas então empurrou Nelson contra a parede.

Eu tinha de fazer algo. Nelson estava se esforçando para não olhar para ninguém, como se quisesse que todos fossem embora, mas tínhamos acabado de fazer uma promessa.

— Ei! Deixe o garoto em paz! — gritei, sem saber direito o que podia acontecer.

O garoto de olhos verdes me olhou com raiva, e pensei que ele talvez fosse me bater. Mas ele simplesmente apontou para o meu rosto.

— Não diga que eu não dei uma chance.

— Eu vou — Simpson-Prior se pôs de pé, ansioso. — Eu vou dormir do seu lado.

Sem nem pensar sobre o assunto, o menino virou a mala de Simpson-Prior, esparramando tudo no chão.

— Por que eu iria querer um veado como você perto de mim? Seu hálito fede.

Esse foi meu primeiro encontro com Ivan Hascott. Não seria o último. De maneira alguma.

Continuamos a desfazer nossas malas. Eu checava o relógio e olhava para a porta, mas não conseguia ouvir meu pai vindo e, com o passar dos minutos, me dei conta de que meu pai não viria mais, que dessa vez ele nem me deixara começar a contar antes de arrancar esse curativo específico.

Nelson se mantinha ocupado, demorando a fazer cada coisa.

— Você está bem? — perguntei.

Ele balançou a cabeça. — *Ja*. Estou bem. Obrigado por me ajudar.

— Sempre. Viu? Já somos como irmãos.

Se alguém me dissesse então que eu, na verdade, o abandonaria — e do modo como fiz —, eu nunca, jamais teria acreditado.

TRÊS

Nossa apresentação oficial à casa consistiu em sermos arrebanhados para um salão, onde o sr. Craven, o supervisor do alojamento, nos esperava.

Não consigo lembrar exatamente o que ele disse naquela noite, porém. Uma saudação. Boas-vindas. O reconhecimento de que, como alunos da terceira série e os mais novos da escola, podíamos ter saudades de casa, mas que não devíamos cultivar isso porque acabaríamos superando; havia muito a compreender e a descobrir, de modo que, se não soubéssemos algo, não deveríamos nos esconder num canto: deveríamos *perguntar*.

Então ele foi embora, e um aluno mais velho chamado Taylor assumiu. Ele era alto e tinha ombros largos, queixo forte e cabelos ruivos. Bonito. Duro, porém justo. Objetivo sem ser ameaçador. Tudo nele dizia que era o Chefe da Casa. Sua gravata era diferente das gravatas de todos os outros. Na verdade, os outros dois alunos da sexta série atrás dele – Greet e Leboule – não se pareciam em nada com ele. Eles nos olhavam de um modo que nos fazia sentir como intrusos, enquanto Taylor nos dava as boas-vindas a Selous com uma voz suave e controlada.

– Forbes, Heyman, Burnett, Willoughby... são as outras casas batizadas com nomes de pessoas importantes – aprumei as costas, estranhamente satisfeito por meu pai ter me contado isso – e ouso dizer que os garotos desses alojamentos podem tentar enganá-los dizendo que as casas deles são as melhores. Mas estão errados. Selous

House é o melhor alojamento da escola, na melhor escola do país. Ninguém pode nos tirar isso, portanto tenham orgulho e não desapontem a nossa casa.

A seguir, leu a lista das salas de estudo. Havia apenas dez garotos em cada sala, e Simpson-Prior já estava lambendo os beiços freneticamente porque nossos nomes haviam sido lidos na mesma lista que o de Ivan, enquanto Nelson escapou e foi colocado na próxima sala do corredor.

O piso de tacos recendia a cera, que imediatamente se tornou o cheiro do novo ano letivo. Simpson-Prior abriu caminho aos empurrões, tomou posse do melhor compartimento e me apontou o que ficava em frente.

– Ali! Ali! – O que Ivan tinha mencionado sobre seu hálito era verdade: era como se ele tivesse carne podre nos dentes e, além disso, terminava certas palavras com um borrifo fino de cuspe. Mas eu tinha pena dele porque ele parecia o mais amedrontado de todos. Pensei que eu seria o garoto com mais medo, pois estava numa escola nova *e* num país novo, mas não era. – Podemos facilmente trocar os deveres – disse ele.

Coloquei minha lancheira em cima da mesa, fazendo um rangido alto.

Ivan entrou e nos olhou com desdém antes de ocupar um compartimento do outro lado da sala. Ele tinha uma marca vermelha no rosto como se tivesse apanhado.

– Merda. Logo vocês dois – disse.

Antes que eu pudesse reagir, um garoto mais adiantado – o único garoto negro que eu tinha visto no alojamento além de Nelson – entrou correndo de repente e fez Ivan rodopiar. Ivan perdeu o equilíbrio e caiu no chão.

– Não fuja de mim – gritou o menino mais adiantado. – Sei que foi você. Se você empurrar o Nelson de novo...

Talvez Nelson ainda não soubesse, mas evidentemente ele tinha mais alguém que o protegia. Eu me senti estranhamente enciumado e um pouco sozinho de novo.

Ivan estava beligerante.

— E se eu o empurrar? O que você tem com isso?

O garoto mais velho o olhou com raiva. Sua língua — rosa brilhante contra a pele marrom-escura — vibrou como a de uma serpente quando ele lambeu os lábios.

— As coisas são diferentes agora. Vocês perderam a guerra. Não é como era antes, está lembrado? Portanto, eu estou avisando, garoto branco.

E ele roubou um pacote de doces Chappies da lancheira de Ivan antes de sair.

Ivan se levantou e enfiou a camisa de novo para dentro da calça.

— O que vocês estão olhando? — rosnou. Ele partiu em minha direção, bloqueando a luz da janela, enquanto Simpson-Prior se esgueirava para fora da sala.

Pela primeira vez, registrei conscientemente a cor do rosto de Ivan, um bronzeado sujo que, de alguma forma, o fazia parecer mais velho, e a cor de seus cabelos cacheados e espessos, de um castanho intenso, matizado pelo sol, que, ao contrário, lhe davam um atrativo de menino. Mas camuflagem e contradições eram alguns dos perigos de Ivan, coisa que eu só perceberia quando fosse tarde demais.

Ele esperava, então perguntei: — Quem é aquele?

Por um instante, achei que ele iria me acertar pelo que tinha acontecido antes.

— Ele disse que se chama Ngoni Kasanka. — Ele sorriu. — Guarde esse nome. Ele é um patife. Estou lhe dizendo, ele vai ser um problema.

— Por que ele estava chateando você? Ele o conhece?

— Não.

— Você o conhece?

— Não. Ele é mais adiantado que nós e é desse modo que a merda acontece numa escola como esta: os mais velhos podem fazer o que quiserem conosco. Somos apenas porra. Estamos por baixo. Você não sabe de nada?

Então o sorriso desapareceu.

– Mas eu sei que ele está fazendo isso só porque eu mexi com aquele tal de Nelson. E aposto que ele já sonha em ser o Chefe da Casa um dia. diretor da escola se puder, posso perceber que ele é desse tipo, e Deus nos ajude no dia em que *isso* acontecer.

– Como assim?

Ivan levantou os ombros como se dissesse "bem, isso é óbvio, não é?".

– Não se pode ter um *kaffir*[1] mandando nas coisas. Não é certo. Você não percebe?

Eu corei e mexi os pés. Meu pai tinha me avisado que agora a simples menção daquela palavra começada com "k" era ilegal e podia levar a pessoa para a prisão.

– Sim – eu disse. Qualquer coisa para que ele fosse embora.

– Não diga "sim", você parece um *pom*.[2] – Abre. – Ivan apontou para a minha lancheira e ficou esperando. Fiz o que ele mandou. – Jesus, você não tem muita coisa, não é? Seus pais devem estar apertados de dinheiro.

Pegou o pacote de biscoitos, a lata de leite condensado e as duas barras de chocolate que eu tinha.

A escola fazia as refeições em conjunto. Simpson-Prior e eu nos sentávamos com os outros oito garotos de nossa sala de estudos, e Ivan fazia questão de que ocupássemos os dois últimos lugares. Ninguém falava conosco, portanto eu passava a maior parte do tempo olhando em volta do salão e para as fileiras de mesas, a maioria com rostos brancos.

Numa extensão de parede havia placas de madeira com letras douradas, com listas de antigos alunos da Haven, enquanto outra

---

[1] *Kaffir* é usado principalmente no sul da África como um termo depreciativo para negro. (N.T.)
[2] *Pom* é a abreviação de *pommy*, usado como depreciativo para inglês, especialmente um imigrante recente (gíria australiana, neozelandesa e sul-africana). (N.T.)

lista de honra era intitulada "Rapazes corajosos que caíram": *Banatar FG, Burnett House 1973*; *Fearnhead TE, Forbes House 1974*; *de Beer WS, Heyman House 1976*... No total, contei trinta e sete antigos alunos que haviam caído e não se levantaram mais.

Tão distante quanto possível dessa lista havia uma fotografia emoldurada de Robert Mugabe, porque todas as escolas e edifícios públicos tinham de expor uma fotografia do novo primeiro-ministro. Seu rosto negro sorria radiante, como se o tivessem fotografado depois de uma piada.

Uma colher bateu com estrépito na nossa extremidade da mesa.

– Ei! – Era Ivan. – O que vocês dois estão olhando? Precisamos de mais pão.

– *Ja*, mais pão, idiota – ecoou o garoto ao lado dele, cuspindo migalhas de pão. Seu nome era Derek de Klomp e ele prestava atenção a tudo o que Ivan dizia como um novo grande amigo. Eu o achava parecido com um gorila, com sobrancelhas negras e densas penduradas como pesos e lábios inchados que nunca conseguiam fechar direito.

– Faça uma imitação também, Simpson-Prior. *Jislaaik!* Você é um macaco feio.

Toda a mesa riu quando Simpson-Prior, consciente ou inconscientemente, escondeu seus dentes salientes, e suas orelhas pequenas parecidas com couves-de-bruxelas ficaram vermelhas. Então, fui buscar o pão, mas na cozinha esfumaçada os empregados africanos me olharam como se tivesse ido lá roubar, e um deles começou a gritar alguma coisa que não entendi e me mandou embora com um gesto de mão.

Quando voltei com as mãos vazias e tentei explicar, Ivan agarrou o prato. Menos de um minuto depois, apareceu com uma pilha de fatias brancas e grossas de pão.

– Você tem que colocá-los em seu devido lugar – disse.

Eu não sabia se ele estava falando *comigo* ou *de mim*.

Mais tarde, quando estávamos nos preparando para deitar, Ivan veio para nosso lado do dormitório.

– Kasanka disse que eu tenho que parar de amolar você – disse para Nelson.

Nelson pareceu amedrontado. – Eu não contei nada, Hascott. Verdade.

– Ótimo. Então ele não vai saber que eu vou desarrumar sua cama. – Ivan foi em frente, arrancou os lençóis e cobertores de Nelson e fez uma pilha com eles, olhando-me enquanto fazia isso. Quando abri a boca para falar, ele me cortou, dizendo: – Relaxe, *pommie*, é só uma brincadeira.

Simpson-Prior riu como se aquilo fosse divertido, mas, se ele pensou que, rindo, conquistaria as boas graças de Ivan, estava enganado, porque Ivan desarrumou a cama dele também.

– Viu? – disse-me Ivan, como que provando que estava certo. – Só uma brincadeira. Durmam bem, garotas.

Exatamente às nove horas apagavam a luz e nos mandavam abaixar a cabeça. Dois garotos da sexta série, Greet e Leboule, aterrorizavam o dormitório no escuro por uns bons dez minutos para se certificar de que não haveria conversa. Greet batia nos pés das camas com um taco de hóquei. Ninguém ousava fazer ou dizer nada. Eles estavam por cima na escola, eram todo-poderosos; podiam fazer o que quisessem, então ficávamos quietos, apenas torcendo para que fossem embora.

Todas as manhãs, na névoa anterior ao despertar, havia um breve momento em que eu pensava que não estava ali, que estava longe, em outro lugar – em casa, na Inglaterra com minha avó, em qualquer lugar. Aqueles eram os melhores momentos do dia.

Escrevia constantemente para minha mãe e quase todas as cartas começavam com "Por favor".

QUATRO

Uma manhã, no fim de nossa primeira semana, estávamos esperando o sr. Dunn para começar a aula de geografia. Ele havia mencionado para não irmos para a sala de aula, mas sim para os arredores do campo de rugby, no terreno de vegetação nativa perto do monte Monkey, onde havia uma formação rochosa especial que ele queria nos mostrar.

Geografia era a única matéria que Nelson e eu tínhamos em comum e, enquanto caminhávamos juntos atrás do restante da turma, ele apontou o que eu pensei que fossem trechos de ervas daninhas no meio do capim e me disse para ficar longe deles.

— Por quê?

Nelson se abaixou e colocou o dedo fino em alguma coisa do tamanho de uma moeda grande, com duas pontas para cima.

— Espinhos do diabo — explicou. — Tenha cuidado com eles. Se pisar num, você vai logo saber, ele vai atravessar seu sapato. Ei, olhe! Formigas-leão!

Ali perto, crateras em miniatura marcavam o terreno arenoso e Nelson arrancou uma folha de capim e gentilmente cutucou a beirada de uma das reentrâncias.

— O que você está fazendo? — quis saber.

— Espie — disse ele. — Você nunca viu isso na Inglaterra.

Os pequenos grãos de areia no fundo do buraco começaram a se mexer. Pensei que ele estava provocando isso de alguma forma, então, de repente, os grãos se levantaram numa minierupção e alguma coisa rápida demais para se ver saiu, agarrou a ponta do capim da mão de Nelson e o puxou para baixo, para dentro da areia. O capim se retorceu enquanto ia desaparecendo, como se tentasse escapar.

— Isso é muito legal. — Eu nunca tinha visto nada parecido.

— *Lekker*, hein? — Nelson concordou com um sorriso.

— Você não esperou — disse outra voz.

Senti o cheiro e depois vi Simon-Prior se aproximar de mim. Seus pés pararam perto demais das formigas-leão e taparam todos os buracos, e Nelson se levantou e se afastou um pouco.

Simpson-Prior ficou indeciso, suando e com um ar acusador. O capim marrom estava suportando um castigo especialmente duro naquele dia e, embora o céu estivesse cheio de nuvens, elas pareciam temer demais o sol tirânico para ficar na frente dele.

— Pensei que você fosse esperar — repetiu.

Quando eu não disse nada, ele segurou meu cotovelo e me levou para alguns metros adiante.

— Desculpe por isso — continuou, referindo-se ao hematoma que já estava começando a amarelar no meu braço e que Ivan e De Klomp tinham se alternado para produzir na noite anterior.

Escondi meu aborrecimento e dei a entender que aquilo não era grande coisa. Simpson-Prior fora flagrado cochichando para ver o meu trabalho durante o estudo e todos na sala tinham ganhado um dever extra por causa disso. Na opinião de Ivan, a culpa era minha.

— Hascott está certo, deveríamos ter sido mais cuidadosos — disse eu.

— Não é por isso que ele implica com você. Ele só é assim porque... você sabe. — Simpson-Prior olhou por cima do ombro e abaixou a voz.

— *Jislaaik!* Temos que ter cuidado com o que falamos hoje em dia. Ele só age assim porque você é amigo daquele Ndube. Ele o odeia.

— Nelson? Por quê? O que ele fez?

— Ele não *fez* nada. – Ele sorriu de um modo horrível. – Ele é apenas, você sabe... Não sei como é na Inglaterra, mas aqui realmente não se faz amizade com *eles*. Você vai me deixar colar nas provas, não?

Uma abelha voou por perto e Simon-Prior se esquivou e deu tapas no ar como um doido. Outros garotos da turma debocharam dele.

— Sempre sou picado – ele me explicou com orgulho. – Uma vez, quando tinha oito anos, uma abelha entrou no carro e me picou cinco vezes e eu não chorei.

— Achei que as abelhas só podiam picar uma vez – retruquei.

Ele fez uma pausa antes de sacudir a cabeça. – Aquela me picou cinco vezes.

De repente houve um tumulto na turma. Achei que eram mais abelhas, mas alguma coisa farfalhou na vegetação seca da savana e eu a senti passar sobre meu pé. Quando olhei, vi manchas verdes desaparecerem entre as árvores. Gritei e cambaleei para trás, contra um arbusto, no momento em que o sr. Dunn apareceu.

— Jacklin! – ele gritou. – Com que diabos você está brincando? Eu disse "sem conversas".

A cobra se esgueirara mais para dentro da folhagem. Ela se movia depressa, a cauda chicoteando. Todos correram para perto e falavam ao mesmo tempo.

— Para onde ela foi?

— Que tipo de cobra era?

— Deve ser um píton – declarou Ivan. – Temos um monte deles na nossa fazenda.

— Ou um *boomslang*. Parecia um *boomslang*.

— Ei, Ndube. Pegue! – gritou Ivan, agitando uma coisa do tamanho de uma cobra na frente de Nelson e fazendo-o dar um salto. Ivan e

De Klomp riram dele. — Jesus, é só um pedaço de madeira, seu veado. Faça uma de suas danças de feiticeiro, isso deve fazer a cobra sair.

Durante todo esse tempo ninguém notou que Simpson-Prior tinha se afastado alguns metros e estava andando furtivamente pelo capim alto. Ele parou para quebrar um pedaço de galho, abriu a extremidade para fazer uma forquilha e depois bateu suavemente no chão.

— *Eweh!* Venham ver a cobra! — chamou.

Corremos para perto. Ele havia prendido a cobra contra o chão e nós todos pulamos enquanto ela se debatia, mas, assim que Simpson-Prior colocou as mãos nela e a levantou pela parte de trás do pescoço, ela subitamente ficou tranquila, quase sonolenta, como se estivesse drogada, e enrolou calmamente a cauda no braço dele.

Os olhos de Simpson-Prior brilhavam. Aproximou a cobra do rosto de um modo assustador.

— Uma mamba verde. — Suas bochechas brilhavam e naquele breve instante a expressão tensa costumeira se foi e ele parecia muito feliz. Sem razão, eu me senti irritado com ele, talvez porque pela primeira vez ele parecia menos amedrontado que eu, e desejei poder ficar feliz assim.

— Ela é uma beleza. E você a achou. — Ele se virou para mim e me senti culpado pela maneira como agia em relação a ele.

— É perigosa?

Todos riram de mim.

— Mortífera — confirmou Simpson-Prior.

— Jesus, Prior, você é retardado demais — disse Ivan. — Mate-a.

O sr. Dunn concordou, mas Simpson-Prior implorou que não a matassem e pediu se podia soltá-la.

— Tudo bem. Mas leve-a lá para o meio do mato, o mais longe possível da escola. E leve esse palhaço do Jacklin com você.

Os outros garotos gemeram de inveja. Perguntei se Nelson podia ir conosco, mas o professor disse que absolutamente não.

Nelson estava sozinho, parecendo à deriva e murcho sob o olhar de Ivan.

— Por favor, senhor.

O sr. Dunn revirou os olhos e concordou, muito sério.

— Ande depressa.

Simpson-Prior falou de cobras durante todo o caminho. Agradava-me o fato de ele estar tão entusiasmado, mas, ao mesmo tempo, sentia pena dele porque isso o tornava ainda mais diferente da maioria dos outros garotos e qualquer um que seja diferente na escola será sempre um alvo.

Quando estávamos bem longe, ele se agachou e pôs a cobra no chão com muito cuidado, preparou-se e deu um salto para trás. A mamba já havia desaparecido. Simpson-Prior riu com alívio.

— Você viu? Como ela se movimentou rápido? *Lekker*, cara. E foi você que a achou.

Acho, embora não me lembre com certeza, que foi uma mamba verde que matou Jeremy Simpson-Prior. Sem dúvida, uma espécie de serpente. Mas isso foi muito depois, quando ele era um jovem trabalhador fazendo o que amava num parque de animais de caça nos campos da planície, muito depois de ter fugido por causa do que lhe fizemos. Sua morte, ao menos, não teve nada a ver conosco.

— ... Então eu olhei para baixo e aquela coisa estava passando por cima do meu pé e foi uma sensação... *estranha*...

O aviso de cinco minutos para as luzes serem apagadas soou. A maior parte dos garotos do dormitório estava de pijamas e nas camas enquanto eu ainda estava falando baixo, as palavras saltando da minha língua. Devo ter contado a história quatro vezes naquela noite e não me importava nem um pouco de contá-la mais uma vez. Nelson estava ao meu lado, e Fairford, Lambretti e os primos

Agostinho escutavam atentamente, enquanto Simpson-Prior aguardava a parte que lhe dizia respeito.

— ... e eu juro, uma hora lá ela parou de repente na minha frente como se fosse beliscar a minha perna.

Eu estava falando como os outros.

— Enquanto isso seus *machendes* tinham encolhido até ficarem do tamanho de um par de ervilhas — implicou um dos primos Agostinho.

— Sem falar no rastro de chocolate até os sapatos. — Lambretti me deu um soco na nuca. Todos morreram de rir.

— Calem a boca, caras — disse eu.

Isso era muito bom.

Um míssil atravessou o quarto. Um sapato. Ivan estava de pé perto da porta.

— Parem de gritar, garotas. — Ele respirava com esforço. — Eu estava ouvindo vocês guincharem lá da escada.

Todos foram para a cama, mas Ivan não se mexeu.

— Você está falando de novo como um *pom*.

— Desculpe, Hascott — disse eu.

— Greet quer chá. Ele quer que *você* prepare o chá para ele.

— Por que eu?

Ele jogou o outro sapato.

— Porque tem que ser a vez de alguém e eu disse para ele que devia ser você.

Nas últimas seis noites, algum dos garotos tinha sido escolhido ao acaso para fazer o chá de Greet e pelo menos três voltaram chorando.

— Mexa-se. Duas xícaras.

Meu estômago contraiu e depois descontraiu quando me levantei para ir. Era um conforto sentir Nelson ao meu lado, vindo comigo, mas Ivan bloqueou sua passagem.

— Aonde *você* pensa que vai?

— Ajudar — disse Nelson.

— Greet não quer que *você* toque a caneca dele. Ele quer Jacklin. Apenas Jacklin.

O quarto de Greet ficava bem no final do corredor da sexta série. A escuridão parecia ficar mais densa à medida que eu avançava. A porta dele estava aberta e, enquanto a chaleira enchia de vapor a cozinha dos veteranos, eu podia ouvir vozes acima do som de um aparelho de cassete lacrimoso que se esforçava para dar o melhor de si com Def Leppard ou Van Halen[3] ou alguém parecido.

Acabei de fazer o chá e fiquei parado junto à porta, respeitoso, de cabeça baixa. Leboule estava lá também, agitando um taco e treinando jogadas de críquete. Greet estava deitado na cama no canto mais afastado, balançando seu taco no ar e soltando puns. Acima de sua cabeça, o verde e branco da bandeira da Rodésia pregada beligerante e ilegalmente na parede, ao lado de um cartaz igualmente perigoso de um soldado branco com as palavras "rodesianos nunca morrem". Era a única decoração que Greet colocara em seu quarto além de cerca de uma dúzia de latas de cerveja Castle vazias, no lugar de livros, sobre uma prateleira.

Um fogo aceso na lareira estalou. Estávamos em janeiro, no meio do verão, mas eu não ousava pensar nada de estranho sobre ter um fogo aceso.

Greet me viu primeiro.

— Finalmente. — Apontou para a parte de cima da lareira. — Ponha as canecas ali.

O calor do fogo chegou até a minha calça quando me aproximei. O cheiro da fumaça da madeira era forte. Havia alguma coisa mistu-

---

[3] Def Leppard e Van Halen são bandas de rock, inglesa e norte-americana, respectivamente, formadas nos anos 1970. (N.T.)

rada ao cheiro da madeira e, pelo canto do olho, pude ver o vermelho de um maço de cigarros Madison saindo do bolso de Leboule.

Leboule bateu um "seis" imaginário. — Quem é você?

— Jacklin.

— Primeiro nome?

— Robert.

— Sério? Como *Rroh-bert*? Como o nosso *grrrande Mis-tah Mugabe*? — arremedou. — Seus pais deviam odiar você. Você é *pom*?

— Eu nasci na Inglaterra, mas...

— Nesse caso, eu odeio você. Saia.

Ele virou as costas. Jogada defensiva.

Coloquei as canecas no topo da lareira e me virei.

— Espere — chamou Greet antes que eu conseguisse sair. Ele estava com a mão estendida. Meu coração bateu forte. — Você quer que eu vá buscar a caneca? Traga-a para mim, seu veado.

Uma delas era uma caneca da Haven, a outra era marrom e tinha a foto de uma família branca olhando para uma grande represa com as palavras "Kariba" em cima e "Rodésia é o máximo" embaixo. Eu já tinha visto Greet bebendo naquela caneca e a levei para ele. Ele pareceu zangado por eu ter acertado.

— Pensa que é esperto, hein, seu porra? Como eu vou pegá-la se você está segurando na alça? Quer que eu me queime?

— Não, Greet. — Minha voz começou a tremer.

— Então a segure. Assim. Com as duas mãos.

O calor se espalhou nas palmas das minhas mãos e rapidamente se tornou muito intenso, enquanto Greet caçoava.

— Ainda não estou com sede, vá para perto do fogo. Bem pertinho. — Ele se recostou no travesseiro. Seu taco começou a balançar novamente. — Então você é um *pommie*.

— Eu era, mas agora moro aqui.

— E daí? Ainda é inglês. Em que aspecto você acha que não é um inglês, inglesinho?

Claro que eu não sabia.

— O que você está fazendo em nosso país?

— Meu pai trabalha na Embaixada Britânica.

— Ah, ele trabalha lá, então. — Greet fez o seu melhor sotaque inglês, uma mistura de aristocrata com limpador de chaminés. — Que bom para o querido papai, ser ligado à Embaixada Britânica. Deve ser um emprego *lekker*, hein? A Embaixada Britânica, que coisa!

Leboule ria, para agradá-lo.

— Então, o que há de errado com *Pommieland*? Chuva demais para o seu gosto?

— Sim — disse eu, ansioso demais, o medo me fazia trair o país onde nasci e para onde tanto desejava voltar.

— O lugar é uma bagunça. Vocês deixam seus negros fora de controle, eles ficam se drogando e fazendo tumulto e trepando com as mulheres brancas, e o governo não os pune por isso. Eu nunca poderia morar num lugar desses.

— Sim, quer dizer, não.

— E agora, gente como você acha que pode vir para cá e foder nosso país de novo. Lancaster House[4] não foi o suficiente?

Não sabia o que ou onde era Lancaster House, apenas que não era boa coisa.

Greet deixou o silêncio me atormentar. Uma tora de madeira estalou. O suor começou a descer pelas minhas pernas.

— Ou seu velho gosta de mulheres negras? — Leboule queria saber, balançando o taco na direção da minha virilha. O chá fervente espirrou nas minhas mãos. — E aí? Ele gosta?

---

[4] Lancaster House é um palácio em Londres que, em 1979, serviu de cenário para o Acordo de Lancaster House, o contrato de independência da Rodésia (atual Zimbábue) em relação ao Reino Unido. (N.T.)

Eu me lembrei que Leboule tinha sido um dos rapazes que passaram perto e cumprimentaram meu pai quando ele estava conversando com os pais de Nelson.

— Ele tentou conseguir um cargo em vários países — foi minha única defesa. — Tailândia, Cingapura, Índia...

Leboule zombou: — Um *kaffir* é um *kaffir* em qualquer país. Seu velho gosta do sabor das mulheres negras? Ou é porque ele é um merda no que faz e não consegue manter um emprego na Inglaterra?

— Ele já esteve no exército — eu disse, como sempre esperando que isso me desse alguma credibilidade.

Greet subitamente reagiu. Como eu podia saber as coisas pelas quais ele havia passado? Naqueles primeiros dias, como eu podia saber o que *uma porção* de pessoas havia passado enquanto o país era devastado pela guerra?

O taco parou e ele me olhou com raiva. Até Leboule pareceu indeciso. Então Greet saiu da cama e chegou bem perto.

— O exército britânico? — resfolegou. Eu pude sentir o cheiro dos cigarros e da carne e do repolho que havíamos comido no jantar. — Eles são os piores de todos, são os que eu mais odeio.

Agora eu esperava realmente que alguma coisa ruim acontecesse, portanto fiquei surpreso quando ele tirou a caneca das minhas mãos vermelhas e inchadas. A pele ardia como o diabo. Deu um grande gole e fiquei pensando se teria acabado: ele me odiava, mas eu podia conviver com isso, contanto que me deixasse ir embora.

Ele pousou a caneca.

Ajoelhou e agarrou as extremidades da minha calça com os dedos e puxou. A princípio, não entendi; pareceu um tanto estranho. Um minuto depois, o tecido preto estava me apertando na barriga das pernas. A dor rugiu e penetrou. Senti o cabelo enroscar e chamuscar sob o poliéster que tinha absorvido o calor das chamas como metal. As bolhas que teria durante dias já começavam a se formar. Felizmente, não derramei lágrimas, mas elas viriam mais tarde.

Greet ficou de pé.

— Agora suma, seu inglês filho da mãe. Você faz um chá de merda, prefiro que um maldito negro faça meu chá.

Leboule deu com tanta força com o taco na minha bunda que fiquei sem ar nos pulmões. A porta bateu atrás de mim.

Antes que eu chegasse ao fim do corredor, o som de Don Henley[5] no cassete foi abafado pelas vozes roucas deles.

— Somos rodesianos e lutaremos sob quaisquer condições — cantavam.

— Três, seis, seis, cinco, por favor.

O fone na minha mão era preto e pesado. Lutava para que a voz não falhasse. Sabia que estava quebrando todas as regras, mas tinha de fazer aquilo. Não me importava. Precisava contar à minha mãe como as coisas eram ali. Precisava que ela me levasse embora.

O telefonista fez um estalo suave com a língua — um som preguiçoso. Imediatamente, imaginei a figura: um rosto negro amigável com as pálpebras semicerradas e drogado de sono. Sentado na cabine telefônica escura, estava de olho na janelinha, vigiando lá fora, mas a escola estava morta sob o luar. Minhas pernas latejavam.

— As ligações telefônicas estão suspensas — disse a voz. Sabia que a sala do telefonista era ali perto, atrás das cozinhas, onde não nos permitiam ir, mas ele parecia estar a quilômetros de distância. — O serviço telefônico funciona entre seis da manhã e nove da noite; você deve tentar de novo amanhã, por favor.

Amanhã?

---

[5] Don Henley é um músico, cantor, compositor e baterista norte-americano, mais conhecido como um dos fundadores da banda de folk rock The Eagles. (N.T.)

— É uma emergência.

— Então você deve falar com o supervisor da casa. O serviço telefônico está suspenso agora. De nove da noite às seis da manhã.

— Eu preciso telefonar hoje à noite. Por favor.

Ele pensou sobre aquilo. — Como você se chama?

Talvez ele sentisse o desespero em minhas palavras, ou talvez simplesmente tivesse falado com muitos garotos como eu no passado.

— Jacklin. Robert Jacklin.

— *Manheru*, Rhrob-ett. *Tonana mangwana.*

— Desculpe, eu não entendi.

— Eu disse boa-noite, Rhrob-ett. Eu lamento muito mesmo, mas as ligações telefônicas...

O fone pesava como um tijolo. A cem metros, Selous House era uma massa disforme no escuro, à espera.

— Mastah Rhrob-ett?

— Sim?

— Meu nome é Weekend — disse ele —, e estarei aqui amanhã.

CINCO

Durante a guerra, alguns combatentes antirrodesianos achados no terreno da escola foram mortos no campo de squash. Olhando com atenção, era possível ver onde as marcas feitas pelas balas que atingiram a parede (todas bem próximas, embora se dissesse que os terroristas estavam fugindo) haviam sido preenchidas e pintadas. O sr. Bullman, o diretor, tinha descoberto os terroristas e chamado as Forças Rodesianas e recebeu reconhecimento oficial por diligência e rapidez de pensamento.

Ivan nos levou para ver as marcas num sábado de manhã depois das aulas. Estava agindo amigavelmente dessa vez, mas logo percebi que era apenas um truque porque, assim que chegamos ao local, ele e De Klomp começaram a fingir que eram soldados e a atirar com armas imaginárias em Nelson: — *Terrorista! Pega, pega! Fogo no maldito terrorista!*

Fomos embora depressa.

— Aquele cara é um idiota — disse eu. Podia ver que Nelson lutava contra as lágrimas. — Faça de conta que ele não existe.

De algum modo, ele ainda conseguia ficar acima disso tudo.

— A guerra acabou há apenas três anos — disse. — Acho que leva tempo para esquecer.

Nelson era pequeno, mas capaz de dizer uma coisa tão elevada assim.

— Sim, bem, ele é um idiota. Não vamos cair numa dessas novamente.

Naquela ocasião, eu realmente acreditava nisso.

Nelson e eu voltamos à casa e nos escondemos no salão. Simpson-Prior também estava se escondendo. Ele se saíra mal no teste de matemática, estava com problemas por isso e me lançou um olhar cortante por eu não ter me sentado ao lado dele.

Você disse que eu podia copiar.

Tentei explicar, mas ele simplesmente continuou a ler uma revista *Time*, com fotos de Margaret Thatcher e Ronald Reagan na capa, que ninguém lia. Não gostei do modo como tentava me fazer sentir mal e saí dali.

Durante toda a tarde, tivemos testes de atletismo das casas. Taylor nos dividiu em grupos e, porque éramos amigos, me colocou nos 1.500 metros com Nelson e nos mandou para o final da pista para aquecermos. Quando chegou a nossa vez de correr, Kasanka apareceu e puxou Nelson de lado.

— Quero que você mostre a estes brancos bundas moles o que é correr de verdade – disse. Ele parecia zangado. Será que descobrira o truque estúpido de Ivan naquela manhã? — Agora este país é nosso. Não deixe que o derrotem. Você é melhor que qualquer um deles. Está me ouvindo?

Nelson olhou para o chão, constrangido, mas todos nós tínhamos ouvido.

O sr. Bullman geralmente não participava dos esportes, mas era o juiz oficial de largada. Quando estalou os dedos para que fôssemos para a linha, imaginei se a arma seria a mesma que havia usado para capturar os terroristas anos atrás.

— Para suas posições, senhores...

E foi dada a partida. Voou capim seco para todo lado enquanto os garotos que assistiam torciam por suas casas.

— ... Vamos, Forbes...
— ... Isso, Willoughby, mantenha a velocidade...
— ... Burnett é a melhor...
— ... Vamos, Heyman...
— Até o fim, Selous...

No final da primeira volta, eu estava bem atrás. Ivan gritava para mim da assistência, mas Kasanka deveria estar rindo porque Nelson estava disparado na frente. Com mais duas voltas para correr, senti vontade de desacelerar ou desistir, mas mantive o ritmo e, na volta seguinte, estava numa posição à frente da metade dos corredores. A multidão estava em êxtase. Parecia um dia de corrida, com os garotos de todas as séries gritando alto e aplaudindo. Até Ivan. Eu o vi na névoa dos garotos, batendo palmas e me incitando.

— Vamos, Jacklin. Você consegue. Mais cinco posições. Você *vai conseguir*.

Essa era uma das principais lições de Haven, percebi, a de que vencer era tudo e, pela primeira vez, eu era mais do que apenas Robert Jacklin.

Meus pés tinham molas. O quinto lugar era meu, depois o quarto, e, na reta de volta, subi mais um degrau da escada. Nos últimos oitenta metros, estava nos calcanhares de Nelson e quase na frente e todos estavam enlouquecidos, mas, de repente, minhas pernas ficaram pesadas como chumbo. Nelson aumentou a dianteira então, e não houve nada que eu pudesse fazer e cheguei, aos trancos, em sexto lugar à linha de chegada.

Fiquei deitado ao sol com estrelas dentro das pálpebras. Senti uma sombra e, quando olhei, Ivan estava de pé, acima de mim, ofegante como se tivesse corrido também.

— Como você pôde deixar o *kaffir* vencer?

A raiva era tão feroz quanto profunda, e eu me senti mais sozinho do que nunca.

Para meu alívio, ele se virou e atravessou o campo de esportes, sacudindo a cabeça.

— Boa corrida, cara. — Nelson se aproximou e ofereceu um braço tímido para eu me levantar. — Você sabe, eu não ganhei por causa do que Kasanka disse. Eu simplesmente adoro correr.

— Não importa se você ganhou por causa de Kasanka — respondi. — Você é bom de verdade e eu estou contente. Mostrou uma ou duas coisas ao Ivan.

Mas Nelson ainda parecia desconfiado e olhou para Ivan, que andava enfurecido pelo campo.

— Isso é por minha causa?

— Não — menti. Mas me odiei por verificar se Ivan não estaria olhando antes de apertar a mão de Nelson. — Quer saber? Ele está de mau humor. Pouco me importa.

E, quando voltamos para a casa, me importei menos ainda porque um cartão-postal de minha avó me esperava, o primeiro desde o começo do período. Soube que era dela imediatamente: uma foto de uma daquelas aldeias que se veem em caixas de chocolate, imersa em neve perfeita.

Querido Bobby, começava. *Como vai a escola nova? Penso em você todos os dias. Este é um lugar do qual eu nunca mandei foto para você. Talvez um dia eu possa mostrá-lo a você de verdade, com toda essa neve!!*

Sim, um dia, em breve, pensei. Imaginei como seria morar naquela vila, longe da escola e de garotos como Greet e Ivan, e fiquei sorrindo até depois do banho de chuveiro, quando o dia desabou sem aviso.

Engraçado como coisas boas sempre pareciam acontecer antes das ruins.

— Alguém viu minha gravata? — perguntei aos garotos do dormitório quando troquei de roupa e coloquei o uniforme da noite, mas já com um mau pressentimento sobre o fato.

Ninguém tinha visto a gravata, portanto não tive alternativa senão entrar em forma, as orelhas ardendo, com um vazio em torno do pescoço, enquanto Ivan prendia o riso e tremia, tentando não rir. Greet estava fazendo a chamada nessa noite. Ele quase não notou a falta da gravata, mas Ivan pisou no meu pé e me fez gritar.

Greet voltou atrás. – Onde está sua gravata?

– No banheiro, boiando no xixi – alguém gritou lá de trás.

Todos na fila riram. Todos, menos Greet.

– Depois do jantar – disse ele – vá ao meu quarto.

Lágrimas alfinetaram o canto dos meus olhos. Só então ele sorriu.

– Três, seis, seis, cinco, por favor.

Ouvia apenas o som da respiração do operador. Pensei que ele fosse me dizer novamente que o serviço estava encerrado, mas alguma coisa o fez mudar de ideia.

– É *mastah Rhrob-ett* que está falando? Aqui é Weekend. Como você está hoje? – E quando não consegui lhe responder: – É com seus pais que você está tentando falar pelo telefone, *mastah Rhrob-ett*?

– Sim – disse eu. – É sim.

– Um momento, por favor.

Ouvi um zumbido. Meus olhos estavam nadando em lágrimas, embaçados, meu coração latejava nos ouvidos no compasso da dor. Então, depois do que pareceu uma eternidade, meu pai.

– Robert. – Não era uma pergunta nem uma declaração. – Nós conversamos sobre isso. Sem telefonemas. Não tão cedo. Isso apenas tornará as coisas mais difíceis para você.

Ao fundo, ouvi um barulho e visualizei uma garrafa sendo empurrada para o meio de outras garrafas.

– Mamãe está aí?

Pude ver meu pai levantando os olhos para o teto.

— Já passa das nove, você sabe que sua mãe fica... com sono.
— Preciso falar com ela.
— Sobre o quê?
— Preciso perguntar a ela. Sobre uma coisa que ela disse uma vez.

Ele suspirou. — Fale rápido.

Ouvi o fone ser passado. Então veio minha mãe, incrivelmente perto, como se tentasse entrar pelo fio do telefone.

— Querido? Você está bem? Estou sentindo muito, muito, a sua falta. Quero dizer, nós dois estamos. — A voz dela estava um tanto arrastada, como se tivesse acabado de acordar.

De repente as palavras das quais eu precisava não vinham. Na minha mente, tinha parecido tão fácil.

— Mamãe... — Era como se houvesse alguma coisa na minha garganta impedindo que as palavras saíssem. — Eu não gosto... Eu quero...

Engoli com força e tive de apoiar a cabeça contra a parede.

Gentilmente, ela completou a lacuna.

— Você não adivinha de quem eu recebi uma carta hoje.

Os cantos da minha boca viraram para cima. — Da vovó? Eu também.

— Ela recebeu as fotografias que eu mandei. Ela acha que você fica muito bem de uniforme. Ela mostrou para todos os amigos, e a neta de Marjorie Downe está morrendo de vontade de ver você de novo, segundo sua avó.

— Mamãe!

— Você se lembra da Natalie, não lembra? Acho que ela não sabia o que era um garoto da última vez que vocês se encontraram, mas não conseguiu desgrudar os olhos de você. Tenho certeza que nenhuma das meninas vai conseguir quando voltarmos para casa, todos falam de você na cidade. O misterioso garoto da África. E tão bonito!

Em algum lugar, consegui encontrar um riso.

— Isso é uma bobagem — eu disse.
— É verdade! Eu juro. — E então, chegando ainda mais perto: — Bobby?
— Sim, mamãe?
— Eu não me esqueci, você sabe. Do que eu disse no carro. Ainda temos um trato, não? — Eu me peguei balançando a cabeça, mesmo que ela não pudesse ver. — Eu quero voltar para casa também, mas seu pai me garante que ele está se saindo bem administrando o escritório e precisamos testar essa oportunidade. Temos que ser justos. Mas, se você não está feliz, vou conversar com ele logo. Eu prometo.
— Sim, mamãe.
— Bom garoto. Fique na linha mais um pouco. — O som da voz do meu pai ressoou atrás dela. — Tenho que ir agora. Vou escrever...

Agora ele tomou o fone dela; pude ouvir a barba dele arranhando o fone.

— Já passa das nove, Robert. — Ele continuou de onde havia parado, como se acabasse de perceber o que aquilo significava. — Você não devia estar na cama?
— Eu...
— Adeus, Robert. Durma bem.
Bam.

Alguns segundos se passaram. O som de alguém que não dizia nada e depois um suave clique quando o operador cortou a linha.

SEIS

Levou uma eternidade, mas o primeiro período letivo correu e se arrastou e finalmente acabou. Não aguentava mais esperar a hora de ir para casa. Nenhum de nós aguentava. Quatro semanas inteiras fora da escola era um sonho que se realizava.

Abril virou maio. As chuvas pararam e o outono começou a esfriar o ar da noite. Os feriados eram bons, mas meu pai disse que teria de trabalhar durante todo o período porque sua equipe não estava à altura de substituí-lo. Isso significava que não poderíamos ir a um lugar juntos, em família, como tínhamos planejado. Minha mãe encarou a notícia inclinando a cabeça com resignação e dando um longo gole na bebida.

Depois de duas semanas de férias, telefonei para Nelson.

— O que você está fazendo? — perguntou ele.

— Não muita coisa. — O que era verdade. A próxima parte não era, no entanto. — Isso e aquilo. E você?

— Eu fui selecionado para correr pela equipe nacional de juniores — disse, não conseguindo conter a excitação. — Tenho treinado todos os dias. É *lekker*. A melhor coisa que já me aconteceu.

— Eu disse que você era bom. — Eu estava feliz por ele. Depois uma gota de desapontamento sibilou nas chamas. — Então você está ocupado todos os dias?

— *Ja*. Mas você pode vir ver o meu treino, se quiser. Não fica longe, mais ou menos meia hora de carro da sua casa.

Minha mãe passou com uma garrafa vazia e colocou-a no lixo.

— Sim. Vou pedir à minha mãe — respondi, sabendo que não pediria. — Um bom programa.

Desliguei o telefone. Minha mãe agora estava na varanda novamente, suspirando enquanto pegava o livro de bolso que eu podia jurar que ela não estava lendo de verdade. Ela me pegou olhando e então fingiu não estar triste e me deu um adeusinho.

Acenei em resposta, depois fui para o meu quarto porque não havia mais nada para fazer. De novo peguei o atlas e procurei a Inglaterra, e me consolei passando o dedo sobre os nomes dos lugares que conhecia.

SETE

Nosso segundo período letivo.

A contagem das semanas recomeçou. Junho chegou e o outono virou inverno.

Era outro domingo cheio de tédio e estávamos sentados em nossa sala de estudos, bebendo Milo[6] para nos aquecer. Ninguém queria ir lá fora porque uma névoa pesada, que chamavam de *guti*, pairava desde cedo e mal enxergávamos vinte metros à frente, pois o ar úmido tornava tudo cinzento.

— *Ja*, você se lembra dos comboios? — Ivan falava para o teto, inclinando a cadeira para trás e jogando jelly babies[7] na boca.

Ele e De Klomp estavam rememorando a guerra e me deixavam escutar. Ivan me deixava fazer uma porção de coisas agora. Nelson tinha conseguido uma licença especial para treinar quase todos os fins de semana, portanto raramente estava por perto e, além disso, acho que até Ivan sentia simpatia por mim devido às atenções que Greet ainda me dispensava.

— Sempre que passávamos por estradas de terra, meu velho pegava o primeiro negro que encontrasse e o obrigava a sentar no capô, porque ele dizia que todos eles sabiam onde estavam as minas

---

[6] Milo é uma marca de chocolate em pó que se mistura ao leite. (N.T.)
[7] Jelly babies são balas de goma em formato de bebês. (N.T.)

terrestres. Muitos não sabiam, mas não tinha importância. Alguns se cagavam.

Piscou para mim. Apesar do frio, estávamos de bom humor. Era difícil não ficar animado com a aproximação do fim de semana do meio do período letivo, e esse período parecia estar passando muito mais depressa que o primeiro.

Nesse momento, Simpson-Prior entrou na sala. Normalmente eu falava com ele "e aí?", mas Ivan nos contou que haviam encontrado umas fotos de garotas da *Scope* no armário dele e que, por isso, os garotos mais adiantados agora o estavam chamando de "Prior, o punheteiro". Não era bom ter muita proximidade com alguém marcado por um apelido daqueles, que podia passar para mim.

Decidi que era uma boa hora para eu me aventurar lá fora e dar o telefonema que precisava dar.

— *Masikati*, Weekend. Três, seis, seis, cinco, por favor.

— Ah, e boa-tarde para você, *mastah Rhrob-ett*. Como você está hoje, *shamwari*? — O fone ficava leve com a voz amiga de Weekend.

— Bem, obrigado. Ansioso para ir para casa. E como vai *você*, meu amigo?

Ele emitiu um som prolongado, com a língua sendo sugada contra o céu da boca. Eu já estava sorrindo.

— Bem, você sabe, hoje minha mulher está muito, muito zangada comigo, e minha namorada também não está mais falando comigo.

— Verdade? Você sabe como são as garotas. — Eu não sabia. — Dê um tempo para elas.

— Você acha?

— Você fez alguma coisa que não devia? — Eu praticamente podia ouvir um sopro de inocência sendo lançado no ar. — Então você não tem com o que se preocupar.

— Obrigado, *mastah Rhrob-ett*. Talvez você esteja certo. Vou fazer sua ligação.

Clique. Hum. Então uma voz. Parecia estar do outro lado da África.

— Oi, papai. Sou eu. Alô?

Mas, por uma vez, não tinha sido ele a atender, era minha mãe. Ela falou alguma coisa incoerente e depois emitiu um som alto e estrangulado. Fechei os olhos. A bebida agora estava começando cedo assim?

— Mamãe? É o Bobby. Você está me ouvindo?

— Bobby? Bobby! Ah, graças a Deus! — Eu podia jurar que ela tinha chorado. — Meu anjinho. Você está bem? Diga para mim. Está?

— Estou bem, mamãe.

— Você pode me contar. Está tudo bem? Você está infeliz? Porque, se você estiver, eu posso... — *Tirar você daí?* Era isso que ela queria dizer? — Você vem para casa?

— Em breve.

— Que bom! Porque eu preciso falar com você sobre... — Estava chorando de novo. — Eu acho que devíamos ter voltado. Devíamos. Talvez nada disso tivesse acontecido se...

O que ela falava não tinha sentido e eu estava com medo. — O que você está querendo dizer?

— Devíamos ter voltado! — disse de novo. — Não devíamos ter ficado aqui e agora é tarde demais.

— Mamãe? — Ela desapareceu. — Mamãe!

A linha estalou e então entrou meu pai, a voz cortante através do fio.

— Oi, papai.

— Ah. É só você. O que você quer?

— É o meio do período letivo, papai.

— Hoje?

— No próximo fim de semana. Sábado, depois do jogo de rugby.
— Todo o fim de semana?
— De sábado até segunda à noite.
— Entendo.
— Vamos ser liberados depois da uma. Os garotos da primeira série vão jogar rugby contra a Prince Edward, e os ônibus vão nos levar para fazer a torcida, e então você não precisa vir até aqui para me pegar. Não vamos ter almoço — acrescentei, porque da última vez ele se atrasara mais de três horas.

Um barulho fraco. Talvez alguém batendo uma porta.
— Papai? O que aconteceu?
— Olhe, Robert, para ser franco, realmente não é uma boa ocasião. Sua mãe não está bem.

Meu coração disparou.
— Qual é o problema?
— Ela recebeu certa má... — A linha caiu por um momento. — Ela precisa descansar, é só isso. Você sabe como ela fica às vezes. Você entende. — Ele tossiu, sem jeito. — E, além disso, o carro está tendo problemas e eu não consigo peças de reposição. É tão difícil conseguir peças neste país! Talvez você possa fazer outros planos.

Minha mão estava apertando o fone com tanta força que doía.
Sim, eu posso fazer outros planos, pensei. *E mamãe também pode fazer. E vamos voltar para a Inglaterra sem você.*

Agora, mais do que nunca, era lá que eu queria estar.
— Sim, papai.

Outros planos.
Tive vontade de chorar.

Ivan percebeu minha expressão assim que eu voltei para a casa, e ele veio para perto do meu compartimento.
— O que há?

Contei, tão vagamente quanto possível. Na verdade, ele parecia preocupado.

— O que você vai fazer, então?

O que eu *ia fazer*? Os garotos que ficavam na escola no meio dos períodos letivos eram os poucos que moravam no exterior, como os irmãos Shekiro, que eram do Quênia, ou os excêntricos como Button, cuja mãe o ignorava a maior parte do tempo e estava morando com um empresário em algum lugar de Zâmbia. Não havia razão para alguém que morava a menos de uma hora de distância ficar na escola.

— Eu não sei. Talvez pedir a alguém para ficar em sua casa.

Meu primeiro pensamento foi Nelson, claro, embora não ousasse mencioná-lo. Ivan quase não tinha ficado zangado comigo durante todo aquele período e eu não queria que isso mudasse agora.

Talvez ele pudesse ler pensamentos.

— Quem? Aquele Nelson Ndube?

Não respondi. Pensei que ele fosse embora com uma demonstração de raiva, mas, em vez disso, disse simplesmente: — Você não acha estranho ele conseguir ir para casa o tempo todo enquanto nós só temos três fins de semana por período?

— Ele vai treinar.

— Mas você sabe *por quê*? Eu vou lhe dizer. Porque ele é especial.

— Você quer dizer, porque ele é um bom corredor?

— Não, *especial*. Ele é negro. E o sr. Bullman está enredado com ele por causa disso.

— Você acha?

— Com certeza. Bully tem paranoia de que, se recusar a permissão, talvez o governo o persiga e o acuse de racista, quem sabe até o ponha na cadeia. Essa gente faz isso com as pessoas. Mas se alguém está sendo racista é o Nelson.

— O que você quer dizer?

— Se ele não fosse negro, teria tratamento especial?

Eu não sabia e sacudi a cabeça. Ivan entendeu errado.

— Está certo. Ele não teria. E você sabe de uma coisa? Isso não é justo. Ele está usando a cor para ter vantagem. Você pode achar o que quiser de mim ou do país como ele era antes, mas não é justo. — Ele batia no meu ombro a cada palavra. — Simplesmente. Injusto. Não é?

— Eu... eu acho que não — respondi.

No seu compartimento, Simpson-Prior se virou por um minuto, parecendo querer talvez perguntar se eu gostaria de ficar na casa dele, mas Ivan rosnou e ele calou a boca antes mesmo de começar a falar.

— E você também não quer ficar com aquele veado — acrescentou baixo Ivan, ainda mastigando balas de goma com formato de bebês. — Ele vai ficar babando com as garotas da revista dele e mexendo no pau o fim de semana todo.

Nós rimos diante da ideia, era engraçada. Depois Ivan ficou mais sério.

— Além do mais, ele tem duas caras. Foi ele quem jogou sua gravata no xixi no último período de aulas. Eu sei que você acha que fui eu, mas não foi. Eu juro.

— Foi ele? — perguntei. Olhei para Simpson-Prior, que estava rindo e molhando os lábios com a língua enquanto retomava a posição curvada sobre a carteira, escrevendo freneticamente no livro de exercícios. Eu o deixara olhar o meu dever de inglês para checar uma questão complicada, mas parecia que ele estava copiando tudo, palavra por palavra. — Não tenho nenhum lugar para ir, então; vou ter que voltar sozinho pra cá depois do rugby.

— Pode vir comigo.

Olhei para ele, em dúvida. Certamente outro truque...

— Eu? Pra sua fazenda?

— Não, pra minha bunda. Claro que é pra fazenda, pra onde você acha que seria? É um tédio ficar sozinho agora que o meu *boet*[8] não está mais lá e, como somos dois, o meu velho vai nos deixar caçar.

— Uau! Quero dizer, *lekker*. — Era difícil mostrar desinteresse. — Você tem um irmão?

— Tinha. Ele foi morto na guerra — respondeu.

Minha boca abriu e fechou.

— Jesus, cara, eu estou *brincando*. — Deu um soco no meu braço, mas de leve. — Não seja tão crédulo. Ele se mandou para Joanesburgo antes de a guerra acabar. — Ele se aproximou para examinar os cartões-postais presos na minha parede. — O que é isso?

— Minha avó manda pra mim.

— De *Pommieland*?

— *Ja*. — Fiz uma pausa, ainda desconfiado. — Está sempre mandando.

Não deixei o desapontamento por ter recebido só um cartão-postal até agora nesse período de aulas transparecer em minha voz. Será que ela tinha perdido o interesse? Talvez eu não respondesse com bastante frequência, mas meu dinheiro não dava para muitos aerogramas de um dólar.

— Broadway. Chipping Camden. Snowshill. — Leu ele. Eram mundos desconhecidos. — Lower... *Swell*?[9] Jesus, isso é sério? Imagino que todas as garotas queiram morar lá, hein?

— Eu sei. Nomes idiotas — disse eu, corando, mas Ivan balançou a cabeça, aprovando, enquanto mordia outra bala de goma, e eu me senti com dois metros de altura.

---

[8] *Boet* quer dizer irmão, palavra de origem africana. (N.T.)
[9] *Lower* quer dizer "mais baixo" ou "inferior" e *swell* é " inchar" ou "inchaço"; Ivan interpretou maliciosamente o nome da cidade como "pênis excitado". (N.T.)

— Não podem ser muito piores que os nomes negros que nosso país tem sido obrigado a adotar.

As cidades haviam mudado de nome constantemente desde a independência: Gwelo se tornara Gweru; Umtali, Mutare; Marandellas, Marondera... A mudança mais significativa ocorrera quando Salisbury deixara de existir, embora a maioria dos garotos se recusasse a aceitar Harare e a chamasse de Berg ou Town.

Você já esteve nesses lugares?

— Nós costumávamos visitar minha avó sempre, antes de meu pai decidir que seria melhor trabalhar no exterior. Mas eu vou voltar um dia. Talvez em breve.

— Você deve voltar, se é o que você quer. A gente deve sempre fazer o que quer. – Ele riu. – Lower Swell. Cara! Quer uma jelly baby?

E debochou quando viu que eu tinha pegado uma bala preta.

Naquela noite, enquanto esperávamos o sino do jantar depois de termos ido à capela, Simpson-Prior estava contando a todo mundo que meu velho me faria passar o fim de semana do meio do período na escola. Nelson tinha voltado do treino e eu, interiormente, berrei para Simpson-Prior calar a boca.

— Para onde você vai? – perguntou Nelson, quando ficamos sozinhos, como eu sabia que ele faria. – Você quer ficar comigo? Meus pais não se importam. Podemos ir ao cinema na cidade, rir um pouco. Será divertido.

Tropecei nas palavras. Do outro lado da mesa, Ivan espiava.

— Você vai ter treino?

— Sim, um pouco. Tenho que treinar todo fim de semana agora.

— Não se preocupe. – Era menos complicado mentir e saía mais facilmente. – Vou ver se consigo que meu pai mude de ideia.

OITO

Os alunos do primeiro ano perderam o jogo de rugby. De pouco, mas tanto fazia a vitória por dois pontos que tiveram ou uma por cem, porque os meninos da Prince Edward se achavam muito superiores de qualquer modo, por uma razão da qual ninguém se lembrava mais. Caçoavam dos nossos torcedores antes mesmo do último apito e implicavam conosco por termos negros na escola, sem dizerem explicitamente essas palavras. Na nova era, todos tinham de ter negros, só que isso não fazia diferença alguma, ainda assim eles nos odiavam e, portanto, nós os odiávamos.

Os monitores da nossa escola ficaram furiosos e nos fizeram dar um grito de guerra extra antes de nos liberar para ir embora.

O pai de Ivan estava no estacionamento junto à sua caminhonete. Era um homem baixo e atarracado, de braços longos e barriga grande, com um chapeuzinho do sindicato dos fazendeiros de tabaco sobre os cabelos desbotados pelo sol. Seu rosto era moreno e rude. Vestia uma bermuda cáqui e *veldskoens*[10] sem meias e, aparecendo no bolso da camisa, a borda vermelha de um maço de Madisons. Com uma voz estridente, nos mandou entrar depressa na parte de trás da caminhonete.

O céu de final de junho estava claro e límpido, e o vento irritava nossa pele nua ao atravessarmos a sombra dos vales criados pela

---

[10] *Veldskoens* são sapatos sul-africanos feitos de couro cru e sem pregos na sola, parecidos com os mocassins canadenses. (N.T.)

arquitetura da capital. As estradas eram rios de barulho e gases de escapamento dos carros, e a escola parecia estar muito longe.

O sr. Hascott precisava comprar suprimentos e deu dez dólares a cada um de nós para irmos ao cinema. Estava passando *O retorno de Jedi* no Kine 400 e fomos assistir. Depois Ivan se divertiu andando atrás das pessoas e as assustando com barulhos de Darth Vader.

Antes de sair da cidade, paramos para comprar sorvete no Borrowdale Dairy Den.

— Traga uma Coca para mim — bradou o sr. Hascott. — Se eles disserem que não têm Coca gelada, estão mentindo.

O Den estava vazio para uma tarde de sábado. Ivan e eu nos sentamos junto ao balcão e tentamos fazer o pedido para a garçonete, mas ela parecia preocupada e não conseguia se concentrar. Tinha sulcos profundos na pele escura, causados por um rapaz branco que, lá perto da janela, abria saquinhos de açúcar e os derramava sobre a mesa. Era Greet.

Quis sair, mas era tarde demais.

— Ora, ora, vejam só quem está aqui. Ainda usando listas, Jacklin? Vamos conferir.

Nas três últimas noites eu havia sido a atração dos chuveiros, mais uma vez, graças à minha última ida ao quarto de Greet. Tinha arrumado a cama dele e deixado uma dobra. Então fiz o que ele mandou e levantei a camisa para mostrar o estrago na parte de baixo das minhas costas. Não sabia se ele havia pretendido errar tanto o alvo.

Não era o pior que ele fizera comigo nos últimos tempos. Na semana anterior, coloquei um dedo do pé na grama e ele me colocou junto à parede e me atirou dardos de papel com pregos de 15 centímetros através de um tubo plástico. Um deles atingiu meu braço. Antes disso, só para se divertir, tinha me espremido dentro de uma mala, fechado a tampa e me empurrado escadaria abaixo — a mala tinha travado no meio da descida e capotado três vezes.

Ele deu uma risada. Eu o desprezava e também àquela risada.

— Uma obra de arte — disse ele. — E então, garotas, o que vocês duas fazem por aqui?

Ivan olhou para Greet. Eu gostaria que ele não o tivesse olhado.

— Estamos indo para a minha fazenda.

Greet colocou a mão atrás da orelha num gesto exagerado. — *Sua* fazenda? Tem certeza disso?

Ivan não disse nada.

Greet girou as pernas em nossa direção e me fez ficar enjoado.

— Permita que eu lhe dê um pequeno conselho, Hascott. Quando você sair daqui com esses deliciosos sorvetes em que aquela *kaffir* suja meteu os dedos, pergunte ao seu velho o que ele planeja fazer quando o nosso grande líder tomar a *sua* fazenda. É melhor que você comece a prestar mais atenção nas aulas porque vocês não vão receber nada quando Mugabe acabar com a sua gente. Você vai precisar arranjar um emprego de verdade, que exija cérebro.

Ivan sacudiu a cabeça. — Mugabe não vai tomar nossa fazenda. Ele não tem esse direito.

— *Ja?* Tem certeza?

— Meu pai me disse. Vendedor disposto, comprador disposto. É o que a lei determina, porque esse foi o acordo que Mugabe fez no final da guerra.

— Eu tenho novidades para você: Mugabe é um mentiroso. Ele disse o que as pessoas queriam ouvir, qualquer coisa, contanto que o levasse ao poder. O que significa, idiota, que ele vai achar uma maneira de tomar as suas terras. Você pensa que a guerra terminou? Acredite em mim, os negros ainda estão lutando, e não vão parar enquanto não chutarem a nós, brancos, para fora do nosso maldito país.

Uma coisa que um dia o meu pai havia mencionado me ocorreu: *A Grã-Bretanha reivindicou esta terra e a chamou de Rodésia... Não foi nada justo.*

Cheguei a abrir a boca, mas Greet me mandou engolir a língua.

— Você não passa de um inglesinho fodido, o que pode saber sobre o que quer que seja? Cale a boca. — Ele riu consigo mesmo e pegou os seus cigarros. — Estou mesmo esperando que isso aconteça porque, depois que nós formos embora, os negros vão começar a lutar entre si.

— Isso não vai acontecer — insistiu Ivan.

— "Os brancos terão que ser expurgados." Mugabe realmente disse isso. O nosso líder. Será que todo mundo esqueceu que temos um *gook*[11] governando o país? Um terrorista. E terrorismo é tudo o que um terrorista conhece.

Por fim, ele se virou para o meu lado, mas apenas para soprar com raiva anéis de fumaça em cima de mim.

— Não adianta contar com a simpatia do seu namoradinho aqui, os *poms* estão do lado de Mugabe. E agora não é melhor você correr e mostrar a fazenda para ele enquanto ela ainda é sua?

Tomamos nossos sorvetes na caçamba da caminhonete quase sem falar, e Ivan acabou jogando o dele fora sem ter comido nem a metade, tinha perdido o apetite.

A estrada se escondia numa nuvem de diesel e a cidade encolhia por baixo de *msasas*[12] e *kopjes*.[13] O pai de Ivan estava dirigindo mais depressa agora. De tempos em tempos, surgia um aglomerado de choupanas africanas ao lado da estrada, onde crianças paravam para acenar; numa ocasião, quando parecia não haver nada no mundo além de nós e a savana seca, ultrapassamos um velho pedalando com

---

[11] *Gook* é uma gíria depreciativa para uma pessoa do Leste Asiático, coreano ou vietnamita; vietcongue. (N.T.)
[12] *Msasas* são árvores da região com floração vermelha. (N.T.)
[13] *Kopjes* são formações rochosas típicas do Zimbábue: rochas cinzentas dispostas naturalmente em enormes pilhas. (N.T.)

dificuldade uma bicicleta de rodas nuas. Ele cambaleou e quase caiu, mas ainda conseguiu dar um grande sorriso para nós, dois garotos brancos na caminhonete.

Para mim, aquele país não parecia estar ainda em guerra.

Depois de mais de uma hora de distância da cidade, saímos do asfalto e entramos na terra. Os pneus trepidavam sobre o caminho rugoso e a poeira vermelha redemoinhava ao redor da cabine aberta e entrava em nossos olhos. Cruzamos uma placa em que estava escrito *Fazenda Hillcrest*. Estávamos nas terras de Hascott, mas se passaram ainda outros dez minutos até, depois de uma curva, passarmos entre cercas de alta segurança e penetrarmos os limites de um oásis verde.

A sede da fazenda era um bangalô ornamentado, em estilo holandês, provavelmente com mais de cem anos, coberto de buganvílias e com uma varanda alta da largura da casa. O jardim ficava numa encosta suave, as bordas dos canteiros eram bem-demarcadas, uma ordem europeia entre explosões de cor selvagem africana. E bem no final do gramado, uma piscina refletia em ondas o sol poente. Além, quilômetros e quilômetros de *vlei*[14] marrom-esverdeado até as montanhas.

A sra. Hascott estava na varanda. Abaixou o livro que estava lendo e se inclinou para a frente como se espiasse um trem que acabava de surgir.

– Como vai, mãe?

– Olá, filho – respondeu com um sotaque mais carregado do que eu esperava e colocou um suéter em cima dos ombros.

Talvez tivesse sido muito bonita um dia, com olhos verdes como os de Ivan e cabelos bem pretos, mas de perto parecia cansada e abatida. Parecia ter envelhecido antes do tempo, e fiquei pensando se era isso o que viver uma guerra na savana – ali, realmente na savana

---

[14] *Vlei* é um vale pantanoso que junta água na estação chuvosa, formando um lago temporário (sul da África). (N.T.)

— fazia a uma pessoa. Pensei na minha mãe e desejei estar em casa com ela.

Era estranho ela não ter se levantado para receber o filho, mas, quando subimos os degraus, vi as muletas. Somente uma perna aparecia por baixo do cobertor colocado sobre o colo. Tentei não olhar.

A sra. Hascott puxou Ivan para lhe dar um beijo no rosto e depois despenteou os cabelos dele. Ivan fez uma careta.

Perto do portão, o sr. Hascott deixou escapar um grito contido e, depois de entrar de novo na caminhonete, bateu a porta. Um trabalhador muito alto que estava conversando com ele teve de pular fora do caminho para não ser atropelado.

— Aonde meu pai vai com tanta pressa? Luckmore fez alguma coisa de errado? – perguntou Ivan.

A sra. Hascott suspirou.

— Não, problemas nas redondezas novamente, você sabe como os trabalhadores antigos gostam de arrumar problemas. Eles ainda estão ressentidos, mas, se pensam que vão ter seus empregos de volta, podem esperar sentados. Agora vão, não se demorem. O jantar sai daqui a uma hora. Por falar nisso, os cachorros estão soltos.

Tarde demais. Irrompeu um som de latidos, e dois leões da Rodésia enormes chegaram aos pulos, dentes à mostra, dos fundos da casa. Eu me mantive o mais imóvel possível enquanto Ivan lutava com eles, derrubando-os no chão, brincando com eles até ganirem.

Não eram os únicos felizes em vê-lo.

— Mastah Ivan! Mastah Ivan! *Kanjani*.

Uma africana grande apareceu numa porta lateral. Um vestido simples com estampa de flores descia dos enormes seios e um bebê, amarrado às suas costas por uma toalha, sacudia enquanto ela dançava e batia palmas com as mãos em concha.

— Ei, Robina! *Kanjani*. – Ivan foi depressa para junto dela. Ele parecia mais contente em ver a empregada que a própria mãe. – Senti a sua falta, a comida está pior ainda esse período. O que a gente vai comer hoje?

— Hoje vai ter bolo de batata com carne de carneiro, o seu favorito. Eu preparei um bem especial, número um.

Eu estava atônito. Aquele não era o Ivan que eu conhecia. E a surpresa continuou quando ele me levou à vila dos trabalhadores e nós jogamos futebol, descalços, com os pequenos *piccanins*[15] até ficar tão escuro que não dava mais para enxergar. Quando fomos embora eles dançaram à nossa volta, rindo e cantando: — Até logo, *mastah* Ivan.

Na volta, desviou nosso caminho para a piscina e estendeu alguns Madisons.

— Você quer um *gwaai*?[16]

Olhei para os lados, nervoso, e disse que não. Ele acendeu um fósforo e, com ele, um cigarro, e nós nos sentamos na escuridão; o vago contorno dos morros contra um céu estrelado era tudo o que se via.

— Greet é um babaca. — Deu uma longa tragada. A brasa brilhou e iluminou o seu rosto, e, nesse momento, vislumbrei como ele seria quando fosse mais velho. Estremeci, talvez por causa do frio.

— Ele é um safado — disse eu.

— É porque ele odeia você. Eu não tomaria isso como coisa pessoal, ele odeia todos os *poms*. Os *poms* mataram o irmão dele — disse Ivan, sem rodeios. — É como ele encara a questão. Na guerra, os *gooks* dividiram a unidade em que o irmão dele lutava e o acharam no dia seguinte pregado numa árvore e com o próprio pênis enfiado na garganta.

— Meu Deus...

— Poucas semanas depois, os *poms* assinaram a transferência do país para os negros, em Lancaster House, quando deviam ter mandado tropas para nos ajudar.

---

[15] *Piccanins* são crianças, geralmente negras. (N.T.)
[16] *Gwaai* é cigarro. (N.T.)

— Eu não sabia.

— Bem, agora você sabe. E não ouse dizer a ele que eu lhe contei. Greet vai continuar a atazanar você; não me meta nisso. — Deu outra longa tragada.

— O seu velho sabe que você fuma?

— Você está brincando, não é? — Ele apontou para as costas. — Se ele me pega, me bate com tanta força aqui que o meu cu vai parar no nariz e eu vou espirrar merda toda vez que pegar um resfriado.

— Seu velho bate em você?

— Claro, o seu não?

Não respondi e fingi que tinha acertado um mosquito inexistente, enquanto internamente sentia um ciúme estranho crescer. Meu pai não fazia nada.

Ivan acendeu um segundo cigarro com o primeiro. Peguei um também, tragando com raiva e tentando não tossir.

— Ele tem uma vara que chama de "Moisés" — continuou Ivan — porque pensa que pode abrir o mar Vermelho com ela. Usa a vara nos trabalhadores também. É a única maneira de os negros aprenderem. Meu velho é bom para eles, mas é preciso ter mão firme.

— Foi isso que o seu pai foi fazer mais cedo? — perguntei, chocado. — Bater neles?

— Não, eram os negros das redondezas que estavam criando confusão. Sabe, agora só empregamos *matabeles*. Vou lhe explicar como é o meu velho: Mugabe é da tribo *shona*, e *shonas* e *matabeles* sempre se odiaram, então o meu velho mandou embora os empregados *shonas* e foi do outro lado do país buscar mão de obra *matabele*. Ele aproveita qualquer chance para sacanear o governo. O grupo de *shonas* voltou, e, de vez em quando, eles fazem uma agitação. Robina é *shona*, mas é legal, sabe qual é o seu lugar. Ela cuidou de mim e do meu *boet* durante a guerra.

— Você não fala muito do seu irmão — comentei. Ivan amassou o cigarro com os dedos, então rapidamente mudei de assunto. — A guerra deve ter sido horrível, não?

Ivan chegou bem perto. Seus olhos brilhavam à luz da lua crescente.

— Não, na verdade ela foi engraçadíssima. Nós não conseguíamos parar de rir no dia em que a minha mãe pisou numa mina. — Eu já estava começando a desejar ter ficado na escola sem fazer nada. — Ouça. O que há lá fora. Ouça com atenção.

Eu ouvi. Não havia nada.

Quando olhei de volta, Ivan tinha ido embora como se nunca tivesse estado ali. Eu estava completamente sozinho. Então, na distância, um farfalhar estranho. Talvez gado andando sobre a relva. O que quer que fosse estava chegando perto. Eu me retesei e sombras começaram a rodopiar. O estalar de um graveto. Um grunhido selvagem. Tinha de dizer a mim mesmo que era apenas um javali, ou coisa parecida, porque se não fosse...

— Agora, lembre-se de que há *gooks* lá fora — sussurrou Ivan dentro do meu ouvido. Quase dei um grito. — *Gooks* da cor das sombras com revólveres e facas, que querem roubar suas terras e não veem problema em cortar o pinto de um cara e fazer com que ele o coma.

Começou a voltar para a casa.

Corri para alcançá-lo.

O jantar foi em volta de uma ampla mesa de mogno, grande demais para nós quatro. A sra. Hascott fazia algumas perguntas usuais enquanto o pai de Ivan atacava sua comida.

— Pai? — Ivan estivera se coçando para perguntar. — A fazenda não será tomada, não é? Você sabe, pelo governo.

— Por que diabos fariam uma coisa dessas? — foi a resposta rude que veio entre garfadas.

Ivan encolheu os ombros. — Para dar aos negros. Ian Smith não é mais o líder, então quem vai impedir?

O pai olhou para Ivan com a expressão mais próxima a um sorriso que pensei que provavelmente veria nele.

— Os negros não sabem cuidar de fazendas. É uma ideia ridícula. Eu não perderia meu sono com isso.

— Mas e se Mugabe quisesse — prosseguiu Ivan —, poderia? Agora o sr. Hascott pousou o garfo.

— Veja bem, meu filho, Ian Smith pode não ser mais o nosso líder, mas isso não significa que os negros possam simplesmente entrar nas terras de alguém e tomá-las. Estas terras são nossas, nós temos títulos de propriedade. Meu avô as comprou legalmente e a lei está aí para nos proteger. Os *kaffirs* podem ter vencido a guerra, eles trouxeram Mugabe, mas esta fazenda ainda nos pertence e será nossa até decidirmos vendê-la. O que não vamos fazer. Certo? Estas terras são nossas.

Entretanto, novamente a voz do meu pai me assombrava dizendo de quem haviam sido as terras em primeiro lugar, mas nem pensar em falar disso naquela hora. Eu me obriguei a me livrar desse pensamento.

Ivan não se conformava. — Com certeza só é legal o que Mugabe diz que é. Ele está no comando. Ele pode fazer o que quiser.

— Não seja tão idiota. Ele fez um acordo quando assumiu este país, ele não pode tomar terras.

— Mas ele disse...

O sr. Hascott começou a levantar a garrafa de cerveja e largou-a, cortando Ivan.

— Desde quando você se tornou um maldito especialista em política? Você já está me aborrecendo.

— Ele disse que lhes daria terras se eles vencessem.

— Esse Mugabe falou um bocado naquele tempo. Pessoas como ele falam todo tipo de merda para conseguir o que querem.

— A linguagem, por favor. — A sra. Hascott tentou intervir. — Nós temos um convidado.

O sr. Hascott apenas disparou sobre ela um olhar que me fez voltar a desejar não ter sido convidado.

— Mas ele disse que faria isso. — Às vezes eu não sabia se Ivan estava conscientemente tentando piorar as coisas. — Ele disse que os brancos haviam roubado a terra dos africanos e que tinham o direito de retomá-la. Ele prometeu. Como você sabe que ele não vai fazer isso?

— Ele não vai fazer.

— Como é que você sabe?

— Eu sei.

— Como?

— Porque se um único *kaffir* entrar na minha fazenda gritando que tem direito às terras, eu o furo com uma bala. — O sr. Hascott golpeou o ar. Ele provavelmente não sabia que tinha começado a gritar. — Você vai ver se eu não faço isso.

— E cinquenta?

— Chega.

— Cem? Quinhentos?

— Você está abusando da sorte, meu garoto. Esta fazenda vai continuar na família por mais cem anos, posso garantir a você.

— Ian Smith disse que o *país* permaneceria branco por mais mil anos, mas isso simplesmente não aconteceu porque nós perdemos. Além disso, e se eu não quiser a fazenda? Você vai deixar para Steven e a filharada dele?

A sra. Hascott, ofegante, levou as mãos à boca. O sr. Hascott se pôs de pé, derrubando a cadeira. Abriu a fivela e puxou o cinto do short.

— Como você ousa pronunciar este nome na minha casa?! — Sua voz sibilava. — Eu *avisei*. Não vou tolerar isso. Aquele garoto está morto para mim. Vá já para o seu quarto.

Ivan não foi. Não imediatamente.

— Você está com medo, não está? — perguntou, perfeitamente calmo, o rosto um retrato de serena clarividência. — Você está amedrontado porque acha que é verdade o que ele disse. Eu ouvi no rádio, mas você disse que eram apenas jornalistas alarmistas, amigos dos *kaffirs*. Mas Mugabe realmente disse aquilo sobre expurgar os brancos e você acha que ele ainda pode fazer isso.

O sr. Hascott ameaçou o rosto do filho com a mão, que parou bem perto.

— *Vá já para o seu quarto.*

Ivan foi, e, de repente, estávamos sós, eu e a sra. Hascott. Ela tentou sorrir, mas não conseguiu grande coisa.

— Ivan realmente provoca o pai. Ele está se tornando um rapaz muito depressa, acho que nos esquecemos disso. — Sua voz tremia, fora de controle. Depois: — Steven é irmão de Ivan. Ele foi embora de casa há alguns anos para morar na África do Sul com seu... *amigo*.

Ela começou a chorar. Eu não sabia o que fazer.

Muito mais tarde, fui ver Ivan. Ele estava deitado, virado para a parede, os joelhos encolhidos junto ao peito, fungando. Não me aproximei porque sabia o que era ter outros garotos por perto quando se está tentando não chorar.

Fiquei olhando os quadros na parede. Não eram muitos. De um lado, a fotografia de uma volumosa cachoeira despejando torrentes de água sobre as palavras *As Cataratas Vitória São o Máximo*, e, no canto próximo, vi fotografias de soldados brancos em roupas de combate, sorrindo e fazendo o "V" da vitória para a câmera enquanto se dirigiam para a savana. Em algumas, reconheci o sr. Hascott mais magro, em forma, com um cinturão de balas em volta da cintura, uma enorme arma numa das mãos e com Ivan, pequeno, sobre os ombros.

— Eu o odeio — rosnou Ivan, e eu dei um pulo de leve.

Não tinha certeza se ele se referia ao pai, a Mugabe ou a Greet. O silêncio voltou e então me encaminhei para a porta.

— Vejo você amanhã — comentei.

— *Ja* — respondeu ele.

NOVE

Meus olhos se abriram de repente. A luz suave de antes do amanhecer acariciava as cortinas e lutei para distinguir as formas estranhas do quarto do irmão de Ivan. Tinha sonhado que ainda havia guerra e que os *gooks* que Ivan havia colocado na minha cabeça estavam se arrastando do lado de fora da casa; só que eu tinha voltado para a escola e para Selous e estava tentando fugir para a Inglaterra, apostando corrida com uma porção de Nelsons que usavam camuflagem e carregavam armas, e, ao meu lado, os garotos torciam por suas casas como sempre faziam:

— ... Vamos, Willoughby...
— ... Em frente, Heyman...
— ... Mostre o espírito da Burnett...
— ... Selous é a melhor, melhor, melhor...

Então acordei de verdade.

Ivan estava no pé da cama. Ele me atirou um conjunto de moletom.

— Toma. Você vai precisar disso, lá fora está frio.

Lá fora, na garagem, ele pendurou uma mochila nas costas e perguntou se eu já havia andado de motocicleta. Menti que sim, então ele me indicou uma das motos *off-road* que estavam lá.

Imitei o que ele fazia e dei partida na minha e ela pegou, mas depois morreu quatro vezes seguidas. Ele virou sua moto e voltou.

Pensei que fosse gritar, mas, em vez disso, apertou minha mão na embreagem até ela doer e depois soltou.

— Faça isso devagar.

Saímos. Passamos do portão e seguimos pelas estradas da fazenda. Eu sentia uma excitação totalmente nova com o vento frio soprando no meu rosto. O caminho era vermelho-sangue e irregular e, em ambos os lados, os campos continuavam obscuros e incertos, pois o sol ainda lutava para romper o horizonte, e, quando por fim apareceu, já tínhamos percorrido quilômetros.

Fizemos uma curva e subimos um morro íngreme em direção a um *kopje* grande como uma casa — pedra se equilibrando sobre pedra como se fosse mágica, parecendo que podia cair e rolar sobre nós ao menor sopro do vento. Quantas pessoas já não o teriam olhado, maravilhadas, e pensado o mesmo quando o viram da primeira vez?

Saltamos das motocicletas e, à medida que a noite ia embora, a paisagem fantasmagórica ganhava vida sob uma névoa dourada: gado, pés de milho, avestruzes, camadas de folhas de tabaco... Ivan já devia ter visto aquilo um milhão de vezes, mas até ele ficou silencioso enquanto a visão emergia. Um turaco começou a gritar o seu familiar "*G'way*"[17] e, acima, o preto e branco de uma águia pescadora precipitou-se para baixo e depois para fora, na direção da represa em forma de amêndoa.

— Gosto demais deste lugar — disse Ivan, talvez mais para si mesmo que para mim. — Nunca vou deixar que o tomem de nós.

Então, um antílope solitário surgiu do meio das árvores — um kudu marrom com listas laterais brancas e finas. Jovem e nervoso, ele parava a cada passo, as orelhas se mexendo, amedrontado com os próprios ruídos. Quando estava a seis metros de distância, ele de

---

[17] Lourie bird (*Corythaixoides concolor*), turaco em português, também conhecido como *go away bird* (pássaro vai embora), por causa do som do seu canto. (N.T.)

repente percebeu nossa presença e ficou imóvel, olhando diretamente para nós.

Lenta e cuidadosamente, Ivan tirou a mochila e pegou dentro dela uma pistola semiautomática com um brilho baço.

Ele armou o gatilho. Não sei se algum dia vou esquecer a expressão de seu rosto.

O estrondo partiu a manhã em duas. E me fez pular, embora não fosse tão alto quanto eu esperava, e, para meu alívio, o kudu já estava fugindo entre os ramos das árvores.

Ivan estava ligando a moto.

— Vamos!

Corremos atrás dele, gravetos e espinhos açoitando a minha pele. Tentei acompanhar, mas então uma clareira apareceu não sei de onde e fiquei frente a frente com uma cerca de arame farpado. Virei para a esquerda, entrei em pânico e quase voei por cima do guidom ao apertar o freio dianteiro. A moto derrapou, e caiu de lado.

— *Levante daí!* — gritou Ivan, diminuindo a velocidade ao passar por mim.

Mas eu não conseguia endireitar a moto sozinho e ele estava zangado de verdade agora. Olhou em volta e o kudu não estava mais à vista.

Estacionou na beira de uma plantação de tabaco para fazer uns disparos frustrados nuns ratos, só que eram todos muito rápidos e Ivan acabou gritando com eles.

Meteu a arma na minha mão.

— Atire, se você acha que é tão fácil.

A pistola era leve e se ajustava de maneira surpreendente à mão. O coice também não era o que eu havia imaginado, era quase nada, mas eu nunca havia atirado antes e meu primeiro tiro saiu totalmente desgovernado.

— Viu? Seu *pommie* inútil. — O rosto de Ivan estava vermelho.

Meu segundo tiro foi para qualquer lugar também e, quando Ivan começou a rir, eu não quis brincar mais. Ia devolvendo a arma quando um raio cinzento atraiu meu olhar. Nem pensei. Com um único movimento, girei e apertei o gatilho e a coisa que atravessava a estrada, já a cerca de seis metros de distância, subiu no ar.

Meu estômago se revolveu de nojo e excitação quando o rato tombou na terra. Ivan ficou com a boca aberta, mas tinha parado de rir.

Agarrou a pistola e trocou o pente.

— Faça de novo.

Eu me sentia flutuando. Apontei, apertei o gatilho e outro rato deu adeus a este mundo.

E outro.

— Jesus, Jacklin. Esta é a primeira vez?

— *Ja* — respondi, absurdamente orgulhoso.

— Poxa, onde diabos *você* esteve durante a guerra? Podíamos ter aproveitado você. Você devia estar no clube de rifle da escola.

Achei, então, que era uma boa hora para abordar o que havia acontecido na véspera.

— Seu velho ficou furioso ontem à noite, hein?

Ivan me tomou a pistola, ligou a motocicleta e gritou por cima do barulho da aceleração.

— Meu velho odeia duas coisas na vida: negros e veados. Meu *boet* é bicha, certo? Mas, se você contar para *alguém* que nós temos um fresco na família, você morre.

Agora parecíamos simplesmente andar sem rumo, e Ivan parava para dar tiros casuais em qualquer coisa: principalmente pássaros, alguns lagartos, uma cobra... Errou todos. Ele me deixou atirar uma vez num sapo-boi e eu acabei com ele a quinze metros de distância. Ivan estava perdendo a paciência e eu podia ver nuvens cada vez mais densas sobre ele.

Tínhamos começado finalmente a voltar para casa quando Ivan pisou no freio e parou. Agitado, olhou para o chão.

— Veja. — Apontou, e vi pegadas nítidas de cascos de antílope cortando o caminho. Ao lado, gotículas de sangue. — Eu o *peguei*.

Largou a motocicleta e saiu correndo para fora da estrada. O kudu devia estar por perto: o sangue estava fresco ainda. Ivan soltava um grito maluco de ataque. Passamos sobre pedras, em volta de formigueiros. Acácias baixas agarravam minhas roupas com dedos espinhentos. Eu queria parar, mas ele continuava em frente.

E então ele parou. De repente, agachando-se, pôs o dedo sobre os lábios e apontou para uma parede de capim alto.

— Quando eu contar três. — Eu mal o ouvia. Ele segurou a arma delicadamente contra o rosto. — Fique olhando, eu vou atirar nele.

Suas pupilas estavam pretas e dilatadas.

— Um... dois...

Se ele disse três, não escutei. Ele se lançou ao ataque, numa explosão de folhas e gravetos.

O que encontramos do outro lado não foi um animal agonizante lutando para fazer uma última tentativa pela liberdade. Foi um trabalhador, de macacão azul, agachado sobre um cano de irrigação, os cabelos de cachos apertados e desiguais e um cigarro feito de jornal entre os lábios. Ele pulou e girou quando nos aproximamos, os olhos muito abertos e brancos em contraste com a pele chocolate. Era Luckmore, o capataz alto e magro; eu me lembrei dele imediatamente, era aquele que tinha pulado da frente da caminhonete do sr. Hascott.

— Meu *weh*! — ele gritou. Estava tão surpreso que sua expressão era quase engraçada. E então tudo pareceu se transformar em pedra quando ele viu a arma bem junto do seu rosto.

O cigarro amoleceu e caiu no chão.

Uma risada nervosa: a minha. Ninguém riu comigo. Ivan continuava segurando a arma. Eu estava hiperconsciente de tudo.

Do ar frio.

Do cheiro do cigarro do trabalhador.

Da gota de suor sobre o olho de Ivan.

Do dedo dele, apertando o gatilho.

Ele vai disparar, pensei. Por um breve instante, tive certeza de que ele ia realmente disparar.

Ouviu-se um nítido estalo de madeira. Sobre o ombro do trabalhador, o kudu surgiu por entre os arbustos, mancando. Ivan desviou a mira e disparou um único tiro. O trabalhador se jogou no chão e cobriu a cabeça com os braços.

As pernas do kudu vergaram. Ivan foi até ele, olhou para baixo com os lábios apertados, então atirou novamente e não parou até acabar a munição.

DEZ

— Nós atravessamos os arbustos e o cara estava *lá*, e eu posso jurar que ele quase se *cagou*.

Ivan e eu contávamos a história juntos, ele sentado em cima da mesa, no centro da nossa sala de estudos, comigo ao seu lado. Todos estavam em torno de nós e escutavam atentamente, desesperados para saber o que havia acontecido depois. Era uma sensação boa, embora Simpson-Prior risse demais e alto demais, o que eu achava um pouco irritante, e, quando ele tossiu e expeliu suco de laranja Mazoe pelo nariz, concluí que estava simplesmente tentando atrair a atenção sobre si, e que talvez Ivan estivesse certo a seu respeito.

Nelson entrou, certamente para saber como havia sido o meu fim de semana, e imediatamente a alegria passou. Em meio à excitação, tinha me esquecido dele e de que ele acabaria por descobrir, mais cedo ou mais tarde, que eu havia mentido.

Abaixei a cabeça e desejei que todos fossem embora, mas, pelo contrário, Ivan prendeu ainda mais a atenção deles.

— Mas eu vou contar uma coisa para vocês: este cara — ele agarrou meu braço como se eu fosse sair correndo —, *este* cara é o melhor atirador que já existiu. Ele é um demônio. Eu nunca vi nada parecido. Você aponta uma coisa, ele mira e acerta de primeira.

Corei. Nelson olhava para mim de um modo esquisito.

— Eu pensei que você fosse para casa — disse ele quando fomos jantar. — Eu pensei que você fosse tentar convencer o seu velho a mudar de ideia.

Eu me senti mal e pouco à vontade.

— *Ja*, bem, eu não fui — respondi, porque não tinha nada com que me defender.

— E então você foi com *ele*?

— Eu não queria ficar aqui sozinho.

— Você podia ter ido para a minha casa. Eu chamei você.

— Não, eu não podia.

— Por que não? — perguntou ele, querendo realmente entender.

— Porque... — comecei.

Porque o quê, porém? Porque, olhando em retrospectiva, eu não teria tido com ele um fim de semana tão bom quanto o que tive? Porque eu queria que Ivan gostasse de mim e parasse de me atormentar o tempo todo? Porque Nelson era negro e eu, branco, e o fim de semana me ensinara que essa diferença de certo modo tornava impossível para mim ficar com ele? Praticamente ninguém mais teria ao menos contemplado a possibilidade de fazer tal coisa.

— Porque não, simplesmente — respondi categoricamente, estabelecendo um limite. — Por que você se importa com isso? A vida é minha.

Ele me olhou com uma expressão magoada. Não sei por que fiquei surpreso, não era o que eu havia procurado? Fazer alguma coisa para que ele me deixasse em paz e parasse de me fazer perguntas difíceis?

— Só pensei...

— Você é minha mãe?

— Não.

— Então pare de me dizer o que eu devo fazer.

— Eu não estou fazendo isso.

– Está sim.

– É só que você disse que ia para casa.

Perto da parede, avistei Ivan cutucando De Klomp e apontando na minha direção. Ambos fingiram que seus dedos eram armas, miraram e, depois, em câmera lenta, imitaram alguém sendo alvejado. Eu não saberia dizer se estavam novamente gabando o meu talento para atirar ou implicando comigo.

– Mas eu não fui, certo? Grande coisa. Pare de me chatear.

Sem olhar para trás, fui me juntar a Ivan que, para meu alívio, fez De Klomp se afastar, e me sentei entre os dois até o sino tocar e irmos para o refeitório.

Lá dentro, descobrimos que os monitores da escola ainda estavam furiosos por causa do rugby. Na mesa principal, Portis, o chefe dos monitores, fez toda a escola ficar de pé não para render graças, mas para dizer que nós éramos um bando de bichas inigualáveis.

– Onde estava a torcida? – Ele queria saber. Ele tinha jogado como asa[18] e feito um *try* que fora anulado.[19] – Vocês precisam aprender o que é respeito.

Ele nos obrigou a ficar de pé até os monitores acabarem de jantar, e tivemos pouquíssimo tempo para comer antes do horário de estudo. O que não percebemos logo foi que a punição continuaria por toda a semana.

Nelson começou a me evitar e, de tempos em tempos, eu o pegava me olhando, com uma expressão de perda e tristeza por não saber o que havia feito de errado. Eu queria tentar explicar, eu realmente

---

[18] Asa, ponta, lateral (*wing*) é, no rugby, qualquer uma das posições avançadas, junto às linhas laterais. (N.T.)
[19] *Try* é, no rugby, uma jogada em que o atleta leva a bola além da linha de gol do adversário e a coloca no chão, para marcar três pontos. (N.T.)

queria, mas, até no dormitório, Ivan parecia estar vigiando, checando o que eu estava fazendo, por isso era bem mais fácil ignorar Nelson.

Uma tarde avistei Nelson sentado sozinho na sala comum, chorando em silêncio. Resolvi finalmente quebrar aquele silêncio idiota, mas alguns garotos de outra casa entraram correndo e não pude fazê-lo.

— Aconteceu um acidente — disse um deles, a respiração alterada pela excitação. — Na estrada principal, bem em frente da escola. Não foi nada sério, mas dá para ver da cerca.

Quando disse que não era sério, ele queria dizer que não havia gente branca envolvida. Era possível avistar a carnificina imediatamente. Um ônibus cheio ia numa direção e um tanque do exército vinha na outra, mas a maioria dos ônibus do país tinha o chassi tão gasto que eles se arrastavam com as rodas dianteiras praticamente fora do asfalto enquanto as traseiras se projetavam para o meio da estrada. O tanque do exército — um Crocodile, massa feia de metal, angulosa e com as bordas pontudas, praticamente indestrutível — fez a curva depressa demais, entrou direto na lateral do ônibus e acabou sobre a relva. O ônibus deixou de ser ônibus.

Os gritos enchiam o ar. Alguns carros e viaturas de polícia haviam parado, mas não mais que isso, e, embora a ambulância tivesse chegado, só podia carregar duas pessoas de cada vez e eram vinte e tantos quilômetros para ir e voltar do hospital.

Um dos garotos mais velhos avistou os soldados do Crocodile perto das árvores, com as armas casualmente penduradas nos ombros. Eram homens grandes e pareciam preocupados apenas em conseguir fogo para acender seus cigarros. Eles chamaram um homenzinho com uniforme de polícia e pediram fósforos, e depois mandaram o homem embora sem olhar a cara dele. O policial pareceu feliz em tomar outro rumo.

Por que *eles* nada faziam para ajudar?, eu me perguntei.

Como que respondendo à pergunta, o menino mais velho apontou as boinas vermelhas metidas nas faixas que usavam na cintura.

— A Quinta Brigada — disse. — As tropas especiais de Mugabe. Uns malvados filhos da mãe.

Enquanto isso, uma pequena agitação irrompeu mais adiante, quando um garoto da nossa série chamado Pittman começou a subir a cerca. Ivan o encorajava, e, reparei, dessa vez De Klomp não estava ao seu lado, havia recuado, parecendo pequeno e pálido.

O garoto, Pittman, chegou lá em cima e passou para o outro lado e, com um sorriso largo, começou a rastejar entre as árvores delgadas até onde os soldados estavam agachados. Nenhum deles o tinha visto.

— Não faça isso — ouvimos a voz fina de De Klomp atrás de nós. — Ele não deve fazer isso. Façam Pittman parar.

Acho que ninguém mais o ouvia e, quando olhei, ele se virara e estava voltando depressa para a casa.

Agora Pittman estava realmente se exibindo, pulando e imitando um gorila. Ao pisar numa pinha, esta crepitou como se estivesse pegando fogo, e, em seguida, vimos os soldados todos de pé, precipitando-se na direção dele. Pittman começou a correr, seu rosto de repente o retrato do mais completo medo, mas eles eram rápidos. O soldado que seguiu na frente o derrubou no chão e o imobilizou sob uma das botas. Os outros se acercaram e apontaram as armas para ele, gritando em *shona* e chutando os calcanhares de Pittman.

Atrás da cerca, até Ivan mostrou-se aliviado quando o policial voltou correndo e implorou que parassem com aquilo.

Pouco a pouco, eles se acalmaram e levantaram as armas. Um deles cuspiu em Pittman e pisou em suas pernas antes de ir embora.

O policial arrastou Pittman de volta para a cerca.

— *Fique aqui!* — Ele o sacudiu. — Vocês são uns *garotos malucos*. Idiotas.

— Nós só estávamos nos divertindo um pouco. — Ivan protestou, por trás da cerca de arame.

— *Ja.* — Pittman tirou a mão preta do policial de cima dele. — Era só uma brincadeira.

— Você não pode fazer isso — disse o policial, sacudindo a cabeça com gravidade. — Não com eles. *Nunca* com eles. Da próxima vez talvez eu não esteja por perto para ajudar e você não vai ter tanta sorte.

Pittman aproveitou o seu momento. Ele era da casa Heyman, mas passou o resto da tarde na Selous, na nossa sala de estudo. Contou a todo mundo o que tinha acontecido, num volume cada vez mais alto. De Klomp estava de novo lado a lado com Ivan, rindo muito mais que os outros para esconder o fato de que havia saído sorrateiramente e não estava lá para ver. Nenhum de nós sabia que Greet estava no quarto dele, em cima, tentando fazer a sesta, mas o humor de Greet no que dizia respeito às punições da hora das refeições estava fervendo há dias e De Klomp devia ter sido mais cuidadoso.

Greet não procurou saber quem fora. Simplesmente entrou e deu uma bordoada em cada um, depois levou De Klomp e mais dois garotos para a lavanderia com um taco de críquete e uma bola. Passou os oito minutos seguintes lá dentro lançando a bola com toda a força de que era capaz.

O som ecoou por toda a casa.

Quando acabou, Osterberg e Davidson voltaram se arrastando para a sala de estudos, lutando com as lágrimas. Com o tempo, seria uma boa história para se contar, mas não por ora.

De Klomp, no entanto, não havia voltado.

Ainda não havia aparecido na hora do jantar. Ivan parecia preocupado.

Logo que bateu o sino para o estudo, vi que ele se esgueirava para fora. Segui-o na noite escura. Se nos pegassem, com certeza apanharíamos.

— Eu vou com você — disse-lhe.

— Não, não vai.

Eu me sentia corajoso porque queria que ele voltasse a gostar de mim.

— Vou contar pra todo mundo sobre o seu irmão.

Ele pensou sobre aquilo.

— Atrás de mim, não vou esperar.

— Aonde a gente vai?

— Para os penhascos — respondeu Ivan sem rodeios. — Ele está lá.

Não perguntei como podia ter tanta certeza, sabia que ele devia estar certo.

Atravessamos correndo os campos de esportes até o portão de baixo.

Eu nunca tinha ido aos penhascos porque eles ficavam fora dos limites permitidos. Na verdade, era apenas um penhasco, uma pedreira inativa no meio da savana, dos tempos em que a escola havia sido construída; de um lado, havia quinze metros de escarpa a prumo e, de outro, uma encosta suave. Não havia cercas de segurança ou qualquer coisa parecida, naturalmente, mas era um parque de diversões ideal, onde os garotos podiam saltar na água escura lá embaixo.

Não nos falamos de novo até chegar lá. O inverno é uma estação lúgubre na África: nenhum barulho de grilos eletrificando o ar, nenhum zumbido de formigas voadoras anunciando as chuvas. E a escuridão era sempre mais densa, e por vezes vinha um cheiro de madeira queimada de algum lugar que não se via.

Havia fumaça naquela noite também e Ivan afrouxou o passo.

— Precisamos ter cuidado.

— Por quê?

— Você não ia entender — respondeu impaciente.

De Klomp estava sentado ao pé de uma fogueira, tremendo porque ainda estava de short e camiseta de ginástica. Estávamos na fileira de árvores que contornava a clareira quando ele nos ouviu e no mesmo instante se pôs de pé, recuando para a escuridão. Vi marcas muito vermelhas em seus braços e pernas, onde a bola devia ter batido.

– Klompie. Sou eu, mano. Jacklin também está aqui, e mais ninguém. Nós ficamos preocupados.

Era tarde demais. De Klomp já tinha se virado. Num momento ele estava ali, no outro já tinha ido embora, engolido pela noite de maneira totalmente sobrenatural. Partimos atrás dele, e, só quando percebi que Ivan não estava mais ao meu lado, foi que me dei conta da escuridão à minha frente. Mas, antes que tivesse tempo de tentar entendê-la, de repente tudo desapareceu, e, como num sonho, eu estava flutuando no nada pelo que me pareceu uma eternidade, enquanto o ar frio e o silêncio me carregavam. E então eu estava caindo, apenas caindo. Podia sentir meu coração na boca. Com os braços girando e as pernas se debatendo, caí no abismo, cada vez mais depressa, até que finalmente aterrissei.

Meu último pensamento foi o de que certamente eu morreria, mas a superfície cedeu e continuei a cair, cada vez mais fundo, sugado por baixo, enquanto minha boca e meu nariz se enchiam de água gelada.

Quando voltei à superfície, uma coisa clara oscilou na minha frente e imediatamente percebi que era De Klomp, com o rosto para baixo e imóvel, e, sem pensar duas vezes, eu o virei de costas. O ombro e o rosto dele estavam sangrando, devia ter se cortado na rocha durante a queda.

– ... está fazendo? Você está vendo onde ele está? – Ivan gritou lá de cima. – Jesus, cara, *fale* comigo.

Segurei De Klomp por baixo do queixo e nadei com ele até o outro lado. Fiquei feliz porque o ouvi gemer enquanto o carregava encosta acima.

— Pai? — ele não parava de chamar. — Pai, é você? Não entre lá, pai.

Ele tremia. Tirei o meu casaco e coloquei-o sobre ele, porque algum bem havia de lhe fazer.

— Pai? — ele se enroscou em mim.

Fiquei sem graça. Não sabia o que dizer, então reagi como qualquer colegial de treze anos teria feito.

— Cale a boca, seu idiota, eu não sou seu pai. Você devia ficar contente, seus pais matariam você se soubessem disso.

Naquele momento ele voltou a si. Vi seus olhos focarem em mim, e então ele virou para o outro lado e começou a soluçar. Como eu poderia saber que era exatamente a coisa errada a dizer, já que, na verdade, seus pais não fariam nada com ele porque tinham sido mortos?

Voltamos no escuro, quase sem falar. Ivan guiava De Klomp com o braço no ombro dele, e eu vinha sempre um pouco atrás. De vez em quando, De Klomp deixava escapar um soluço e Ivan deixava-o parar.

— Eu entendo, mano. Eu entendo.

Mas *eu* não entendia.

Recomeçávamos a andar quando De Klomp sentia-se pronto para isso.

Essa atitude fraternal e cuidadosa de Ivan era um aspecto dele que eu nunca tinha visto, mas eu mantinha distância porque não era comigo. Era entre eles, eu não fazia parte daquilo. Ivan nem ao menos se virava para me olhar, portanto eu tinha certeza de que seu silêncio de aço era fúria contra mim por ter feito De Klomp chorar daquele jeito.

Nós o levamos para passar a noite na enfermaria. Felizmente, quem estava de plantão era a irmã Lee, que era uma pessoa generosa, e lhe dissemos que De Klomp tinha escorregado, batido com a cabeça e caído na piscina. Não lhe ocorreu perguntar o que estávamos fazendo lá àquela hora e no inverno.

Ivan e eu voltamos devagar para a casa.

– Não se pode culpá-lo por chorar. – Foi um alívio ouvi-lo falar comigo novamente, era como ser libertado. – Ele não é bicha, é por causa do que passou durante a guerra. Greet é um filho da mãe.

– Você acha que o que ele fez trouxe a guerra de volta para De Klomp?

– A guerra não *volta*, Jacklin, porque ela nunca vai embora. Ela faz parte da gente. E nos lembram dela todos os dias: nada funciona, não se pode comprar nada e os negros andam por aí como se fossem os donos do lugar.

Hesitou. Não ousei apressá-lo.

– Os pais de Klompie eram religiosos fanáticos. Carolas de verdade, entende?, e trabalhavam numa missão pentecostal, nas montanhas, para lá de Nyanga, tão ao leste que poderiam abrir a janela e mijar do outro lado da fronteira. Quando os *gooks* começaram seus ataques, a polícia tentou convencê-los a se mudarem, mas as freiras responderam "de maneira alguma". Deus estava do lado deles, Ele os protegeria. Então eles ficaram: Klompie, os pais e a irmãzinha, um padre e as freiras. Mais os empregados negros. Eles pensavam que os negros eram bons, mas, para mostrar que não se pode confiar num *kaffir*, aqueles lá não só roubavam comida para os terroristas como abriram a porta para eles. Os *gooks* mataram todo mundo, até os negros que os deixaram entrar.

– Por quê? – perguntei. Não havia outra coisa a dizer.

– Os *gooks* não precisam de um motivo. Eles empurraram todo mundo para dentro de um depósito e abriram fogo.

A voz de Ivan soava uniforme e controlada, os olhos fixos em algo invisível.

— Mas De Klomp, Klompie, sobreviveu — disse eu.

— Claro. Mas só porque eles quiseram que ele sobrevivesse. Os africanos são maus de nascença, é como eles são, mas nem todos são burros. Muitas vezes eles fazem questão de que alguém fique vivo para contar o que viu. É o que os terroristas fazem. Klompie ficou um ano inteiro sem falar depois do que aconteceu. Agora ele mora com o tio e a tia em Berg e não põe os pés em fazenda ou qualquer lugar que seja muito rural; só Deus sabe por que o mandaram para uma escola no interior com filhos da mãe como Greet.

— *Ja*, ele é mesmo um filho da mãe — repeti.

— A culpa não é de Greet — disse Ivan, surpreendendo-me. — Ele está no seu direito, como veterano, de nos bater. A culpa na verdade é dos *kaffirs*, foram eles que fizeram aquilo com Klompie. Foram os *kaffirs*. Você não vê isso? Não percebe?

Eu me vi concordando.

— *Ja*, eu percebo.

Já estávamos quase na casa.

— Ele vai saber lidar com isso — disse Ivan —, porque é isso que nós todos fazemos. Lidar com os acontecimentos e seguir em frente.

— Por quanto tempo? — perguntei. — E se ele não conseguir?

Ele não respondeu.

— Você demonstrou ter grandes *machendes* pulando para salvar Klompie — disse ele, em vez de responder à minha pergunta. — Tem que ter muito colhão para voar da borda do precipício como se não ligasse a mínima. Você pensa que é o super-homem ou algo parecido?

Ele apertou meu ombro. Lá estava, afinal, o que eu tanto queria.

— É o meu nome, mas não o gaste. — Eu me sentia orgulhoso.

— *Ja*. Mas não fale assim, fica parecendo um *pom* novamente. No que me diz respeito, você agora é um dos nossos. Você pertence a este lugar. Com a gente.

Aquela palavra: pertencer.

E eu pensei: *Sim, pertenço.*

— E se é esse o caso — Ivan apertou meu ombro significativamente —, você não vai querer andar por aí com esse tal de Nelson Ndube. Eu acabei de contar a você do que essa gente é capaz, não dá para confiar nele. Tem que manter distância. Você percebe?

Dessa vez eu disse: — Sim, eu percebo.

— E o que se passa entre você e Prior, o Punheteiro? Você e o garoto das cobras têm desfilado juntos como um casal de boiolas.

— Acho que tenho pena dele.

— Pois não tenha, o cara é um punheteiro. Você não vai querer ficar grudado nele, não, se pretende ir até o final do curso. Eu posso jurar que ele sonha em ser enrabado.

Vislumbrei uma maneira de ficar por cima e me apeguei a ela.

— Acho que ele mija na cama.

Ivan ficou interessado. — Verdade?

— Uma vez. Eu acho. O pijama dele estava molhado e ele o escondeu depressa depois que se levantou.

— Não podemos aceitar isso. Acho que está na hora de a Polícia da Bagunça fazer uma pequena experiência para ver se você está certo.

A Polícia da Bagunça.

Mais folclore da escola, outra história de tempos passados quando o dormitório em peso ao que parece havia conspirado para fazer um pobre indivíduo molhar a cama.

Todos fingiram dormir normalmente e, quando o que estava mais perto da vítima fez o sinal de "limpeza", aproximaram-se devagar. Com cuidado, colocaram a mão do cara dentro de uma tigela de água fria e, depois, com muita delicadeza, pingaram algumas gotas bem perto do ouvido dele. Passou-se algum tempo, mas, quando aconteceu, ficou evidente. Logo as luzes foram acesas, a roupa de cama da vítima foi puxada para fora, e, daquele dia em diante, sem piedade, ele seria apenas aquele que foi pego com o pijama encharcado da própria urina. Por fim, ao que parece, o cara tinha saído da escola por causa daquilo.

Era uma história cruel, embora em segredo duvidássemos de que fosse realmente verdadeira, porque qual idiota seria tão burro para cair numa armadilha daquelas?

Nenhum, eu disse a mim mesmo enquanto seguia as instruções de Ivan e colocava todos os outros do dormitório a par do plano. Não era possível que desse certo, eu convencia as vozes da minha cabeça enquanto tapeava Simpson-Prior para que pensasse que eu estava preparando canecas e mais canecas de chá para ele antes de as luzes se apagarem porque era seu amigo. Não era possível que todos nós o cercássemos, tentando não rir, sem que ele acordasse e percebesse.

Simpson-Prior dormiu e nós fomos buscar uma tigela com água para persuadir a bexiga dele a se soltar. Depois de certo tempo, ele murmurou, sorriu, e nós detectamos um cheiro familiar vindo da cama.

As luzes se acenderam. As cobertas foram puxadas. Simpson-Prior piscou como se saísse de um transe. Ele ainda não havia reparado que seu pijama estava agarrado à pele.

– *Prior se mijou!* – gritou alguém, talvez o próprio Ivan, e, de repente, o dormitório estava cheio também de garotos mais velhos. Eles deviam saber, alguém devia ter contado.

A cantilena começou.

– *Prior mijou na cama! Prior mijou na cama!*

Simpson-Prior tentou puxar as cobertas novamente sobre si, mas dois garotos o seguraram e impediram, proporcionando a todos uma boa visão. Não havia onde se esconder. Simpson-Prior começou a chorar, mas isso não fez a menor diferença: ele foi levantado e carregado por toda a casa como espólio de guerra.

Ainda hoje posso ver o rosto dele. Surpresa? Incredulidade? Horror? Ódio? Não há palavras para descrever o olhar magoado de quem foi traído enquanto fixava entre lágrimas cada um de nós – a mim, em particular – numa terrível tentativa de entender o que estava acontecendo, porque, embora soubesse perfeitamente bem, era demais para encarar.

Passados alguns dias, Klompie saiu da enfermaria. Então eu já havia trocado de cama para o outro lado do dormitório, longe de Simpson-Prior e de Nelson. Não estava mais à vontade perto deles. Sentia-me mal pelo que fizera com Simpson-Prior e pelo modo como havia tratado Nelson, mas, felizmente, Ivan e Klompie estavam lá para me fazer esquecer tudo aquilo.

Meus amigos.

Quem sabe, talvez aquele fosse o plano. Talvez Ivan já tivesse tido a ideia desde aquela época.

Ivan estava satisfeito com a minha decisão de trocar de cama sem ter sido persuadido a fazê-lo. Quando desci para o chuveiro naquela noite, apertou minha mão e bateu nas minhas costas como se eu fosse um campeão de boxe. Depois apontou em silêncio para Nelson, que estava debaixo do chuveiro.

– Por isso é que a gente pega piolho, por causa de pessoas como ele. Eles não conseguem se livrar dos piolhos, garanto.

A água quicava nos cabelos de Nelson: eles não ficavam molhados como os nossos. Eu nunca havia reparado naquilo.

ONZE

Por tudo o que havia acontecido naquele período, só no final foi que me dei conta de que havia recebido apenas um cartão-postal de minha avó, e isso bem no início. Não era normal.

Estava ansioso para perguntar à minha mãe sobre aquilo, mas, desde que tinha chegado em casa, o quarto dela permanecia quase o tempo todo fechado e eu nunca a via. Achava que era porque estava mais triste do que nunca por alguma razão, embora eu não soubesse por quê.

Já estava havia quase uma semana de férias quando resolvi esperá-la. Sentei no final do jardim, onde o gramado descia e se transformava na savana interminável e comecei a atirar pedras numa garrafa de Coca-Cola.

Não dobre tanto o braço. Imaginei Ivan me dizendo como fazer. Não que eu precisasse do conselho, porque havia acertado todas as vezes de uns nove metros de distância. Imaginei o que ele estaria fazendo àquela hora. Parecia ter se passado muito tempo desde que ele me chamara para ir à sua fazenda, e eu desejava mais que tudo o que ele me convidasse novamente.

Então pensei na expressão de Simpson-Prior naquela noite em que o fizemos molhar a cama. Peguei outra pedra e joguei, fazendo de conta que a garrafa era a lembrança, mas dessa vez coloquei força demais e, embora ficasse esperando o barulho, o único ruído foi o de um tilintar de copo vindo de casa.

Minha mãe tinha se levantado.

Nosso jardim era enorme, cercado de jacarandás, pés de abacate e pinheiros altos que às vezes pareciam barras da cela de uma prisão. A casa ficava no meio, com paredes brancas e lisas e telhado cinza de amianto que terminava sobre uma varanda que a família quase nunca usava.

A grama não via chuva havia meses e estalava sob meus pés.

– Olá, *mastah* Bobby – cumprimentou-me Matilda, com o corpo dobrado sobre a tábua de lavar roupa, mas, ainda assim, abrindo um grande sorriso.

Retribuí acenando e entrei na casa fresca.

Como esperava, a porta do quarto de minha mãe estava fechada, embora soubesse que ela havia saído porque um copo da mesa de bebidas fora usado e esvaziado antes que o gelo começasse a derreter. Ele dizia que não, mas eu sabia que meu pai tinha se mudado para o quarto de hóspedes, porque Matilda arrumava a cama que havia lá todas as manhãs.

A luz do dia fora banida do quarto de minha mãe, brilhando somente no contorno das cortinas, e ela estava deitada na obscuridade, pálida, apoiada em travesseiros. Mal a reconheci.

Suas pálpebras tremeram.

– Querido. Meu Deus, o que você está fazendo aqui? – Ergueu um braço que segurava outro copo que eu não havia notado até então e onde um líquido claro se agitava. – É tão cedo.

– Já é quase de tarde – respondi.

– Verdade? Puxa, e eu aqui, ainda na cama. Desculpe, querido, não tenho me sentido muito bem ultimamente. Você sabe como é... – Seus dedos úmidos e frios encontraram meu rosto. Era o toque de uma estranha, e eu me senti pouco à vontade. – Veja só como o meu garotinho está crescido. Com certeza você está sendo bem-alimentado na escola. Que horas são?

– Quase meio-dia. Mãe...

— Quase hora do almoço, então. Isso é bom — disse. Olhos culpados espiaram sobre a borda do copo. — Não se preocupe, é só água. Juro. As chuvas já chegaram?

— Não, mãe, ainda estamos em setembro.

— Sinto tanta falta da chuva. Chuva inglesa, fria, cinzenta...

Uma vaga nuvem passou por ela. Notei essa mesma nuvem no dia em que cheguei em casa e ainda não tinha passado.

— Mãe, você teve notícias da vovó recentemente? — perguntei.

Ela ficou em silêncio por algum tempo.

— Sua avó está — começou ela —, está... é... ah, é tarde demais.

Tarde demais?

— Para quê?

Fraca, ela se esticou em direção à mesa de cabeceira e seus ossos apareceram sob a pele. Pegou um envelope rasgado que tinha um selo britânico.

— Tome — suspirou. — Isso explica tudo.

Quando fui pegá-lo, vi que a letra não era conhecida. A palavra *URGENTE* estava escrita em maiúsculas bem grandes e eu hesitei. Foi o tempo suficiente para ela mudar de ideia e puxá-lo de volta.

— Sua avó foi embora — disse num tom que não me era familiar, porque estava falando para dentro do copo. Inclinou-o para tomar o último gole de seja lá o que fosse aquilo e percebeu que havia acabado.

— Para onde?

— Isso realmente importa? — Notou a minha reação ao seu tom e suavizou a voz. — Mudou-se. Um lar para idosos. Sim, é isso. Uma espécie de asilo. Não conseguia mais tomar conta de si, a coitadinha. Tão velha, tão de repente. Isso acontece.

— Mas... — Naquele exato momento, eu não sabia como articular os pensamentos. — Mas ela não me contou.

— Não podia. Não no estado em que se encontrava.

— Mas...

— Talvez ela tenha esquecido para onde escrever, sua cabeça não é mais como era. Vamos, querido, na verdade é como se ela não fizesse mais parte das nossas vidas, nós agora moramos aqui.

Dessa vez, sem querer me esquivei do seu toque e nós nos olhamos.

— Mãe.

Ela desviou o olhar.

— Não discuta.

— Eu...

— *Não faça isso.* — E, quando hesitei: — Se ao menos você percebesse...

Alguma coisa me dizia que eu não queria saber. Eu lutava com minha confusão.

— Você sabe onde ela está? — perguntei. — Para eu escrever para ela?

— Não, eu não sei. Oh, querido, mande embora essa tristeza. Confie em mim, ela está melhor onde está e vai ficar confusa se você começar a bombardeá-la com cartas. Melhor deixá-la sossegada. As coisas vão melhorar agora que está tudo terminado.

Tudo terminado?

— Marjorie, uma amiga da sua avó, arrumou as coisas dela.

— Então você não acha que a gente podia, talvez, ir embora daqui para ficar com ela — prossegui, desajeitado —, como você disse uma vez? *Você disse.* Eu não gosto da escola, tem uns garotos que fazem maldades com os outros. Você não acha que a gente podia ir morar com a vovó? Você sabe, até a gente se organizar.

Minha mãe, ou a mulher na minha frente que se parecia vagamente com minha mãe, passou a língua sobre os lábios rachados. Nós nos encaramos, e, por alguns segundos, pensei ver alguém que havia conhecido lutando para aparecer. Ela quase conseguiu, mas o copo desviou-lhe de novo a atenção e ela bateu com os dentes na borda dele. A nuvem desceu totalmente e a levou de mim.

– Não, meu querido, eu não acho. – Ela se lançou para a frente, trêmula, com um forte acesso de tosse, a mão sobre a boca, depois juntou as energias uma segunda vez, recolocou o envelope na gaveta e a fechou com uma *pancada*. – É muito tarde. Nosso lugar é aqui com seu pai. Que horas você disse que eram? Talvez não seja tão cedo para uma bebida, depois, quem sabe, eu me levanto e nós podemos almoçar juntos. Seja um bom menino para a sua mãe.

Quem quer que ela seja, foi então que comecei a odiá-la, e continuei a odiá-la um pouco mais a cada dia até ela morrer.

De volta ao final do jardim e além dele. Não queria almoçar, queria andar. Somente andar. Jogava pedras em tudo: nas árvores, nas rochas, nos lagartos em cima das rochas. Acertei até uma poupa africana que passou voando.

– Pássaro idiota – praguejei, mas só quando vi que ela estava bem. – Pássaro idiota de um país idiota.

O sol brilhava com intensidade e a terra vermelha estava quente por baixo dos meus sapatos. Devia estar andando havia uma hora sem ter visto ninguém e, quando vi, não era uma pessoa de verdade. Era parte de um velho monumento, uma estátua corroída pelo tempo de um homem branco metido a besta de uniforme militar e com um bigode bem-aparado. Nunca tinha visto ou ouvido falar dele antes; um pioneiro que aparentemente havia descoberto ouro e edificado a cidade, assim dizia a base do monumento.

Ele construiu ou foram os negros que ele surrou e chicoteou? Eu podia ouvir meu pai. *Nem tão poderoso agora, não?*

A mim, contudo, ele parecia poderoso, talvez porque a expressão ou a pose ou alguma outra coisa nele me lembrasse Greet.

– Lugar idiota para uma estátua – disse para ela.

Havia um caminho que podia ter sido um dia uma estrada de terra, mas qualquer outro traço de civilização havia sido tomado pelas árvores. Virei-me e fiquei inquieto quando percebi que não havia sinal de nossa casa e não sabia como havia chegado ali.

— No meio de um maldito nada. Idiota.

Um súbito ruído me fez dar um pulo. Por um momento, pensei que fosse um animal, mas surgiram dois rapazes, cada qual com uma embalagem de cerveja Chibuku na mão, visivelmente bêbados. Estavam rindo, se balançando e falando alto em *shona*. Quando me avistaram, pararam e apenas sorriram, os rostos negros brilhando sob o denso chumaço dos cabelos que se projetavam para todos os lados. Era possível ver restos da bebida de milho rosa-acinzentados em seus dentes.

Tentei me mostrar indiferente e acenei com a cabeça. Um deles me imitou e deu uma risadinha. O outro falou qualquer coisa que não entendi, enquanto seus olhos iam de mim para a estátua e de novo para mim. Ele vestia uma camiseta sem mangas e, num dos braços de músculos bem-definidos, havia uma grande cicatriz que descia do ombro até o cotovelo. Fiquei imaginando como tinha conseguido aquilo. Ele viu que eu olhava e, rindo, disse alguma coisa para o amigo, apontando para o monumento.

— *Ndipo fojica* — disse.

Virei-me. Ouvi-o emitir uns sons cantados enquanto o outro parecia histérico.

— *Ndipo fojica* — disse novamente.

Fui andando rápido, fazendo de conta que não tinha pressa. Ouvi a voz de Ivan sobre meu ombro: *Os africanos são maus de nascença.*

Meu coração bateu com força quando vi que eles me seguiam. Alarguei os passos.

— *Mwana haasati ava nomurangariro.*

Outro motivo de riso. Por que achavam tudo tão engraçado?

Passei a andar mais depressa; fizeram o mesmo. Comecei a correr tentando parecer natural; jogaram fora as embalagens de Chibuku e também começaram a correr. Por fim, simplesmente corri sem me importar com a direção que tomava. Esbarrava em galhos e folhas e pulava sobre arbustos. Porém, não podia ignorar os espinhos e tive de parar para arrancá-los.

Ainda estavam atrás de mim, atravessando a savana com movimentos suaves, fáceis, sem se cansar. Como guerreiros.

Com um breve grito, parti novamente, só que estava tão preocupado que não reparei numa pedra no caminho, e, antes que conseguisse chegar a um lugar seguro, estava no chão inalando poeira.

Num instante, os dois africanos me alcançaram. Recuei, e o africano que tinha falado se aproximou de mim calmamente, tão perto que pude ver seus olhos vermelhos e sentir seu odor pungente. Mostrou as gengivas. Quantas pessoas tinham sentido durante a guerra o que eu sentia agora? Quantas pessoas aquele homem tinha matado? Eu desejava mais que tudo que Ivan estivesse comigo.

Ele ergueu a mão e eu desisti de tudo.

— *Kanjani, shamwari* — disse ele. *Olá, meu amigo.* — *Ndipo fojica.*

E, como eu não reagi, levou a mão à boca.

— Eu quero *fojica. Fojica.*

Ele só queria um cigarro.

Sorrindo ainda, ele se abaixou.

— *Shamwari*, por que estava fugindo? Você pensou que eu ia machucar você? — Apontou o corte na minha perna. — Você correu tão depressa que se machucou.

Abri e fechei a boca.

— Você tem que ir ao médico. Ele vai passar um remédio, *muti*, que vai fazer você melhorar, primeira coisa. Certo? — continuou. O amigo ficou andando para lá e para cá, bocejando e passando os dedos pelos cabelos inocentemente. — Estou procurando trabalho, chefe. Trabalho duro quando me pagam em dólar. Seu pai não está precisando de alguém bom como eu para trabalhar no jardim, amigo? Meu nome é James.

Estendeu uma mão gigantesca. Recuei e ele a recolheu, parecendo ofendido.

— *Me deixe em paz!* — gritei.

Então me pus de pé novamente e, dessa vez, não parei até topar com a estrada que me levaria até em casa.

Passei o resto da tarde no meu quarto ouvindo música com as cortinas fechadas. O Spandau Ballet e o Nik Kershaw[20] estavam mastigados porque eram cassetes locais, e, em vez de tentar ajeitá-los, atirei-os do outro lado do quarto e escutei os meus ingleses antigos. Ivan estava certo: nada funcionava nesse país. De qualquer maneira, também tinha mencionado que Spandau Ballet e Nik Kershaw eram gays, de modo que não me importei.

Depois das cinco horas, o canal de TV começava a transmitir. Estava entediado e então fui para a sala e liguei nosso dinossauro preto e branco. A imagem surgiu, e eu resmunguei quando vi que era outro boletim especial.

Era um grupo de soldados, satisfeitos e orgulhosos, apoiados em suas armas. Pareciam com aqueles com quem Pittman tinha se metido, boinas vermelhas na cintura, brincavam e riam para a câmera, mas, ainda assim, mantinham um ar ameaçador. Esses camaradas, leu o comentarista, repeliram outro ataque de forças rebeldes em Matabeleland, no sudoeste do país.

---

[20] Spandau Ballet é uma banda inglesa popular nos anos 1980, cuja música é uma mistura de funk, jazz, soul e synthpop; Nik Kershaw é um cantor e compositor de grande sucesso nos anos 1980 na Inglaterra. (N.T.)

A imagem cortou para a beira da estrada, onde havia corpos de *matabeles* espalhados. Talvez uns cinquenta, homens e mulheres. E crianças. No entanto, não vi armas junto deles, apenas sacos de milho.

Meu pai voltou do trabalho. Ia perguntar a respeito da reportagem, mas ele parecia tão irritado que eu simplesmente desliguei o aparelho.

– Onde está sua mãe?

Não respondi, e ele concluiu onde. Foi ficar sozinho em seu escritório.

No jantar, ele e eu nos sentamos frente a frente nas cabeceiras da mesa, e uma bandeja foi posta junto à porta de minha mãe. Na sala, ecoava o som dos talheres na porcelana dos pratos.

– Você está muito quieto. Alguma coisa errada? – Pingava molho da barba dele.

– Nada – respondi.

– Falou com sua mãe hoje?

– Falei.

– Sobre a sua avó?

– Sim.

– Ah. – Ele suspirou e pousou o garfo. – Pois é. Ela disse que talvez falasse. Acho que podiam ter feito de uma maneira melhor, mas vamos em frente. Ainda acho que ela não devia ter... quer dizer, acho que ela podia ter...

Tossiu.

– Sua avó e eu nunca nos entendemos, e, quando sua mãe e eu nos casamos... A vida é complicada, Robert, um dia você vai descobrir isso. Não tem sido fácil para nenhum de nós. Marjorie Downe, uma amiga da sua avó, tratou de tudo, então vamos deixar assim.

Tratou de tudo? O que ele queria dizer com tratar? Ela só tinha ido para uma casa de idosos. Não foi isso? Por que todo mundo agia de um modo tão estranho?

Eu queria perguntar, mas ele mudou de assunto: – O que mais você fez hoje?

– Nada de mais – respondi. – Encontrei uma estátua.

– Muito bem.

– Perto daqui, fora da estrada. Tenente Willington BSAP, uma coisa assim, ele encontrou ouro e construiu a cidade. Esta cidade era rica à pampa, não era?

– Certo – disse ele novamente –, mas apenas os *brancos* da cidade podiam ser ricos, os pobres africanos que moravam aqui e faziam todo o trabalho não ganhavam nem um centavo. E não diga "à pampa", Robert, isso é gíria. Diga "muito". Quem sabe um dia você me mostra essa estátua.

– *Ja. Lekker.*

– Quando eu tiver mais tempo disponível. No momento, o escritório está com muito serviço. Meu assistente ainda não está dando conta da parte dele.

– Ah.

– Eu não quero ter que mandar meu assistente embora. E não diga "*lekker*", diga "ótimo". Você parece um nativo da colônia.

Meti outro pedaço de carne na boca e mastiguei.

– Pai?

– O que foi, Robert?

– Você acha que os *kaffirs* nos odeiam? Quer dizer, eles lutaram contra nós na guerra, eles nos odiavam naquela época.

Meu pai empurrou o prato.

– Em primeiro lugar, Robert, nunca, nunca mais quero ouvir você usando esse tipo de linguagem. Nós não mandamos você para uma escola que custa o que custa para criar um racista. Você está me entendendo?

Balancei a cabeça.

– Em segundo lugar, não há razão alguma para os africanos *nos* odiarem. Nós não lutamos contra eles. A Grã-Bretanha e a Rodésia cortaram laços há muito tempo. A Grã-Bretanha estava do lado dos africanos na guerra.

— É, mas foi a Grã-Bretanha que criou a Rodésia. A Grã-Bretanha tomou a terra, para começar, e você disse que não foi justo.

— E não foi.

— Então os negros devem nos odiar também, não é?

Ele esfregou a testa. Tempos atrás talvez eu tivesse lido aquele sinal e parado, mas lembrei que Ivan não tinha parado de discutir com o pai e quis ser como ele. Ele não teria corrido daqueles dois homens na savana como eu fiz.

— Você está certo. Talvez eles nos odeiem. Os europeus trataram a África de maneira abominável. Não me entenda mal, acho que alguma coisa boa foi feita no período colonial, mas a maior parte foi para fortalecer o poder. E, acredite em mim, quando o poder sobe à cabeça das pessoas, tudo desanda, e muito rápido.

— Então...

— Então Mugabe está aqui para consertar as coisas. Se há algum ódio no país, de negros por brancos ou de brancos por negros, ele é o homem para apagá-lo e garantir que nunca reacenda. Ele não vai tolerar que isso aconteça, eu realmente acredito nisso. Ele já provou que é um homem que perdoa. Infelizmente, há poucos como ele.

— Ivan disse que existem negros rodesianos que não queriam Mugabe, como os *matabeles* que trabalham na fazenda dele. Alguns deles nem queriam que o país mudasse.

— Diabos, quem é esse tal de Ivan?

— Um amigo.

— Bem, diga ao seu amigo que o argumento dele é fraco. Acho que até você podia ver isso. As pessoas de quem ele está falando não tinham liberdade, não tinham escolha, diziam o que lhes mandavam dizer.

— Pelo que Ivan diz, não era bem assim. O inimigo...

— Eu ouço o que Ivan diz e ele está errado. O inimigo, como ele insiste em chamá-los, estava lutando por *liberdade*. O verdadeiro inimigo era, de fato, o governo branco. Não se pode governar pela minoria e discriminar a maioria, menos ainda num país que, em primeiro lugar, nem é o seu. É um uso do poder injusto, moralmente distorcido, totalmente errado. Como eu disse, o poder é uma coisa perigosa, maléfica. Ele... *corrompe*. Ele toma conta das pessoas e as transforma.

— Então você não acredita que os negros nos odeiem.

— Claro que não.

— E será que eles não querem nos prejudicar? Por vingança? Por causa de todo o poder que foi usado contra eles nos velhos tempos.

— Impensável.

— Mas Mugabe agora tem poder, e você acabou de dizer que o poder é maléfico.

Ele fez um gesto com a mão no ar, como se estivesse tentando capturar pensamentos que lhe escapavam.

— Este país é comandado por um homem bom, altruísta e amante da paz, com a graça e a humanidade de perdoar e esquecer. Ele quer o melhor para todos. Ele quer ver um país próspero porque é o interesse de todos. A palavra é *Reconciliação*. Acredite em mim, a história vai lembrar o nome de Robert Mugabe por um longo tempo.

Fixei os olhos na minha comida.

— Ivan disse que ele prometeu aos negros que tomaria toda a terra dos brancos e a daria para eles, se ganhassem — disse eu com calma —, e que todos os brancos teriam de ser expurgados. Será que vamos ter de dar nossa casa para eles?

— Os colonizadores brancos usaram a força e roubaram terras. Eles separaram famílias e mataram gente inocente sem serem recriminados por isso. Você acha isso certo?

Sacudi a cabeça.

— Não — enfatizou ele. — Se houver redistribuição de terras neste país, será apenas o justo. Mas Mugabe não faria isso à força, ele sabe que dois erros somados não resultam em acerto.

— Então ele não vai lutar contra nós? Como Ivan disse que ia?

Meu pai não disse nada por algum tempo, apenas terminou a comida. Eu podia ver os músculos de suas mandíbulas trabalhando mais que o necessário.

— Ele não vai — disse, por fim, como se tivesse passado aquele tempo todo refletindo sobre a questão. — Se você está entediado, talvez fosse bom chamar um de seus colegas para vir ficar com você aqui. Um de seus *outros* colegas. Aquele rapazinho que dormia perto de você.

— Quem, *Nelson*?

— Isso, Nelson. — E depois: — O que há de errado com ele?

— Nada, só que ele é...

Meu pai esperou.

— Ele não é mais exatamente um amigo.

— Por que não?

Sacudi os ombros e soltei um grunhido.

— Mas Ivan é? — Ele afastou o prato para o lado e falou, dirigindo-se à mesa: — Os amigos acabam decepcionando a gente. É o que sempre acontece.

Seu rosto estava triste e abatido quando disse aquilo, parecia perdido. Comi o resto da comida em silêncio. Quando acabei e pedi licença para me levantar da mesa, ele apenas acrescentou:

— Não estou certo de ter uma boa impressão desse Ivan. Vou até mais longe e digo que você faria melhor se não ficasse andando por aí com gente como ele. Talvez eu deva ir ter uma palavrinha com o seu diretor.

Gostaria que tivesse ido. Tudo poderia ter caminhado de um modo bem melhor.

DOZE

Tentei descobrir para onde a minha avó havia sido levada, mas minha mãe se recusou a me contar e, por fim, parou até de me olhar quando eu perguntava. Se ela se sentiu mal, eu não vi, porque ela praticamente não saiu mais do quarto pelo resto das minhas férias, e eu não saí do meu.

Preparei minha mala bem umas vinte e quatro horas antes da hora de voltar. Meu pai apenas arqueou as sobrancelhas.

– Eu acho que, da próxima vez, você mesmo devia engraxar seus sapatos. Não vejo razão para Matilda ter que fazer isso.

Como era a minha última noite em casa, minha mãe fez um esforço especial e veio jantar conosco, mas meu pai teve de levá-la de volta para a cama quando ela começou a cabecear por cima da sobremesa.

– Ei! Jacko chegou! – gritou Ivan enquanto eu descia pelo corredor de entrada da Selous.

– Até que enfim, Jacklin. – Klompie jogou um par de meias de hóquei no meu rosto e eu quase deixei a lancheira cair. – Ivan chegou à conclusão de que encontrara sua futura mulher e disse que a garota, Adele, o deixa louco.

– Pelo amor de Deus, homem! – bradou Osterberg. – Você já ouviu falar em pegar uma cor?

Davidson veio e simplesmente torceu meus mamilos.

Era ótimo estar de volta.

Entrei com facilidade na rotina da qual sentira falta: hora de levantar, café da manhã, igreja, aulas, descanso, esportes, clubes, deveres de casa, luzes apagadas... A base sólida da regularidade que eu não tinha em casa, até mesmo coisas como obrigações repugnantes e banhos frios. De modo bizarro, Greet fazia parte dela; eu pelo menos sabia onde pisava.

As únicas mudanças reais foram os esportes principais (críquete e hóquei neste período, já que estávamos de novo no verão) e clubes à tarde – parei de ir ao clube de computação com Simpson-Prior e, em vez disso, entrei no de fotografia com Ivan e Klompie. Mas, quase em seguida, o de fotografia fechou porque não havia filme no país, então Ivan deu um jeito de nos incluir no clube de rifle. Não faço ideia de como conseguiu isso.

A outra novidade do período era química, ou melhor, o professor de química, pois o velho sr. Pines, que devia lecionar desde que o homem branco pisou pela primeira vez no país, cada vez mais concluía os experimentos com os alunos tendo que abrir todas as janelas. O sr. Bullman tinha reduzido as aulas dele e conseguiu outra pessoa para ajudar. Entretanto, mesmo as escolas particulares não podiam contratar novos professores à vontade, sem que o governo tivesse alguma participação.

Ele fez força para não demonstrar, mas juro que o sr. Bullman parecia especialmente constrangido, de pé no centro do palco na primeira assembleia. Claro que todos nós já havíamos reparado nele, uma cabeça negra e brilhante no mar branco do corpo docente da escola.

Ivan me cutucou. – Olha só: temos um ímã para moscas.

– ... Haven tem o orgulho de poder oferecer este cargo ao primeiro professor negro da escola – disse o sr. Bullman. – Um símbolo da disposição para a unificação, uma vez que todos nós estamos voltados para o futuro – leu.

Enquanto nos espremíamos para sair, ouvi os garotos mais velhos praguejando contra os malditos espiões do governo e sobre o começo de um processo perigoso.

Se o sr. Mafiti era espião do governo, então não era um espião muito bom, pois era óbvio que amava seu trabalho, em particular os experimentos, e muitas vezes passava da hora só para nós podermos ver a explosão, ou a formação de gás ou o que quer que fosse que vinha no final. Afinal, era o que importava em química, de modo que, quanto mais apreciássemos os experimentos, menos tempo ele gastaria com deveres de casa ou ditados entediantes.

Mesmo quando a aula era monótona, era difícil não gostar do sr. Mafiti. Ele tinha um rosto bondoso e, fora do laboratório, possuía uma ingenuidade cativante em relação a todas as coisas, andando pela escola, com frequência, como uma criança deslumbrada numa feira. Alguns garotos implicavam com ele, é claro, atirando bolas de papel amassado quando ele estava de costas ou batendo com o apagador no casaco dele e deixando-o todo branco. Mas ele nunca se zangou. Nenhuma vez. Achava graça. Acho que gostávamos do sr. Mafiti porque ele era como uma lufada de ar fresco.

No entender de alguns alunos, entretanto, ele era um fraco, e, então, eles eram cruéis.

Ivan realmente provocava e começou a fumar no fundo do laboratório, abaixando-se atrás da bancada para dar tragadas enquanto o sr. Mafiti escrevia no quadro. O sr. Mafiti parava e cheirava o ar, mas, se suspeitou de alguma coisa, nunca chegou a dizer.

E tinha Pittman, que uma vez levantou a mão no meio de um experimento e perguntou: – Com licença, o senhor é um negro safado?

O eterno sorriso do sr. Mafiti desapareceu por um momento.

— Eu... ee... eu não ouvi. O que foi que você disse?

— Eu perguntei se o senhor está satisfeito por ter voltado. Ao país. O senhor disse que morou na Tanzânia no tempo da guerra.

— Sim. Estou muito satisfeito por ter voltado. — O sorriso reapareceu. — Obrigado pelo interesse.

Noutra ocasião, alguém trancou uma coruja no laboratório do sr. Mafiti e, na manhã seguinte, quando ele entrou, encontrou penas por todo lado e a ave de rapina extremamente agitada se debatendo contra as janelas.

O culpado nunca foi descoberto; tudo o que se soube é que ele deve ter tido muito trabalho para pegar uma ave daquelas. O que tenho certeza é de que ele estava lá, deleitando-se ao ver o sr. Mafiti a correr e gritar com lágrimas nos olhos.

— É apenas uma coruja idiota. — Tentei encobrir o fato de que sentia pena do nosso professor de química. — Ela não ia machucar o professor.

— Ele é um *shona* — explicou Ivan, com muita objetividade. — Ao contrário do resto de nós, nem ele nem Pittman tinham muito a dizer sobre o episódio. — E os *shonas* detestam corujas. Maus presságios. Uma crença boba de que ver uma coruja de dia significa que alguma coisa muito ruim vai acontecer. Eles realmente acreditam em merdas como essa.

Química era a única aula de que Ivan parecia gostar, mas isso nada tinha a ver com aprendizado. Os exames do final do ano estavam chegando, no entanto, e, enquanto minhas notas ficavam normalmente entre *mediano* e *precisa-fazer-mais-perguntas*, as dele estavam lá embaixo.

— No meu modo de entender, posso dar duro e suar a camisa ou posso ir levando. Não vai fazer a mínima diferença porque não preciso passar nos exames para ser fazendeiro. Tenho pena de vocês, caras.

Mais ou menos na metade do período, um Mercedes com placa do governo surgiu em frente do edifício da administração e ficou horas por lá.

Naquela noite, Taylor reuniu todo mundo para um grito de guerra da casa, lá fora, no gramado. Disse que queria que lembrássemos qual é a melhor casa da escola, a que sempre seria a melhor, a que tínhamos todos os motivos para sentir orgulho de fazer parte dela. Por um momento pareceu que tinha lágrimas nos olhos. Ele as enxugou e então nos disse que haveria um pronunciamento especial e que toda a escola teria de ir para o auditório antes do jantar.

As perguntas buzinavam enquanto nos sentávamos. Quando o sr. Bullman surgiu, estava realmente sério e sombrio, com a pele do rosto parecendo frouxa. Subiu ao palco e afastou da testa os fios de cabelo mais longos. Olhava direto para a frente e não tinha discurso escrito.

— Não sei se vocês sabem, meus garotos — meus garotos —, mas tivemos hoje o encontro anual geral de diretores de escola. E este ano juntou-se a nós um... *convidado* especial, o ministro da Educação, o sr. Chapalanga. O ministério decidiu que, a partir de agora, vai ter representação nas diretorias de todas as escolas. Ele quer, disse o ministro, escutar, aprender e ter a chance de contribuir em benefício mútuo.

Era isso? Isso era tudo?

— Nossa escola, a Haven School, tem orgulho de ter sido construída com base na história e na tradição, sobre as quais nos empenhamos em estabelecer um sistema educacional sólido. É por isso que os alojamentos receberam os nomes que têm, nomes de pioneiros fundadores de nossa nação de então. E acreditamos que nós, os provedores dessa educação, fomos bem-sucedidos em transmitir essa base ao preparar vocês para o futuro.

— Vocês podem não perceber isto agora, mas pertencem a um grupo muito privilegiado. Este é um lugar especial, e vocês são parte do granito sobre o qual este estabelecimento foi fundado: sólido, irremovível, que vai permanecer aqui por um tempo danado de longo.

Abriu um sorriso largo e então todo mundo riu também. Bully tinha feito uma piada!

— Mas, por mais sólidos e irremovíveis que sejamos, temos que nos adaptar, como todo mundo, às constantes mudanças que acontecem em torno de nós. A mudança não pode ser negada. A mudança não pode ser temida. A mudança, por sua própria natureza, requer maleabilidade. Para sobreviver, temos que abraçá-la.

O sr. Bullman se recompôs. Engoliu em seco.

— Por isso é que fomos levados a... tomar a decisão, com o governo, de atualizar a escola e comemorar a nova era. — Fez uma pausa. — Especificamente, daremos novos nomes a todas as nossas casas.

Houve uma reação geral de surpresa. As cabeças se viravam para um lado e para outro.

O sr. Bullman teve que erguer a mão.

— Heyman, Forbes, Burnett, Willoughby e Selous... — disse ele alto, por cima de nós.

Os nomes foram desfiados em lenta sucessão, tiros dolorosos no ar.

— ... No próximo período, no começo do novo ano acadêmico, vamos celebrar os fundadores do nosso atual partido governante e renomearemos as casas, respectivamente como: Sithole, Takinira, Nkala, Chitepo e Hamadziripi. Os supervisores dos alojamentos foram informados e, naturalmente, acolheram bem essa... necessidade.

Dessa vez, ele não fez nada para abafar o murmúrio que crescia como uma enchente.

– Tudo o que eu desejo – disse – é que... Tudo o que eu peço é que vocês...

Abaixou a cabeça.

– Dispensados, rapazes. Dispensados.

– Hamadziripi. – Ivan quebrou o silêncio, levantando a cabeça que tinha apoiado nas mãos. – Que nome é esse?

Estávamos em choque. Todos no refeitório falavam sobre aquilo, até nas mesas em que havia garotos negros, embora de modo mais malicioso. Lá fora, a noite parecia mais densa que de costume.

– Hamadzi-porra-ripi. Porra.

– Vou-me embora – declarou Klompie, balançando a cabeça. – Esta escola está fodida. Vou pra outro lugar melhor no ano que vem. Peterhouse ou Falcon. Ou até pra Plumtree, mesmo sendo longe. Vocês vão ver.

– De que adianta? – disse Ivan, mal-humorado. – Vai acontecer o mesmo com elas. Você não ouviu o que Bully disse?

Klompie mordeu com raiva a terceira fatia de pão. – Então eu *vou me mandar* pro sul.

– Não seja burro: se você foge, deixa os caras vencerem. Menos você, Jacklin. – Ele se virou para mim de repente. – Você não é daqui, pode muito bem ir pra junto da sua avó em Pommieland agora.

Balancei a cabeça. – De jeito nenhum. Não vou me mandar pra lugar nenhum.

Mas não consegui dizer por quê. De qualquer maneira, Ivan não estava ouvindo. Levou as mãos à cabeça novamente e puxou a franja para trás.

– Merda.

Nesse exato momento, Nelson, escolhendo extremamente mal a hora de aparecer por ali, passou por trás com uma tigela extra de comida. Ivan deu um salto como se o tivessem apunhalado.

— Ei. Ei! Ndube, seu merda. O que você pensa que está fazendo?

Com relutância, Nelson recuou.

— Desculpe, Hascott. — Ele nem sabia por que estava se desculpando.

Ivan se debruçou sobre a mesa e pegou uma das colheres grandes de metal usadas para servir, mas, quando se virou, Nelson tinha ido embora e era Kasanka quem estava em seu lugar. Nós ficamos de repente muito interessados nos nossos pratos.

— Deixe-o em paz, menino branco. — À medida que falava, o lábio superior de Kasanka se curvava como se sentisse um cheiro ruim. — Você não ouviu o que o sr. Bullman disse? Este país não é mais o seu país, e agora esta não é mais a sua escola. Nunca foi. Nós estamos tomando tudo de volta.

Ivan se manteve firme. Kasanka se aproximou.

— Eu já disse: deixe-o em paz.

Foi imaginação minha ou toda a sala ficou em silêncio para ouvir?

Ivan se sentou.

— *Kaffirs* idiotas — resmungou, mas somente depois que Kasanka e Nelson estavam longe e não podiam ouvir. — Não se preocupem, um dia estão juntos e noutro vão estar se apunhalando pelas costas. Eu o pego em outra ocasião.

Ouviram-se sons de concordância na mesa. Disfarcei, juntando-me a eles e balançando a cabeça, embora pudesse ver que Kasanka ainda lançava olhares de um modo que fazia meu estômago revirar como um animal moribundo.

TREZE

Duas semanas antes do fim do ano letivo e mais um domingo sem nada para fazer.

Estava sozinho no dormitório lendo *Cujo*[21] porque lá dentro estava fresco e lá fora o dia sem nuvens acentuava o calor seco de novembro.

Simpson-Prior entrou. Foi para o lado dele do dormitório e se deitou, fungando. Fingi que não ouvia. Por fim ele se sentou e começou a procurar dentro do armário a roupa de ginástica e os tênis.

– Estou indo para a savana.

Depois da surpresa de ouvi-lo falar comigo, pensei "que bom", desejando que ele fosse embora, porque naquela época não sabia como me comportar quando ele e eu estávamos sós.

– E depois que escurecer eu vou fugir deste lugar. E não vou voltar. – Fungou alto. – Não aguento mais.

Continuei a não responder. O que quer que ele quisesse de mim eu não era capaz de dar. Ou não queria dar. Essa diferença ainda tenho dificuldade de admitir para mim mesmo.

– Você nunca devia ter feito o que fez comigo no período passado, Jacklin. Foi uma maldade – disse, calçando os tênis com relutância, e então eu fiquei zangado com ele porque sabia que ele tinha razão.

---

[21] *Cujo* é um livro de Stephen King.

— Bem, você não devia ter jogado a minha gravata no xixi no primeiro período só porque eu não deixei você colar no teste de matemática. Lembra? Você mijou na cama, e agora estamos quites.

— Mas não fui eu...

— Greet me machucou de um jeito que eu sinto até hoje. Você sabe disso, seu fresco, você viu as marcas. — As palavras faziam meus dentes rangerem.

— Mas eu não toquei na sua gravata — respondeu ele simplesmente.

— *Ja?* Então quem foi?

Ele apenas me olhou de um modo expressivo, e então eu atirei meu livro para um canto.

— Você é um mentiroso, Prior. Então foge. Vai brincar com suas cobras idiotas, seu maluco. — Seria tão mais fácil se ele não estivesse na escola. — Pensa que eu me importo? Que alguém se importa?

O dormitório parecia estar se fechando sobre mim, precisava sair e respirar ar puro. Simpson-Prior não fez nada, apenas continuou sentado, tentando amarrar os tênis e enredando os dedos nos cadarços. Até hoje, não sei se ele realmente falou, mas, quando me aproximava da porta, ouvi nitidamente:

— Eu não fiz nada contra você. Eu não fiz nada de errado.

Parei. Finalmente me virei para ele e, no momento em que abria minha boca, três figuras apareceram no alto das escadas.

Ivan pôs as mãos em concha na frente da boca e gritou:

— Ei, Jacko, vamos até os penhascos. Pare de estrangular o peru e vamos embora.

Klompie estava com ele e Pittman tinha vindo da Heyman. Pittman parecia ter se tornado um dos novos melhores amigos de Ivan. Eu não sabia muito sobre ele ainda, só que não tinha certeza se gostava dele e estava muito amedrontado para admitir isso para quem quer que fosse.

— O que você está esperando? Você vem ou vai ficar aí como um veado?

Simpson-Prior era um triste borrão no canto do meu olho. Dois passos à frente e ele se fora, e minha visão estava limpa novamente.

Klompie levou umas pás, e, quando chegamos aos penhascos, Ivan disse que precisávamos cavar buracos fundos porque, se aquele seria o nosso acampamento, não devíamos cagar no mato como os negros, pois o lugar começaria a feder.

O terreno estava seco e duro e nos fez suar, e logo tivemos que parar para dar um mergulho. A água estava agradável, mas seu nível devia ter baixado porque batemos nas pedras sob a superfície e machucamos os pés mesmo de sapatos, por isso só demos um mergulho. Chapinhamos um pouco na água e depois subimos para a margem e estendemos nossas camisas para secar.

Ivan gravou nossos nomes numa árvore e tirou um maço de Madisons.

— Vamos — disse-me Ivan. — Deixe de ser veado.

Pittman murmurou qualquer coisa que fez os outros dois rirem, então eu peguei um. Ivan aprovou com um gesto de cabeça.

Começamos a conversar sobre as férias de verão. O tio de Klompie tinha comprado um barco novo e eles iam passar o Natal na baía Caribbea.

Os pais de Pittman iam levar a família para o sul, para Sun City.

— Um mês inteiro de minigolfe e piscinas na praia e cassinos num país em que tenho a liberdade de chamar os negros do que quiser.

— Parece divertido. — Eu não tinha a intenção de ser sarcástico.

— Bem, e o que *você* vai fazer, então, *pommie*? — Ele manteve os olhos fixos em mim até eu ser obrigado a olhar para o chão.

— Na verdade, nada.

— Nada? Que tipo de férias são essas?

— Não sei. Só férias comuns, eu acho.

— *Comuns?*

Eu estava corando e a fumaça continuava a entrar nos meus olhos. Ivan se meteu na conversa e eu fiquei feliz.

— Bem, enquanto vocês fingem se divertir, pensem em mim passando a mão em Adele Cairns no Country Club.

Felizmente, Pittman riu. — Besteira, cara. Ela é da nossa idade e as garotas sempre preferem caras mais velhos.

— Não depois que eu lhe der duas cervejas. Juro, ela desenvolveu *nyombies* de respeito. As melhores tetas do mundo.

E nós zombamos como garotos que não sabem como se faz com as garotas.

Um pouco mais tarde, Ivan e eu estávamos cavando juntos. Klompie e Pittman estavam fora catando gravetos para uma fogueira; a fumaça da madeira era a melhor coisa para disfarçar o cheiro de tabaco.

— Não se preocupe com Pitters — assegurou-me ele. — É só o jeito dele.

Então ele parou um minuto para dizer uma coisa de que eu nunca esqueceria:

— Sabe qual é o seu problema, Jacko? Você não tem confiança em si mesmo. Nenhuma vida é comum. Nem a sua, nem a de ninguém. Nem mesmo a de Prior, e olha que isso é dizer muito. Só a dos negros. Não deixe que ninguém lhe diga o contrário.

— Certo — murmurei. Pus minha pá no chão. Eu me senti encorajado, mas ele me lembrou do que, no fundo da minha mente, me preocupava. — Você nunca sente pena dele?

— De quem?

— Prior.

Ivan me olhou longamente e com dureza.

— Você sente?

Encolhi os ombros.

— Fala sério? Ainda?

— Não. Um pouco. Eu não sei.

— Ele é um idiota, cara, a escola não precisa de gente desse tipo. Se você quer ser amigo dele, é problema seu, você pode fazer o que quiser. Ele furou a terra.

— Verdade?

— Claro. Mas fique sabendo de uma coisa: você não vai andar mais com a gente se for amigo dele. Você vai ficar sozinho.

Essas palavras, principalmente, fizeram meu coração acelerar. Ele estava totalmente diferente, e eu desejava cada vez mais poder retirar o que dissera. E tudo era culpa de Simpson-Prior. Por que ele tinha que ter falado comigo naquela manhã?

— Mas eu não quero.

— Não quer o quê?

— Ser amigo dele.

— Não parece que você não quer.

— Eu juro. Ele é um idiota.

Ivan continuou a cavar, trabalhando com tanto afinco que o suor pingava dele como de uma torneira vazando. De repente, eu me vi numa beirada de poço apavorante, prestes a me meter em encrenca.

O arbusto atrás de nós farfalhou. Joguei meu cigarro no chão, mas era só Nelson, retribuindo o meu olhar como um gálago surpreendido por faróis. Espelhamos nossos mútuos constrangimentos por alguns segundos — dois garotos que uma vez haviam prometido cuidar um do outro como irmãos e que agora se esforçavam para evitar até estar na mesma sala, quanto mais se falar — antes que os primos Agostinho se juntassem a ele, vindos de trás. Todos haviam tirado as camisas por causa do calor.

Comecei a cavar novamente. Ivan, porém, não estava interessado em mim ou no buraco.

— Ora, ora. O que temos aqui? — Andou devagar na direção deles. Apanhou um galho do chão e cutucou as dobras da cintura de Christos Agostinho. — Você sabe que isso não é bonito? Você está assustando a fauna.

— *Ja*, veste a camisa, seu gordo. — Vi Pittman. Ele e Klompie pareciam ter voltado correndo. — O que vocês estão fazendo, garotas, não sabem que este é o nosso acampamento?

Klompie ria como um idiota.

— N-nada. — Paulos Agostinho embaralhava os pés. — Só viemos nadar. Só isso.

— Está quente — acrescentou Christos, como se isso fizesse diferença.

— Bem, este é o nosso acampamento. — Klompie sacudiu seu galho, mas ele era fino demais e quebrou. — *Voetsek!* Sumam para qualquer outro lugar, vocês não podem ficar aqui.

Durante todo esse tempo, os olhos de Ivan e de Pittman fixavam-se em Nelson. Nelson não disse palavra.

Os três começaram a ir embora. Talvez fosse minha imaginação, mas tanto Ivan quanto Pittman pareceram se mover sem fazer barulho enquanto cortavam a saída dos três garotos. O sol refletia no chão e me fazia apertar os olhos, senti o começo de uma dor de cabeça.

— Pulem na água — ordenou Ivan. — Se é o que vocês querem fazer. Já que está tão quente, nós deixamos. Andem.

E quando eles não pularam, Ivan só precisou piscar os olhos e Pittman e Klompie jogaram os primos no chão e arrancaram seus tênis, que jogaram no mato. Então, levantando uma nuvem de poeira, os arrastaram para a beira d'água. Pittman foi primeiro e empurrou Christos; Klompie mandou Paulos para baixo logo atrás. Nós os vimos se debaterem no ar, caírem com força n'água e depois subirem chorando.

Nelson tentou se afastar.

— Você não está com vontade de dar um mergulho? — Pittman agarrou o braço de Nelson. — Vamos lá, queremos uma demonstração.

Nelson estava ofegante, os dedos dos pés curvados, tentando se prender na beirada.

— Só não se esfole na escarpa quando cair, senão vai fazer uma maldita sujeira.

— Chega, basta. Não sejam maus — disse Ivan. — Essa espécie de gente não gosta de água.

Todos se viraram. Talvez eu tenha suspirado de alívio.

Mas então Ivan sorriu.

Agarrou Nelson e o puxou para o buraco que tínhamos cavado. Ainda não estava grande, mas era fundo e comprido o suficiente para caber uma pessoa pequena — uma sepultura rasa. Ivan o segurou lá dentro e começou a encher o buraco de terra. Pittman rapidamente chegou, chutando terra com os pés enquanto Nelson lutava impotente, olhos e boca cheios de areia. Klompie correu para lá.

— E então? — gritou Ivan para mim — Você vai se juntar a nós ou vai voltar para o veadinho do Prior?

Aproximei-me de Ivan. Devagar, a princípio, fingindo que tinha espinhos no pé, mas a cada passo me sentia chegando devagar à segurança dos bancos de areia e me apressei nos últimos metros. Eu pegava terra e a socava no chão. Pegava e socava. Em pouco tempo, tudo o que se podia ver de Nelson era a cabeça e metade de um pé espetado para fora na outra extremidade.

Ri. Ele estava engraçado. E, afinal, era apenas isto: uma brincadeira. Um pouco de divertimento de garotos de colégio.

Não era?

Pensei que seria só aquilo — *devia* ter sido só aquilo —, mas Ivan queria mais. Procurou no pé de uma árvore e voltou com um par de formigas *matabele*, que mediam dois centímetros e meio de comprimento e tinham grandes mandíbulas prontas para dar ferroadas.

— Você é *shona* ou *matabele*? — Ele se agachou, ameaçadoramente gentil.

Os olhos de Nelson se moviam com rapidez. – Que importa de que tribo eu sou? – retrucou com seriedade. – Eu não escolhi e, de qualquer modo, é só um rótulo idiota.

– Diz.

– Sou *shona*, mas...

– Verdade? Tem certeza?

Ivan sacudiu as formigas sobre a cabeça de Nelson. Nelson gritou quando elas se colocaram em posição de ataque e morderam-lhe a bochecha e o pescoço.

Ivan bateu palmas. – Ora, vejam só, ele deve ter dito a verdade. Certamente as *matabeles* não gostam muito dele.

Klompie achou aquilo o máximo e imediatamente foi procurar mais formigas. Foi quando ele achou o escorpião.

Era pequeno, cerca de sete centímetros e meio, e um escorpião branco dos menos perigosos. Seu rabo já estava curvado, pronto para atacar. Ivan o pegou e agitou na frente do rosto de Nelson.

– *Ja*, cara – murmurou Pittman excitado.

Minha cabeça começou a latejar.

– *Ja* – disse Pittman novamente, lambendo os lábios.

Klompie assentiu.

Ivan se acocorou novamente e começou a cavar a terra.

Nelson gritou. – Ei, cara, o que você está fazendo? Eu peço desculpas, tudo bem?, eu peço desculpas de verdade, eu não queria... Ei, cara. Ei, Ei!

Ivan havia retirado bastante terra para que a parte de cima da cueca de Nelson aparecesse e, com um movimento rápido, puxou o elástico e jogou o escorpião dentro da cueca. Nelson guinchou, tentando arquear o corpo, só que Ivan já estava colocando a terra de volta e socando.

Enquanto fugíamos, com a adrenalina a toda, podíamos ouvir os gritos de Nelson ficando cada vez mais fracos através do *vlei*; embora eu os pudesse ouvir muito, muito tempo depois. Até hoje.

CATORZE

Kasanka lançava olhares malévolos pela fila.

Fiz uma expressão de quem não sabia o que estava acontecendo, mas todos nós tínhamos ouvido dizer: Nelson não tinha voltado para a casa... estava na enfermaria... os primos Agostinho o tinham levado... parecia que havia sido mordido por algum bicho no mato e a irmã Lee o deixaria na enfermaria até o dia seguinte.

O sr. Craven não estava satisfeito. Não tolerava qualquer tipo de *bullying* e, se descobrisse quem o praticara, haveria suspensões. E outra questão: alguém sabia do paradeiro de Simpson-Prior?

Olhei para Kasanka, que ainda olhava fixamente. Senti náuseas.

Muito mais tarde, pouco antes do horário de apagar a luz, Kasanka entrou no nosso dormitório. Não disse nada, ficou só assoviando e andando para lá e para cá com tanta naturalidade que parecia não haver nada fora do normal. Segurava um pedaço de pau grande e batia com ele nas camas e nos armários.

— Não se preocupe — disse-me Ivan quando Kasanka foi embora. — Ele não sabe. Ndube não vai nos dedurar, nem os portugueses gordos.

— E se dedurarem?

Ele bateu na minha cabeça. — Não vão. Não se denuncia ninguém nesta escola. Ninguém faz isso.

No dia seguinte, Kasanka me disse que eu fedia a merda e me obrigou a ficar no chuveiro frio durante vinte minutos antes do café da manhã.

— Ele sabe — disse eu a Ivan depois da aula de francês.
— Cale a boca. Todos acham que foi Prior, e que por isso ele fugiu.
— Mas Kasanka sabe.
— Não sabe, a não ser que Ndube nos tenha dedurado. Vou falar com ele assim que sair da enfermaria.

Só que Nelson foi mandado para casa com uma forte inflamação no pênis e nos testículos. O sr. Craven estava visivelmente aborrecido quando nos contou. Seriíssimo. Primeiro, Nelson, e agora os pais de Simpson-Prior haviam telefonado para dizer que ele havia chegado em casa em estado lastimável — o que a casa tinha feito com ele?

Ninguém riu, pelo menos não enquanto Craven pudesse ouvir. Eu desejaria poder participar, mas tudo o que queria era que a sensação de estômago revirado me abandonasse. E, onde quer que eu estivesse, a qualquer hora, Kasanka estava lá.

No sonho, eu estava caindo e, de repente, ficava preso numa teia gigantesca e uma enorme tarântula vinha correndo e começava a me virar e me virar enquanto me envolvia em seus fios para que eu morresse.

Acordei, talvez com um grito. Depois de um momento, percebi que estava enrolado nos meus lençóis, sendo sacudido no ar. Ouvi uma respiração pesada e alguém resmungando bem perto.

Quando bati no chão, os lençóis se abriram e eu vi o leitoso céu noturno.

Pisquei.

Estava no meio de um dos campos de esportes.

Pisquei.

Kasanka estava de pé acima de mim com Nyabuta, também do quinto ano, seus rostos escuros brilhavam ao fraco luar prateado. As pálpebras de Kasanka estavam meio fechadas. Os dois rapazes cheiravam a álcool.

— Foi ou não foi você? — A voz de Kasanka saiu arrastada.

— Eu o quê? — perguntei, mas ele sabia e sabia que eu sabia o quê.

Ele chutou os meus pés. Nyabuta enfiou um joelho nas minhas costas.

— Não brinque comigo, branquelo. Foi você? Sim ou não? Você estava nos penhascos domingo?

E, quando continuei sem responder, ele jogou alguma coisa no meu rosto. Uma camiseta com meu nome na etiqueta.

Abri a boca, mas não saiu nada. Kasanka se aproximou.

— Não precisa mentir mais, Jacklin. Diga logo que foi você — disse ele muito calmo.

Minha garganta estava seca.

— Não torne isso mais difícil pra você. Apenas seja honesto e admita que você fez aquilo.

E, com mais urgência: — Você o pegou por ele ser o que é. Por ser negro. Como nos velhos tempos, não é?

Acho que tentei sacudir minha cabeça.

Nyabuta segurou meus cotovelos no chão enquanto Kasanka agarrava meus tornozelos. Ele tirou alguma coisa do bolso.

— Vamos, diga. Diga o que você pensa. Não há nada de errado em ser honesto. — Ele me aproximou do precipício. — Fale. Você pegou Nelson por causa da cor da pele dele. É assim que você pensa, não é? É como todos vocês pensam. Diga. A palavra que você e seus amigos usam para as pessoas como ele e eu. Isso. Diga logo e vamos acabar com isso.

Comecei a chorar. Um som saiu da minha garganta.

– Diga logo, seu branquelo de merda.

– Chega!

A voz cortou o ar, não alta, mas cheia de autoridade. O tempo parou. Kasanka e Nyabuta se viraram e afrouxaram a pegada, e eu quase voei para fora do campo. Sem surpresa, vi que era Ivan.

– Não foi Jacklin quem fez aquilo – disse ele. – Ele nem estava lá. Eu peguei a camiseta dele. Fui eu.

– Que nada. Você está mentindo – respondeu Kasanka.

– Por que eu ia mentir sobre uma coisa dessas?

– Para proteger Jacklin.

– Ele pode se virar sozinho. Se ele fosse culpado, eu ia assistir satisfeito a este showzinho, mas não vou deixar Jacklin levar a culpa por uma coisa que eu fiz. – E quando os dois rapazes não responderam: – Qual é o problema? Vocês são surdos ou estão com vaselina nos ouvidos, seus malditos *kaffirs* idiotas?

Devagar, Kasanka e Nyabuta ficaram de pé. Gemi e me afastei engatinhando. Quando cheguei perto dele, Ivan se abaixou e me ajudou a levantar.

– Leve seu cu branco de volta pra casa correndo, Jacklin – gritou Kasanka. – Terminamos com você.

Ivan me segurou. Seu rosto era de pedra naquela luz, os olhos pareciam buracos negros e distantes. Ele me fez um sinal que mal deu para perceber.

Corri para a beira do campo, subi os degraus de granito e fui para a estrada que circundava o campo. Parei para me virar e pude ver apenas que haviam obrigado Ivan a se sentar e estavam de pé diante dele.

Alguns passos mais e a escuridão os engoliu completamente.

Ele nunca falou sobre o que aconteceu naquela noite, nem mesmo para se vangloriar dos ferimentos, então eu nunca perguntei nada.

Só sabia que tinha sido muito ruim porque ele passou dias sem falar nada com ninguém. Ele se manteve afastado. Klompie e Pittman vieram me procurar uma tarde e perguntaram se Ivan estava com algum problema porque havia acabado de empurrar Klompie contra a parede sem motivo e os mandara *voetsek* e deixá-lo sozinho.

Mas o que eu podia dizer? Não falei nada e prometi a mim mesmo que nunca falaria.

Se me fizessem hoje a mesma pergunta, eu lhes diria que foi ali que Ivan deu adeus a tudo para sempre — à escola, aos amigos, à infância, à sua fazenda. À sua vida. Ele estava se curvando sobre si mesmo e começando a morrer uma morte longa e adiada.

No último dia do período, e do ano letivo, ouviu-se uma forte trovoada. Nas semanas antecedentes houve muitos trovões; este, finalmente, trazia a promessa da chuva.

Eu estava na cabine telefônica naquela ocasião, a escola estava quase vazia e meus pais ainda não tinham vindo me buscar. A linha estalou alto no meu ouvido uma fração de segundo antes do trovão.

— Sim, Weekend!
— Ah, *mastah Rhrob-ett. Masikati.*
— *Masikati*, Weekend. *Kanjani, shamwari.*
— *Mushi. Kanjani,* meu amigo?
— *Mushi sterek.* Eu também estou ótimo.
— Então, *mastah Rhrob-ett*, o que devo fazer? Minha nova namorada acha que deve ganhar o mesmo presente que eu dei para minha outra namorada, mas eu estou sem dinheiro para comprar o presente e ela está muito, muito zangada...

Pela pequena janela, eu via o diabo da poeira brincar com as folhas lá fora. O ar zunia, as nuvens gigantescas que apareciam além das salas de aula eram da cor de madeira queimada. Uma grande tempestade estava a caminho.

QUINTO ANO
1985

QUINZE

Fairford parou, levantou uma arma semiengatilhada, como se faz no cinema, e se abaixou. O resto da fila parou e se abaixou também, menos Ivan, que continuou de pé no final da fila e revirou os olhos. Pensamos que Fairford havia localizado um dos outros grupos, mas, quando ele mexeu na mochila, logo percebemos que ele precisava evacuar, só isso.

Ele contornou rapidamente uma elevação com um rolo de papel higiênico na mão.

Nós seis, os outros componentes do grupo, resmungamos e descansamos, aproveitando o sol. O céu estava claro, mas o ar da montanha levava tempo para esquentar, e uma noite de chuva quase constante nos deixara molhados e exauridos.

Ivan foi se sentar numa pedra e acendeu um Madison. Tecnicamente, o período letivo já havia iniciado, mas, para nós, o quinto ano começava com essa aula de sobrevivência no alto da Chimanimani,[22] e, embora houvesse vários professores nas montanhas, havia centenas de quilômetros quadrados de terreno elevado, e talvez eles não nos encontrassem por toda a semana.

---

[22] Chimanimani é uma cordilheira e um distrito na província zimbabueana de Manicaland. Os picos das montanhas, que se estendem por cerca de 50km, servem de fronteira com Moçambique. (N.T.)

Sempre fora uma atividade anual mandar os alunos do quinto ano subirem a cordilheira, prelúdio dos primeiros exames para obtenção do certificado de conclusão do secundário, para estimular a iniciativa e o pensamento alternativo. As expedições haviam sido suspensas durante a guerra, quando era perigoso demais fazer caminhadas tão perto da fronteira. A nossa era a segunda expedição permitida na cordilheira desde o final da guerra. O exército estava bastante confiante de que fora retirada a maior parte das minas terrestres.

– Ei, companheiro, me dá um cigarro – gritei.

Mal virando a cabeça, Ivan jogou o maço. Ao acendê-lo, o gosto picante do cigarro fez minha língua arder, e joguei de volta o maço, direto na mão aberta de Ivan. Ele continuou a fumar em silêncio.

Estávamos num dos pontos mais altos. À esquerda e à direita, o caminho pelo qual tínhamos vindo e o caminho por onde iríamos, a linha de montanhas verdes e cinzentas se estendia – a silhueta de granito conhecida como Dente do Dragão se destacava contra o horizonte ao sul. Atrás de nós, íngremes torreões de pedra se arqueavam e avultavam como velhos bêbados, e, adiante, o terreno se aplainava até o outro lado da serra. Além, Moçambique se estendia baixo e plano ao longe, a leste.

Sentei perto de Ivan, balançando os pés.

– Então, como você imagina que deve ser o novo professor de história? – perguntei.

Ivan emitiu um som. – Não me interessa.

Era de se supor que seria essa a resposta. Durante todo o último ano – na verdade, a partir de quando Kasanka fizera o que quer que tenha feito no final de nosso primeiro ano na escola, Ivan declarava consistentemente seu ódio pelo lugar. Sairia assim que pudesse. Agora estávamos no quinto ano, quando todos completaríamos dezesseis anos, e seu objetivo estava próximo.

— Você soube do Bedford-Shaw? Parece que o velho dele disse que é apenas uma questão de tempo para o governo tomar todas as fazendas dos brancos, então ele decidiu vender e se mudar para a Namíbia. Eles vão embora no fim do período letivo. Você acha que Mugabe vai tomar as terras?

Ivan não estava escutando. Ele apontou para a fronteira.

Contei três mulheres se afastando através do platô, com os seios de fora e descalças, cada uma equilibrando um grande saco de milho na cabeça.

— Eu odeio que essas mulheres venham aqui pegar nossa comida — disse —, mas não se pode culpá-las. Está vendo o que acontece quando os negros tomam o poder? Moçambique era ótimo, os portugueses sabiam o que estavam fazendo, mas, desde que os *kaffirs* o retomaram, o país se desintegrou. É um monte de merda agora. A gente sabe que as coisas devem estar ruins porque essas três precisam atravessar uma serra inteira por um saco de *sadza* para alimentar suas famílias. E aposto que não pagaram em dinheiro, se é que você entende o que eu quero dizer.

Deu um suspiro alto e longo. Parecia muito triste.

— Melhor que isso não aconteça aqui.

Fairford voltou saltitando de sua ocupação, sacudindo o papel higiênico por cima da cabeça.

Ivan fez uma expressão de desprezo, então eu disse: — Fairford é tão idiota. Ele até parece um... veja, a camiseta dele parece um prepúcio gigantesco.

Fiquei contente ao ver o sorriso reaparecer.

— Caras! — sussurrou alto Fairford. — Achei outro grupo.

Ninguém se mexeu. Fairford dava pulos.

— Vamos, rapazes. Eu sou o líder do grupo e vocês têm que fazer o que eu digo. Essa é a razão de ser de um líder.

Relutantes, nós o seguimos, contornando a elevação. Quase sem indicação, o terreno fazia um declive e nós nos vimos diante de uma queda de uns quinze metros. No desfiladeiro, sete garotos chapinhavam em água fria de encolher o membro, suas roupas e mochilas espalhadas pelas pedras.

— Ei, são Henchie e Davidson. E Rhys-Maitland — disse Arnold, se levantando.

Fairford puxou-o para baixo. — Você não pode fazer isso, eles vão nos ver.

— E daí?

— E daí? Eles vão saber que estamos aqui e vão chegar antes de nós no Dente do Dragão, e eu quero chegar primeiro.

— E daí? — Arnold era maior que Fairford. — Você está muito atrasado de qualquer jeito; há anos, sua mãe vai lá esperar os garotos da escola, e eu ouvi dizer que ela sempre chega primeiro.

Todos nós rimos.

Ivan viu uma quantidade de babuínos escondidos no alto das árvores a uns vinte metros da água. Davidson e os outros garotos da nossa série não tinham como perceber que eles estavam lá.

Nelson também estava naquele outro grupo. Ivan riu.

— Hora de um pouco de diversão — disse. — Vamos sacudir a jaula.

— Você fala sério? — Fairford parecia preocupado. — Você já viu os dentes de um babuíno de perto? Além disso, não há trilha para baixo.

— Quem falou em descer? — A expressão de Ivan se fechou. Pensei que ele ia bater em Fairford. — Vamos usar pedras, seu idiota.

— Daqui? Você não vai acertar nunca.

Ivan se afastou da beira do declive e colocou seu maço de Madisons numa pequena rocha a uns doze metros de distância. Voltou e me entregou uma pedra.

— Mostre a eles — disse.

Olhei em volta. Todos esperavam.

— Vamos, mostre sua habilidade — Ivan insistiu.

Eu apreciava sua confiança em mim. Prendendo a respiração (porque a única maneira de eu ter certeza de que o arremesso seria bom era mantendo o corpo firme), joguei a pedra para cima uns poucos centímetros, agarrei-a no ar e então atirei-a com força, sem pausa, porque às vezes, se eu pensasse muito, não funcionava. Dois segundos depois, o maço de Madisons saltou e desapareceu.

— Merda, Jacklin! *Lekker!*

— Puta merda!

Ivan pegou outra pedra e me aproximou da beira do precipício novamente.

— Ali — disse. — O grande pai no meio. Está vendo?

Recuei uma segunda vez e soltei a pedra.

Por um momento, pensei que a tinha lançado com força demais, mas a gravidade fez o seu papel e puxou a pedra para baixo, e eu atingi o babuíno bem no traseiro feio. Imediatamente, ele soltou um grunhido alto e pulou como um maluco de galho em galho. Todos os outros babuínos ficaram furiosos.

Os garotos só precisaram dar uma olhada. Eles saltaram da água e fomos recompensados com a visão de seis bundas brancas magrinhas, uma gorda e uma preta correndo encosta abaixo. Não pudemos ver até onde chegaram porque todos nós nos dobramos de tanto rir. Apenas Ivan ficou espiando, o rosto com a expressão de alguém que satisfazia uma fome esmagadora. Havia um tempo que eu não via essa expressão e me senti contente e ansioso por ter concorrido para que ela surgisse.

— Ele se chama sr. Van Hout. — Eu tentava distraí-lo e atraí-lo para longe da beira do declive.

Ele franziu a testa. — Quem?

— Nosso novo professor de história. É o nome dele.

— E daí? Jesus, Jacklin, que parte de *"não me interessa"* você não entende?

DEZESSEIS

Tivemos de esperar somente até o quarto tempo de aulas para ter a nossa primeira visão do professor, mas já haviam se passado cinco minutos do horário e o sr. Van Hout ainda não tinha aparecido. Era tudo do que Ivan precisava para decretar que o cara obviamente era um completo trapalhão, como seu nome indicava, que ele havia se perdido ou esquecido de seus horários de aulas. Claro que Klompie e eu concordamos.

Olhei para fora pela janela aberta, para onde o calor tinha acumulado nuvens ameaçadoras.

De repente a porta se abriu com força.

Os cochichos proibidos evaporaram num instante e ficamos de pé, em sentido, obedientes, olhando para a frente, mas não havia ninguém lá. A porta pendia letargicamente de suas dobradiças. Olhamos o vão criado pela porta aberta e passados trinta segundos ainda não havia nada além da calçada e da área de grama mais adiante. Começamos a trocar olhares.

— Sentem-se todos.

Levamos um susto e nos viramos. No fundo da sala, do lado de fora, um par de intensos olhos azuis sob uma densa franja loura olhava por cima do parapeito da janela. Mãos queimadas de sol apareceram e, no segundo seguinte, ele havia se erguido e pulado para dentro num único, fluido e fácil movimento.

— Vocês são surdos ou estúpidos? — perguntou, espanando a poeira do corpo. Vestia calças e uma camisa de mangas curtas. Sem gravata. — Se a resposta é "sim" para ambos, então meu trabalho apenas se tornou muito mais difícil. Eu disse "sentem-se", vocês estão me pondo nervoso.

Fizemos o que ele mandou. O professor andou até a frente da sala e fechou a porta com um empurrão, chutou a cadeira e se sentou com os pés sobre a mesa, um sobre o outro. Inclinou a cadeira para trás e acendeu um cigarro.

— Como vão?

Ninguém respondeu.

O professor se levantou com um grande sorriso e deu outra tragada antes de jogar o cigarro pela janela. Agarrou um pedaço de giz e escreveu SR. VAN HOUT no quadro e HISTÓRIA embaixo do seu nome.

— Muito bem, rapazes. — Sinalizou um ponto final com uma batida no quadro. — As primeiras coisas em primeiro lugar: este sou eu e isto é o que vocês estão aqui para aprender. Alguma pergunta?

Nenhuma.

— Bom, porque é tudo muito simples. Certo, uma pergunta mais difícil a seguir. Alguém, por favor, me diga o que isso significa.

Sublinhou HISTÓRIA.

Nunca tínhamos visto um professor como ele. Para início de conversa, ele era anos mais novo que qualquer outro professor. E depois havia... ora, tudo.

— *Argh*, cara! Surdos, estúpidos e mudos? Me deram uma turma de malditos vegetais. Alguém...?

— Na verdade, não significa nada.

Uma resposta clássica de Ivan.

O professor piscou para ele. — "Na verdade, não significa nada." Admiro sua coragem, mas você não pode dizer uma coisa dessas sem apresentar uma sustentação.

— Está no passado. Não se pode alterá-la.

Ivan abriu um sorriso para a turma enquanto o sr. Van Hout parecia apenas se divertir vagamente.

— Você acha isso, sinceramente?

— Sim, senhor.

— Então eu tenho pena de você. Alguém mais, um exemplo de história, por favor. Você.

Fairford se balançou na cadeira. — A Segunda Guerra Mundial, senhor?

— Bom. — Os olhos do sr. Van Hout brilharam. O azul era cativante, era como olhar para uma fogueira. — Óbvio e um pouco clichê, mas pelo menos atravessamos a linha de partida.

— A Primeira Guerra Mundial — gritou Rhys-Maitland.

— A Guerra do Vietnã — disse Osterberg a seguir.

O sr. Van Hout fingiu um bocejo.

— Se eu tivesse um dólar... Alguém pode me dar algum exemplo sem "guerra" no nome?

Um mar de silêncio. Então: — O primeiro lançamento do ônibus espacial Columbia — eu me ouvi dizer.

A turma riu e eu corei.

Mas o sr. Van Hout bateu palmas. — *Ex*-celente. Bola dentro.

Virou-se e sublinhou HISTÓRIA mais três vezes enquanto Ivan me batia com uma régua e formava com a boca, sem som, "moscavarejeira".

Retribuí o tapa imediatamente.

— Porque a história — continuou o sr. Van Hout — não trata apenas de guerras e reis e rainhas chatos e datas que não acabam mais. Trata de tudo. Tudo o que passou é história: seu café da manhã, o que vocês fizeram nos feriados, o placar de merda do jogo de rugby ano passado contra a Prince Edward... Tudo é história. O essencial, no entanto, é ser capaz de selecionar o que vale a pena ser lembrado devido à sua importância no presente e ao seu impacto no *futuro*. O lançamento do ônibus espacial foi um evento fundamental porque foi *importante* no contexto das relações entre soviéticos e americanos, e ajudou a modelar a Guerra Fria. A história afeta o *futuro*. Lembrem-se disso. Vou lhes dar outro exemplo. Minha entrada hoje de manhã: vale a pena lembrar?

– Não, senhor. – Ivan novamente.

– Você parece muito seguro disso. Então ela não o afetou?

– De modo algum, senhor. Eu achei uma bobagem. – Ele fez uma pausa. – O senhor lutou na *nossa* guerra?

O sr. Van Hout sentou à ponta da mesa.

– Bem, Hascott, me permita discordar. Sim, eu sei quem você é, me avisaram para ficar de olho em você. Primeiramente, você *vai* se lembrar dela quer queira quer não, porque garanto que nenhum outro professor da Haven entrou pela janela e acendeu um *gwaai* para começar uma aula. Certamente eles não faziam isso quando eu era aluno aqui. Em segundo lugar, você vai considerar a minha entrada importante o suficiente para contar aos seus amigos, pela mesma razão. E em terceiro lugar...

Nós esperávamos ansiosos pelo que ele tinha a dizer.

– Em terceiro lugar, isso formou a opinião de vocês a meu respeito e, portanto, modelou a forma do nosso aprendizado durante o ano: vocês já confiam em mim, consciente ou subconscientemente vocês sabem que eu não vou vomitar merda de livros didáticos porque estou aqui para lhes mostrar o que a história *realmente* é.

Dirigiu-se novamente ao quadro e começou a apagar, parando apenas quando restou a palavra HOUT de seu nome.

– Mais uma coisa, Hascott. O *curso* da história nunca está determinado. Muda o tempo todo. Não tenho dúvida de que você acha meu nome engraçado e que pretende espalhar um apelido para mim naquele bilhete que eu vi você rabiscando, provavelmente "houtie" ou alguma gíria depreciativa para um africano. Você pode zombar de meu nome do jeito que quiser, mas eu o aconselho ao menos a se informar. Descubra o que meu nome realmente significa e o escreva cem vezes. Viu? *Eu* já alterei o curso da história.

Um rápido movimento e seu nome foi apagado.

– E, se eu lutei na guerra, não é da sua conta. – Ele colocou o apagador com força no lugar.

Nós o descobrimos numa fotografia na parede da casa Burnett. (Nunca chamávamos as casas pelos novos nomes africanos, exceto para debochar, de modo que Sithole virou Shithole,[23] Takanira virou Wanker-Nearer[24]... esse tipo de coisa). Congelado em preto e branco, lá estava ele em 1973. Naquele tempo, cada casa tinha apenas cerca de trinta e seis rapazes devido à guerra.

Estava na fileira do meio. Parecia diferente sem bigode e era muito mais magro, e todos tinham franjas lisas engraçadas e o cabelo das têmporas raspado, mas definitivamente era ele, tínhamos certeza por causa dos olhos.

– Parecia tão idiota quanto agora. – Ivan franziu a testa, ainda de mau humor e pressionou o dedo médio contra o vidro da foto. – Ele não lutou, ele parece mais um pacifista amigo dos *kaffirs*, se é que tal coisa existe.

– Que veado! – exclamou Pittman.

De Klomp resmungou. – *Ja*, e história é uma coisa estúpida.

Ele fingiu dar um soco no jovem sr. Van Hout, só que estava mais perto do que pensava e quase quebrou o vidro. Um dos rapazes do sexto ano da Burnett nos mandou dar o fora e ir para nossas próprias casas.

---

[23] Shithole é "buraco de merda". (N.T.)
[24] Wanker-Nearer é "punheteiro mais próximo". (N.T.)

Corremos de volta rindo, mas Ivan precisava gastar energia e disse que iria bater no primeiro calouro que encontrasse, e então praticamente tropeçou em Nelson no corredor. Nelson tinha crescido muito no ano anterior, ainda não tinha dezesseis anos e já media quase um metro e oitenta. Ainda era magro, mas, com o treinamento no time juvenil, estava ficando mais forte. Não que realmente fizesse diferença ser mais forte, porque ele não tinha esquecido o dia do escorpião lá nos penhascos e, com uma súbita expressão de terror, saiu da frente com um pulo.

Para qualquer outro, seria uma tentativa de fuga inútil. Ivan, no entanto, passou inofensivamente por ele, como se não o tivesse visto. Como sempre fazia agora. Muitas vezes, eu pensava que talvez ele não tivesse visto Nelson ou, se o tinha visto, vira Kasanka emboscado por perto, porque Kasanka também não havia esquecido o dia do escorpião. Esse ano Kasanka era o chefe da casa, podia fazer o que quisesse, e Ivan sabia que bastava ele erguer a sobrancelha para Nelson para levar uma surra.

Ivan foi procurar outro garoto para atazanar.

DEZESSETE

Rapidamente a aula história se tornou a única que esperávamos com ansiedade. Era diferente de todas as que já tivéramos, mas eu percebia que alguns dos professores mais velhos não gostavam muito do sr. Van Hout, porque nenhum deles conversava realmente com ele e o olhavam de lado ao passar por ele. Muitas vezes, nossa turma caía na gargalhada e as portas de outras salas se fechavam. Achávamos que eram ciúmes.

Quando tínhamos dois tempos de aula, o sr. Van Hout nos deixava deitar na grama por séculos durante o intervalo e, de vez em quando, nos mandava fechar os livros e nos contava histórias de quando *ele* estudava em Haven. As melhores aulas aconteciam quando metia a cabeça pela porta da sala nos chamando com o dedo para segui-lo e íamos nos sentar debaixo de uma árvore e conversar, não sobre história ou sobre ele, mas sobre nós, porque ele dizia que queria saber.

De vez em quando, no entanto, ele entrava na sala e nós sabíamos imediatamente que não haveria brincadeira. Tínhamos apenas de ficar sentados e esperar que essas aulas passassem, como quando o horizonte se torna cinzento e se ouve o estrondo de trovões vindo em nossa direção.

Um dia, o sr. Van Hout fechou a porta com tanta força que poderia ter rachado a madeira e depois atacou o quadro com o apagador.

O sr. Mafiti passara a compartilhar a sala do sr. Van Hout porque uma das experiências do sr. Pines quase havia incendiado o laboratório de química. Mais uma vez, o quadro estava coberto com as equações do sr. Mafiti, com espaços para números e letras para a prova de alguma outra turma e as palavras "por favor, não apaguem" no alto do quadro.

Quando estava tudo apagado, o sr. Van Hout jogou o apagador na mesa com tanta força que uma nuvem branca se levantou.

— Diga-me — começou ele —, se eu o pusesse diante de um homem, pressionasse o metal frio de uma arma contra a palma da sua mão e o mandasse apertar o gatilho, você o apertaria?

Ele parecia olhar para mim enquanto falava. Só para mim. Senti minhas orelhas começando a ficar vermelhas.

— Não, senhor.

— Tem certeza?

— Claro, senhor. De maneira alguma!

Ele se sentou devagar. Seus olhos continuavam a demonstrar emoção.

— E se eu então lhe dissesse que tínhamos voltado no tempo e que o nome dele era Adolf Hitler? Você atiraria então? Atiraria? *Atiraria?*

Minha boca se mexeu em silêncio.

— *Eu* atiraria.

Virei-me para Ivan, atingido por um lampejo de raiva porque ele havia roubado a minha resposta, mesmo não sabendo qual seria. O professor estava falando *comigo*.

— Eu acertaria um tiro nos testículos, depois no pescoço, para que ele ainda soubesse o que estava acontecendo, depois na cabeça, mas só depois que ele implorasse. — Ivan me encarou e eu tive de desviar o olhar. — E quanto ao senhor? O que o senhor faria? O senhor teria *coragem*?

O ar ficou parado. Todos pensamos que o sr. Van Hout estaria *pau da vida*, mas, em vez disso, ele se levantou e ficou olhando pela janela. Parecia calmo, mas podíamos ver os músculos de seu maxilar se contraindo.

Finalmente, disse: – Isso é uma coisa sobre a qual você pode refletir sozinho enquanto faz uma redação sobre como o mundo teria sido melhor se alguém tivesse matado o mais notório canalha do mundo antes que ele chegasse ao poder. Mil palavras até o final da semana. De fato, isso vale para toda a turma.

Todos resmungaram. Ivan apenas olhou com raiva.

O professor não gostou.

– Fique depois que a turma sair, Hascott.

– Ele está pouco se importando. – Pittman declarou o óbvio enquanto esperávamos no muro baixo defronte à capela, embora estivéssemos começando a achar que o sr. Van Hout ia prender Ivan durante o intervalo.

– Vocês acham que ele vai bater no Ivan? – perguntou Klompie.

– Com o quê, seu idiota? Ele não tem uma bengala na sala.

– Ele pode bater com a bota.

– Deixe de ser burro.

– Pode sim.

– Eu disse pra calar a boca, não disse? – Pittman deu-lhe um safanão com o braço num movimento rápido e certeiro. – Você está enchendo o meu saco, cara. Se ele está apanhando é porque merece.

– Acho que ele está querendo ser expulso – acrescentei.

Tanto Pittman quanto Klompie me olharam com uma expressão de medo e aversão.

– Ele detesta a escola, detesta as aulas. Ele quer é trabalhar na fazenda, mas seu velho só vai deixar depois que ele terminar o curso.

Eles refletiram sobre aquilo.

— Se ele for expulso é porque é idiota — disse Pittman por fim. Eu sabia que ele não pensava assim.

No prédio da administração, um Mercedes preto estacionou, o motorista abriu a porta e dois negros com ternos berrantes e óculos escuros saíram. Vimos Bully vir recebê-los o mais rápido que pôde, sorrindo como um bobo.

— Maldito governo. O que será que eles querem *agora*? — Klompie falou por nós.

Pittman agarrou seus livros e se levantou.

— Vou me mandar.

— Pra onde? — perguntei.

— Vou voltar pra Heyman, claro. — Ele falou de propósito, certamente querendo que os inspetores ouvissem. — O intervalo acaba em dez minutos e eu não vou me complicar mais hoje por causa do Ivan.

De manhã, todas as fotografias do primeiro-ministro na escola haviam sido substituídas por outras que incluíam um detalhe importante.

O sr. Van Hout entrou na sala com um jornal, lendo e balançando a cabeça com uma expressão de desagrado.

— *Um diploma honorário da Universidade de Edimburgo* — como se não soubesse que estávamos na sala — *por serviços prestados à educação na África*. Dá um tempo! Eles devem estar brincando.

Calou-se, dobrou o jornal e o jogou no lixo.

— Um mundo negro e misterioso. — Então ele tomou conhecimento de nós. — Por outro lado, o que os escoceses sabem, hein? Que o nosso grande líder tenha o seu diploma, já que, de outra maneira, ele não conseguiria diploma algum.

Riu, então nós rimos. Ontem tinha passado há muito tempo.

— Muito bem, as redações. Passem para a frente. — E quando resistimos: — Jesus, rapazes, eu estava brincando. Esqueçam as redações.

Se vocês já começaram, peço desculpas, considerem uma oportunidade para treinar a caligrafia.

Começou a apagar o quadro – mais equações do sr. Mafiti. Acho que o professor tinha prazer em apagá-las.

— Menos você, Hascott. — Ele nem mesmo parou para se virar. — Não fique tão satisfeito, ainda quero a sua.

Juro, o cara devia ter olhos atrás da cabeça.

Ivan fez um gesto com o dedo, mas com a mão por baixo da carteira.

DEZOITO

O período letivo estava ficando de matar de tão quente.

Talvez por isso, Ivan andava devagar para a aula quase todas as manhãs, acertando os mais novos que passavam por nós. Lembro-me de um dia em especial em que ficou tirando os livros das mãos dos garotos e batendo na parte de trás das pernas deles com uma régua. Dois garotos tentaram passar bem longe de Ivan, mas, como eram negros e Kasanka estava por perto, Ivan os deixou passar e pegou os dois próximos.

Empurrou um deles para dentro da cerca viva, enquanto Klompie fazia o outro tropeçar. Eu tinha de fazer alguma coisa.

– Como é o meu nome? – perguntei ao que estava na cerca viva.

– Jack... Jacklin – gaguejou ele.

– E não se esqueça – disse eu. – Da próxima vez, peça licença se quiser passar. Para vocês é tudo muito fácil, para nós foi mais difícil.

Pittman se juntou a nós. Ele nunca queria perder uma chance de se divertir, então fez um buraco numa caixa de leite que tinha acabado de comprar na lanchonete e começou a esguichar leite nos pequenos e nos negros que se aproximavam. Quando Nelson passou, porém, Ivan de repente agarrou o braço de Pittman, porque Kasanka ainda estava lá, perto dos degraus da capela.

— Deixe este em paz.

Pittman puxou o braço. — Do que você está falando, cara?

— Deixe este em paz, certo? *Lorse.*

— Vou deixar por quê? — Pittman parecia disposto a brigar.

Ivan não podia falar. Somente eu sabia seu segredo e nunca o revelaria.

— Você tem novos amigos e não contou nada pra gente? — Pittman provocou, em desafio.

Ivan o enfrentou e pensei que ia começar uma briga quando percebemos que o sr. Van Hout estava olhando, de pé com as mãos nos quadris.

O sinal soou e ele desapareceu lentamente, entrando na sala de aula.

Quando chegamos lá, não levantou os olhos ou nos encarou e, durante a aula, andou de um lado para outro e apenas leu. Parecia entediado com a aula. *Nós* estávamos entediados. Estávamos todos inquietos e pouco à vontade, e não acho que fosse por causa do calor.

Depois de algum tempo, o professor fechou o livro no meio de uma frase e o jogou pela janela. Olhamos, incrédulos.

Ele se sentou e pôs os pés em cima da mesa. Naquele dia, estava de bermudas, e os professores nunca usavam bermudas para dar aula.

— A primeira regra da natureza — disse — é a desigualdade.

Inclinou-se para trás, rabiscou a palavra DESIGUALDADE com giz e depois bateu no quadro com a mão.

— Isso não é uma opinião. É um fato.

Olhou para nossos rostos.

— Meu Deus, as persianas estão fechadas hoje, não? Malditos idiotas. Um guepardo pode correr mais que uma zebra, um cachorro mais que um gato... algumas coisas na vida têm um propósito, os mais fortes estão destinados a sobreviver. É como funciona.

Permanecíamos protegidos pelo silêncio, e pensei que ele talvez fosse jogar sua cadeira em cima de nós ou coisa parecida.

— Vamos acordar, pessoal. *Pensem*, seus retardados! Vocês não aprenderam nada? Estamos em 1914 e a Alemanha tem o exército mais poderoso e limpa a bunda com a Europa...

— Mas a Alemanha *perdeu* a guerra — disse Osterberg corajosamente.

— Aleluia! Um de vocês tem percepção. — O professor bateu palmas lenta e pesadamente. — Os alemães realmente perderam, mas só porque os britânicos se deram conta, no seu triste cantinho, de que *eles* eram os melhores, portanto deviam se organizar e revidar o ataque.

Atirou em Osterberg com o dedo, imitando uma arma.

— Isso se chama evolução. É preciso evoluir. Os britânicos evoluíram e em seguida os alemães levaram uma surra de vara na bunda e foram jogados na vala. Enquanto o mundo não estava vigiando, porém, Hitler virou tudo ao contrário numa nova tentativa e os britânicos foram postos à prova novamente.

O sr. Van Hout sublinhou a palavra DESIGUALDADE umas cem vezes.

— Nenhum de nós é igual ao outro. No entanto, todos estão brigando para ficar por cima. Quanto mais cedo vocês aprenderem isso, melhor; ou passarão o resto de suas tristes vidas no patamar inferior, e não no lugar a que pertencem. Revidem o ataque!

Ele deixou que aquilo penetrasse em nós. Eu me peguei pensando em minha avó e na Inglaterra, em minha mãe e em como ela havia quebrado sua promessa, e vi que deveria tê-la confrontado. Devia confrontá-la — ela não devia ter feito o que fez — e decidi naquele momento que, da próxima vez em que a visse, finalmente a confrontaria.

Já me sentia melhor em relação a mim mesmo. O professor estava certo.

Ele continuou:

— Olhem o nosso país. Os *poms* chegaram atirando com armas e os negros tentaram se defender com frutas macias. Certamente apenas um lado poderia vencer a batalha: o lado que fosse *superior*. Mas, anos mais tarde, os negros viram que o que *nós* havíamos construído era bom e quiseram as coisas pelas quais *nós* tínhamos trabalhado tão duramente e tentaram tirá-las. Eles se tornaram violentos e, como ninguém estava disposto a nos ajudar, eles lutaram longa, perversamente e de forma bastante suja para roubar o que era *nosso*. Agora vejam onde estamos.

O sr. Van Hout se levantou e pôs um cigarro nos lábios.

— A questão é: quando vamos virar isso do avesso novamente e lutar pelo que de direito pertence a *nós*? — Parou e olhou direto para Ivan. — Ou eles vão continuar intimidando vocês? Talvez vocês não saibam como se defender.

Eu podia ver fogo nas bochechas de Ivan. Ele apertou tanto o lápis que pensei que fosse quebrá-lo.

— Por fim, trata-se de respeito próprio — disse o professor — e de integridade. Se vocês têm um pouco disso, ainda há uma esperança. Se vocês deixarem que eles tirem isso de vocês, estamos fodidos.

— Ao menos alguns tiveram a integridade de lutar no primeiro momento — disse Ivan, com os lábios contraídos.

O sr. Van Hout pareceu achar engraçado.

— Ah, Hascott...

Deu mais umas duas tragadas e depois jogou seu *gwaai* no chão e pisou. Andou até o fundo da sala. Todos mantinham as cabeças baixas.

E então ouvimos um barulho de metal, a queda de uma cadeira e nos levantamos num salto e vimos o sr. Van Hout prendendo o pulso de Ivan contra a sua omoplata.

Ivan estava lutando para conseguir respirar.

— Mais uma pequena torção e você não vai poder usar a mão durante um mês — disse calmamente o sr. Van Hout no ouvido de Ivan. — Mas, sinceramente, quebrar o seu pescoço seria mais fácil e rápido. *Isso* responde à sua pergunta?

Ivan emitiu um som ofegante em direção à carteira.

— Eu não ouvi.

— ... Sim...

O professor largou o braço de Ivan.

— Você ganhou mais cem linhas de redação, desta vez sobre o significado de respeito — disse ele. — E eu quero isso no final do horário de estudos hoje à noite. Leve a redação na minha casa.

Foram essas palavras, imagino, que marcaram o começo do fim.

Voltamos para Selous em grupo e sem conversar. Ivan olhava para o chão. Eu ia dizer alguma coisa quando, de repente, notei um carro diante da casa e levei alguns segundos para perceber que o conhecia bem.

Meu pai e o sr. Craven estavam perto do capô, lado a lado, educados, sérios, com as mãos atrás das costas. Quando me viram, meu pai deu um único passo à frente, e nada mais.

— Robert? — chamou. O sr. Craven parecia constrangido, como se não devesse estar ali. — Posso falar com você?

Fui ao seu encontro, mas parei no momento em que notei que minha mãe não estava no banco do carona. No mesmo instante, não o queria mais perto de mim. Queria que ficasse o mais longe possível. Ali não era o lugar dele. Aquela era a *minha* escola, não dele. Ele não tinha nenhum direito.

— É sobre a sua mãe. — Meu pai tinha uma expressão abobalhada no rosto.

— Não — respondi. Sacudi a cabeça.

— Robert, por favor. Não faça cena.

Só que foi o rosto *dele* que ficou enrugado e foi ele quem começou a chorar. Aquilo me deixou ressentido com ele.

— Não!

Ele se aproximou mais um passo com a mão estendida. Esquivei-me.

— *Não!*

Tropecei, caí para trás no meio dos meus amigos, querendo-os à minha volta, precisando que me protegessem do que sabia que meu pai tinha vindo me contar. E, de maneira quase previsível, era Ivan quem estava lá primeiro; nunca me esqueci do conforto de suas mãos quando ele me firmou enquanto o mundo se despedaçava.

DEZENOVE

O som oco da terra batendo no caixão foi o que finalmente me tirou daquele estado. Antes disso, eu realmente não tinha consciência de nada.

Não conseguia me lembrar da vinda da escola para casa com meu pai naquele dia, nem do que fizera nos seis dias até o funeral. Nem me lembro de me vestir naquela manhã ou de andar na estrada que ia de nossa casa até o cemitério, onde dois homens estavam à espera na área fresca entre as árvores, apoiados em suas pás. As lágrimas ainda não haviam chegado. Não pensava em nada. Apenas fiquei lá, ouvindo o falatório e as preces, porque era tudo o que podia fazer e, quando o vigário terminou, fiquei olhando os homens com as pás se aproximarem e começarem a encher o buraco onde haviam colocado minha mãe.

Lutei contra o impulso de lhes dizer que fizessem aquilo mais rápido porque o som das pedras batendo nela era alto demais e tudo o que eu queria era que cessasse.

Um vento seco passou pelas árvores. Olhei para cima. Pensei que o dia estivesse nublado, mas, na verdade, o céu estava brilhante e limpo, e, de repente, percebi um grupo de pessoas nos limites do cemitério. Deviam ser da aldeia. Não sabia quando haviam chegado nem reconhecia seus rostos, mas eles tinham uma expressão de pesar genuíno. Uma mulher começou a cantar em *shona*, uma voz clara e jovial, de certo modo triste, e lutei contra a dor que ela despertava.

Meu pai e eu ficamos lado a lado, sem nos tocar e sem conversar. Ouvindo. Apenas ele e eu à beira do túmulo, não havia mais ninguém. O embaixador e outro homem da embaixada que eu não conhecia já haviam se afastado para o portão. Então vi o embaixador olhar o relógio antes de voltar e apertar a mão de meu pai. Parecia constrangido e deslocado.

— Mais uma vez, meus profundos sentimentos — disse por fim.

Era alto e magro e tinha um rosto bondoso e cabelos grisalhos abundantes repartidos ao meio. Seu terno parecia caro, os sapatos brilhavam através da poeira que os cobria. Não falava como meu pai.

— Se houver alguma coisa que nós possamos fazer, amigo, qualquer coisa realmente, fale com meu secretário.

Cercados de olheiras cinzentas, os olhos de meu pai expressaram gratidão, e ele se curvou ligeiramente.

O embaixador se virou para mim. Eu estava de uniforme porque não tinha outra roupa melhor.

— E como *é* a sua escola? Estão lhe ensinando tudo o que você precisa aprender, eu espero.

Escola, pensei. Parecia tão longe no tempo. Queria poder voltar, para que ela e tudo o que havia nela ocupassem meu pensamento. Não *isso*. Eu não queria *isso*.

Comecei a dizer qualquer coisa e tive de fechar a boca rapidamente porque não sabia o que poderia sair e tinha medo de não conseguir parar.

Ele sacudiu minha mão com força e voltou para o carro. Agora era a vez do outro homem. Ele ajeitou a gravata e partiu em nossa direção; suas bochechas gordas brilhavam e o suor havia grudado na cabeça os fios de cabelo que lhe restavam.

— Quem é este homem gordo? — perguntei baixo. Nunca o vira antes.

— Perkis — respondeu meu velho, ainda olhando para o buraco do túmulo. — É o meu assistente. Mas fale baixo.

— Qual é o primeiro nome dele?

Meu pai demorou um minuto. — Harold, eu acho.

Mas, quando esse Harold Perkis chegou perto de nós, disse ao meu pai: — Volte quando estiver em condições, não há pressa. Vou contratar outra pessoa por um tempo, tenho certeza de que nos ajeitaremos sem você.

Achei que era uma coisa estranha para um assistente dizer. Olhei para meu pai, mas ele não me encarou.

O sr. Craven telefonou para dizer que poderiam me dispensar das duas últimas semanas do período letivo. Não queria ser dispensado, mas, na varanda, totalmente sozinho, meu pai estava sentado com uma leve corcunda e, de uma hora para outra, parecia muito mais velho.

Então fiquei.

Não conseguia mais dormir bem em casa. A cama era cheia de molas, o travesseiro, muito macio. Mais que tudo, sentia falta de Ivan. Quase na mesma hora, lamentei minha decisão de ficar em casa, mas era tarde demais, o tempo passou e, de repente, estava ocioso em meio aos infindáveis dias de férias, bebendo chá e vendo meu velho incapaz de fazer qualquer coisa. O tédio se transformou em frustração; a frustração virou raiva.

— Ele não é seu assistente, não é? — enfrentei meu pai um dia. — O homem gordo que estava no enterro. *Ele* manda em *você*. Você não administra o escritório coisa nenhuma, é tudo mentira.

Ele nem ao menos se mexeu, o único sinal de que havia ouvido foi uma profunda e elaborada inspiração.

— Você já foi à sepultura de sua mãe depois do dia do enterro? — perguntou. — Acho que você devia ir. Ela ia gostar.

— Ela nem vai saber. — Por dentro, eu me arrependi imediatamente dessas palavras.

— Eu queria também que você me ajudasse a esvaziar o quarto dela. Acho que está na hora. Não sei se vou conseguir fazer isso sozinho. Por favor.

Senti muita pena dele para dizer não.

— Tudo bem.

— Também tenho pensado — continuou — que Matilda devia vir morar na nossa casa. É uma distância grande até a aldeia, e também seria bom eu ter companhia. Vou ficar muito sozinho quando você voltar para a escola.

Imediatamente pensei em Ivan. Como se ele estivesse ali, virando-se para mim e me fixando.

— Você vai dar o quarto da mamãe para uma *negra*?

Meu pai levantou o olhar bruscamente.

— Nunca mais quero ouvir você falar dessa forma depreciativa.

— Certo. Para a *empregada*?

— Ela tem nome e, para seu governo, na verdade eu vou sair do quarto onde estou e voltar para o meu quarto. Todos nós temos o direito de seguir em frente, não acha?

Bati com minha caneca na mesa, derramando chá, e entrei.

O quarto de minha mãe estava sombrio e com cheiro de mofo como sempre, quase intocado desde o dia em que ela fez o que fez, e tive certeza de ainda poder ver seu rosto pálido entre os travesseiros.

Afastei as cortinas.

Havia séculos que ela não usava roupas, mas a cadeira aos pés da cama estava coberta delas, porque meu velho havia examinado tudo, tentando lembrar qual era o seu vestido favorito para vesti-la no caixão. Tirei-as dos cabides, dobrei e fiz uma pilha. Tudo parecia prestes a se desmanchar, e fiquei apavorado com a possibilidade de que as provas da existência dela desaparecessem entre meus dedos.

Arrumei os sapatos ao longo da cama, numa fileira, e coloquei tudo o que havia na cômoda numa única gaveta e pus a gaveta no chão também.

Fiquei surpreso ao comprovar como minha mãe tinha poucas coisas. Também fiquei surpreso, depois, ao encontrar a mesa de cabeceira entulhada. Principalmente de papéis. Cartas. Elas caíram no chão. Reconheci minha própria caligrafia, pareciam estar todas ali: as súplicas iniciais, depois os gemidos, depois as mentiras sobre como estava me divertindo. A lembrança de todas as meias promessas que ela havia feito e depois retirado me doeu tanto que senti pouco remorso ao ver que minha carta mais recente tinha um carimbo de quase um ano atrás.

Em outras cartas, de pessoas de quem eu mal me lembrava, vi selos britânicos.

– ... *Como vai você?*

– ... *Adoraríamos ter notícias suas...*

– ... *Faz tanto tempo, você prometeu escrever...*

Amigos. Da nossa antiga vida na Inglaterra. As dobras no papel davam a impressão de terem sido lidas um milhão de vezes, mas, logicamente, minha mãe nunca havia respondido, e, portanto, eles finalmente desistiram.

Eles também?

– Vaca estúpida. – Dobrei novamente as cartas com dedos trêmulos.

Bem debaixo da pilha, encontrei o envelope amassado que uma vez minha mãe tentara me mostrar, no dia em que vim perguntar sobre minha avó. O que tinha a palavra URGENTE escrita em maiúsculas.

Abri.

Era de Marjorie Downe, a melhor amiga de minha avó.

Querida Valerie, começava. *Eu nunca poderei descrever a tristeza que sinto ao ter que lhe dar essa notícia...*

Foi um soco. Senti-me quente e nauseado. Eu não estava em nenhum lugar e nada me importava e todas as cartas que segurava caíram da minha mão e se espalharam no chão. Na verdade, não fazia diferença o que o restante da carta continha porque eu já sabia, mas li mesmo assim, as palavras queimando meus olhos.

... Sua querida mãe... de repente e infelizmente para o pior... tranquilamente, durante o sono... uma pequena misericórdia... sinto muitíssimo a falta dela... não tive como telefonar... o enterro será...

Vovó?

Morta?

Por que ninguém tinha me contado? *Quando* tinham deixado de me contar?

A carta tremia na minha mão, a data, no canto superior, brilhava como um farol.

Junho de 1983.

Lá atrás, durante meu primeiro ano de escola.

E eu me lembrei claramente de uma vez, no segundo período, em que liguei para casa porque já estava quase no meio do período e estava preocupado com a possibilidade de meus pais se atrasarem novamente para me pegar. E minha mãe se comportou de modo estranho e perturbado ao telefone, e meu pai disse que eu não podia ir para casa no fim de semana, que devia fazer planos alternativos.

Sua mãe está se sentindo um pouco mal... Ela precisa descansar, disse ele, escondendo a verdade.

E eu tinha passado o feriado do meio do período na fazenda de Ivan pela primeira vez, completamente alheio ao que realmente estava acontecendo.

Uma forma atravessou o portal.

— Ela planejava contar para você. Durante o feriado. — Para ser justo com ele, meu pai sequer tentou fingir. — Ela insistiu em ela própria contar para você. E quando eu descobri que ela não tinha conseguido... Bem, nunca houve uma ocasião apropriada. Ela sabia que era errado, mas simplesmente não conseguia contar para você. Acho que ela nunca quis admitir que fosse verdade.

Isso me soava tão ridículo que era quase engraçado. Rudemente, estendi a carta para ele.

— Que a mãe dela tinha morrido? Está bem aqui.

Ele sacudiu a cabeça.

— Mais que isso. Que sua tábua de salvação não existia mais. Eu sabia que ela sonhava em voltar um dia. Não sou tolo. Morar no exterior nunca foi escolha *dela*. Mas eu queria poder sustentar minha família com conforto, entende?, e é quase impossível fazer isso na Inglaterra, onde só se manter à tona já é uma luta. Sim, é, com o meu nível salarial. Quando a sua avó estava viva, sua mãe ao menos tinha esperança, uma luz no fim do túnel; sem a sua avó, ela não tinha... ela não tinha nada.

Ele fez um gesto cansado.

— Todos mentem. Não necessariamente têm intenção ou querem mentir, apenas é mais fácil. Acho que a duplicidade de sua mãe a corroeu por dentro.

Senti que não podia mais suportar. Por fim, explodiam em mim todos os tipos de emoção, nenhuma familiar, e eu amassei a carta antes de empurrar meu pai para passar.

— Robert? — Eu o ouvi dizer. — Aonde você vai?

Não sabia. Não tinha ideia do que fazer.

— O que isso importa para você? Ninguém se importa.

— Isso não é verdade. Eu me importo.

— Ah, claro.

— Sempre me importei. Eu só tinha muito medo, o tempo todo, de decepcionar você, porque eu nunca tive muito para dar.

— Bem, agora você conseguiu me decepcionar de verdade.

— Lamento muito.

— Eu odeio você. Odeio os dois.

Foi como um tiro. Ele cambaleou.

— Você não fala a sério.

— Quer apostar? — Precisava atingi-lo de alguma forma, porque ele tinha razão e talvez percebesse que eu sabia disso.

— Não saia. Fale comigo. Por favor.

— Me deixe em paz. Só isso.

Precipitei-me pela porta da frente e minhas pernas começaram a correr. Eu não podia parar, virei à esquerda e continuei correndo pela estrada com passos pesados e cadenciados, como no dia em que os homens que estavam perto da estátua tinham vindo atrás de mim.

Percorri o mais depressa que pude a distância de um quilômetro até o cemitério. Foi fácil localizar o túmulo, recente demais para ter uma lápide, e fui direto até ela. Mais que tudo, eu me surpreendi ao ver como a terra estava assentada e já havia capim denso crescendo sobre ela.

Deixei escapar suspiros angustiados. No céu, nuvens pesadas se juntavam. Fiquei olhando para ela porque não conseguia ainda encontrar palavras.

Então a chuva caiu. Pingos grandes e grossos que batiam ruidosamente no chão. Poucos a princípio, depois desceu o aguaceiro. Os pinheiros balançavam e sibilavam.

Eu balançava com eles.

Tudo o que eu queria era ter raiva. Eu *estava* com raiva. Não apenas em relação àquilo, mas a tudo, tantas coisas que não sabia por onde começar, e, principalmente, eu a queria ali para que pudesse lhe falar.

Trovejava. Sob os trovões, ouvi risos fracos e vi três *piccanins* se abrigando da chuva; tinham talvez seis ou sete anos e apontavam para mim exibindo seus sorrisos brancos.

— *Qual é?* — berrei, a voz afogada pela tempestade. Rios desciam pelo meu rosto e eu não tinha certeza se eram de chuva. — *Por que vocês estão sempre rindo? O que é tão engraçado?*

Ameacei atirar uma pedra e eles sumiram, mas eu a atirei assim mesmo porque precisava arremessá-la em alguém.

Quando fui embora, as nuvens haviam desaparecido e o tempo estava claro. Eu estava exausto e pronto para voltar.

Quando cheguei ao caminho que dava acesso à nossa casa, vi meu velho andando de um lado para outro. Os passos eram curtos e ansiosos, os braços cruzados sobre o peito o sustentavam e ele resmungava sem parar. A cabeça balançava e parecia um crânio na ponta de uma vara, as pernas pareciam pinos descarnados saindo da bermuda. Aonde ele teria ido?

Percebi que eu era tudo o que ele tinha agora. Não podia abandoná-lo.

Segui em frente, mas, quando voltava para o único membro da família que me restava, Matilda apareceu e, apesar de ela não trabalhar nos fins de semana, foi até o meu pai e fez um gesto para que ele se acalmasse. Ele se acalmou. Ela lhe massageou os braços. Depois o segurou e o beijou de um modo inteiramente impróprio, e ele não reagiu. Nada daquilo estava certo, e eu senti meu estômago revirar.

Parei novamente. Meu velho me viu e saltou para trás como se tivesse recebido um choque.

Pode ser que ele tenha gritado por mim, pode ser que até tenha vindo atrás de mim. Eu simplesmente comecei a correr de novo, na direção contrária, para a cidade. Não sabia para onde ir ou o que fazer.

Então liguei para Ivan.

VINTE

Ivan tinha sorte de já ter feito dezesseis anos e ter tirado logo a carteira de motorista. Seu velho o deixava dirigir uma das caminhonetes da fazenda como se fosse dele. Fiel à sua palavra, ele parou em frente ao hotel uma hora mais tarde e buzinou para mim. Eu estava no bar fumando e bebendo cerveja.

— Posso dormir na sua casa? — Pus os pés no painel do carro.

— Claro. O que aconteceu?

— Apenas dirija — respondi.

— Você é quem manda.

Essa era uma das coisas de que eu gostava nele.

Ele disse que viria a Berg de qualquer maneira naquele dia para se encontrar com Pitters e Klompie no cinema. Foi bom porque agora poderíamos ir todos juntos.

Encontramos os dois do lado de fora do Kine 300, onde estava passando *Um tira da pesada*. Era o filme que todo mundo estava comentando, embora eu não soubesse quem era Eddie Murphy; depois, a bilheteira estúpida fez uma merda e me deu um lugar do outro lado do cinema, mesmo sendo óbvio que estávamos todos juntos, e eu tive de me sentar bem no meio de uma fileira de negros.

— Vemos você mais tarde, Jacko — provocou Pittman. — É melhor não oferecer pipoca, nunca se sabe o que você pode pegar.

O filme era bom, mas fui ficando cada vez mais chateado pelo modo como os negros da plateia davam vivas e batiam palmas quando alguma coisa mais importante acontecia, como quando houve uma cena de briga ou quando Axel Foley obrigou o supervisor do armazém a ajudá-lo. Eu não entendia por que faziam isso. Por que não podiam apenas assistir ao filme, como pessoas normais?

Patti LaBelle mal tinha começado a cantar *Stir it up* nos créditos finais e eu já estava dando o fora de lá.

Pittman e Klompie saíram com lágrimas nos olhos.

– Este é um *filme A*, cara. – Pittman socou o ar. – Nunca ri tanto na minha vida.

Klompie também deu socos no ar, embora parecesse um idiota fazendo isso.

– E eu lhe digo, quando formos para casa "não vamos cair no conto da banana no cano de descarga".

– "Portanto, meu conselho para você é:" – Pittman respirava na minha cara – "por que você não volta para seu fim de mundo em Detroit antes que eu o *amasse*?"

De repente me deu uma coisa e eu o empurrei no chão. Moedas e Madisons voaram de seus bolsos e ele se pôs de pé imediatamente, soltando fogo pelas narinas.

– Ei. – Ivan se colocou entre nós dois na mesma hora. – Qual é o problema?

– Eu não sei. – Pittman massageou o cotovelo e o ego. – Pergunte a ele.

– Jacko?

Bufei: – É um filme de merda.

– Por quê? O que ele tem de errado?

– Eu achei a história idiota, com uma porção de ianques idiotas, e não gostei do modo como Axel Foley fica olhando as garotas brancas. Certo? – Ivan me olhou. Do nada, acrescentei: – O sr. Van Hout diria o mesmo.

Ivan ruminou aquilo antes de concordar com firmeza. Despenteou meu cabelo, quase paternalmente.

– *Ja*, você está certo: é um filme *kak*. – Deu um soco em Pittman, mas, sendo Ivan, estava tudo bem e éramos todos amigos novamente.

Amoleci e liguei para o meu velho dizendo que não voltaria para casa por uns dias. Ele pareceu aliviado, mas então começou a gaguejar uma explicação e como lamentava tudo e onde eu iria ficar? Eu não sabia mais como me sentir e estava cansado de tentar descobrir meus sentimentos, e, no meio da conversa, eu me dei conta de que poderia fazer tudo desaparecer facilmente e desliguei o telefone.

Aos domingos, os Hascott iam ao Country Club. Ivan estava empolgado porque sabia que Adele Cairns estaria lá e ele certamente a convidaria para sair e, se ela concordasse, talvez ele tivesse oportunidade de finalmente passar a mão naqueles *nyombies*.

– Eu juro, eles são enormes – disse, enquanto íamos em comboio atrás do carro de seu velho. – Ela é uma beleza de maiô.

Era um dia quente, e a maioria dos garotos e garotas estava perto da piscina enquanto as mães jogavam tênis e os homens reuniam-se nas imediações do bar. Foi fácil localizar Adele. Ela era muito bonita. Vestia um biquíni vermelho, passava óleo e vigiava seu irmãozinho que brincava na água, e eu a achei incrível. Não era perfeita, mas isso a tornava muito melhor que as garotas que pareciam de cera que eu tinha visto na *Scope*, porque ela era real. Não era alta nem baixa, tinha pele clara e sardenta e cabelos castanhos e compridos, que penteava com os dedos. Mantinha os braços timidamente junto ao tórax, mas isso a tornava ainda mais sedutora. Além de tudo, ela parecia gentil, e não desdenhosa, como tantas garotas que eu conhecia que se achavam bonitas.

Senti uma leve pontada no peito – estava com inveja. Queria alguém como ela. Só esperava que Ivan não percebesse.

A princípio, ele agiu com indiferença. Fomos até o bar e pegamos Coca-Colas, mas, assim que acabamos de beber, fomos para a piscina, onde ficamos fazendo muito barulho e espirrando água nos *laaities*.[25] Ivan fez dois deles chorar, depois fingiu que lutava comigo e manteve minha cabeça dentro d'água por quase um minuto e, quando finalmente me deixou emergir, cuspindo como um idiota, logo se afastou para fazer sua tentativa.

Depois de alguns minutos de conversa, eles entraram no clube e eu fiquei sozinho.

Tentei fingir que não me importava e nadei mais um pouco, depois fiquei na beira da piscina me secando, mas não conhecia ninguém e então fui andar pelo jardim. Por fim me sentei na grama ao lado do clube onde os empregados estavam fazendo bifes numa churrasqueira. Um deles começou a conversar comigo e, quando me perguntou sobre meu pai e minha mãe, consegui que se calasse, convencendo-o a pegar uma cerveja de graça para mim no bar.

Ivan voltou com um enorme sorriso no rosto.

– Essa garota dá. – Agarrou minha cerveja e deu um gole, mas eu não acreditei nele porque, pelo que tinha observado dela, não achava que Adele Cairns parecesse o tipo de garota que cede tão facilmente.

Ele olhou em volta antes de pegar um Madison.

– Seu velho está bem ali – avisei. Os homens haviam sido atraídos pelo cheiro da carne assada.

---

[25] *Laaities* são os garotos menores, mais jovens, coloquialismo sul-africano.

— Meu velho está bêbado. — Ele não deu importância, mas trinta segundos depois enfiou o *gwaai* na minha mão. — Diz que é seu, ele não vai fazer nada com você.

Na verdade, Hascott pai não estava interessado em nada a não ser em ir embora.

— Temos problemas na fazenda. — Sua voz parecia tensa.

Ivan procurou em volta por Adele.

— Mas...

— Não fique aí parado, cara, pegue sua caminhonete. — Ele se virou para a mulher, que ia se balançando o mais rápido que podia sobre as muletas. — Mexa-se, Gwyneth.

Rodamos a toda a velocidade, perigosamente, pela estrada de terra, Ivan mal conseguindo se manter na estrada quando fazíamos as curvas. Eu tinha de me agarrar no lado da porta. Num ponto, as luzes do freio de seu velho se acenderam, mas Ivan não viu e quase bateu na traseira do carro do pai — estava olhando para a fumaça que se erguia a distância.

— Jesus, é melhor que eles não tenham feito isso. — Ele agarrou o volante com força enquanto a poeira baixava. — Juro por Deus.

Mas eles tinham feito, quem quer que fossem "eles".

Passamos pela divisa da fazenda. Ivan não se importava agora, pisava fundo. Até alcançou seu velho e depois o ultrapassou, quando Hascott pai reduziu junto à cerca de segurança em torno da casa, onde uma multidão de cerca de trinta negros estava cantando e executando uma dança ameaçadora que incluía sacudir machados e facões no ar. Os cachorros estavam enlouquecidos do outro lado da cerca.

Não parecia que o portão tivesse sido arrombado, mas Ivan já sabia então que a fumaça vinha da vila dos trabalhadores. Ele continuou em velocidade.

Tive de me segurar para não bater no para-brisa quando a caminhonete finalmente parou derrapando, os pneus afundando na terra.

O fedor de capim e plástico queimando nos atingiu de imediato. A vila era um caos. À primeira vista, apenas algumas construções realmente estavam em chamas, mas faziam muita fumaça e os homens corriam com baldes de água, enquanto as mulheres se lamentavam na área central onde Ivan e eu tínhamos jogado futebol numa ocasião. As mães se agarravam a seus filhos. As galinhas e as cabras corriam soltas.

– *Mastah* Ivan! Eles vieram! – Eu mal entendia as palavras no meio da confusão. – Os homens maus vieram novamente.

– Eles trouxeram facas.

– Eles trouxeram fogo.

– Nossas casas! Aqueles *shonas* desgraçados. Onde está *baas* Hascott, *mastah* Ivan? Vocês precisam nos ajudar.

Antes que Ivan pudesse falar, seu velho chegou e todos se dirigiram em grupo para ele. Ivan pareceu quase ressentido.

– Onde está Luckmore? – O sr. Hascott queria que nós respondêssemos, mas naturalmente não sabíamos, portanto ele se virou para a multidão. – Onde está o meu capataz?

Eles também não sabiam.

– Aqueles desgraçados, eles puseram fogo nas nossas casas.

– Eu estou ouvindo, mas *onde está o meu capataz?* Onde está Luckmore?

Os gritos aumentaram.

A sra. Hascott estava ajudando uma menina que tinha um corte na cabeça e estava com seu vestido sujo coberto de sangue.

– Temos que chamar a polícia, Glen – disse ela ao marido.

Hascott pai parecia a ponto de atacar alguém. – Não posso.

– Nós devemos.

— Para quê? Eu reconheci pelo menos quatro deles lá que *são* policiais.

— Você precisa fazer *alguma coisa*.

Enquanto o sr. Hascott permanecia parado, Ivan finalmente soltou um grito forte e pulou de novo para a caminhonete, maltratando o acelerador; mas seu velho saiu da imobilidade e ficou na frente, e Ivan teve de pisar no freio.

— Aonde você pensa que vai, meu filho?

Ivan abriu a porta com um chute. As veias do seu pescoço estavam salientes. — Mamãe está certa.

— Não seja tão idiota. Você fica aqui.

— Vou buscar as armas.

— Isso não é solução.

— Eles vão invadir nossa *casa*.

— Não, eles não vão.

— E, diabos, onde *está* Luckmore?

— Esse pessoal está cheio de cerveja e maconha e se coçando para conseguir um pretexto. Se os deixarmos em paz, eles vão embora. Você sabe como eles são.

— Não, pai, eu não sei. — A frustração de Ivan borbulhava. — Eles nunca foram tão longe. Eu vou buscar as...

Antes que Ivan tivesse a chance de reagir, o sr. Hascott se aproximou do filho, deu-lhe um tapa no rosto e arrancou as chaves da ignição. A multidão silenciou. A sra. Hascott se balançou nas muletas enquanto a garotinha corria de volta para a mãe.

Ivan cuspiu sangue.

— Você fica aqui, é isso. Todos nós ficamos. — ordenou seu velho.

Ivan disse, contido e frio: — Quando você vai virar o jogo novamente e lutar pelo que é nosso de direito? Não podemos deixar que eles fiquem nos intimidando. Temos que nos defender e responder aos ataques.

— Do que você está falando? Nós sobrevivemos à guerra, podemos sobreviver a isso.

— Nós *perdemos* a guerra. Mas conservamos a fazenda. É tudo o que nos resta e agora você vai deixar que eles nos tirem isso.

— *Minha* fazenda, garoto. Ainda não é sua. Se algum dia for.

Ivan se virou devagar. — Que diabos você quer dizer com isso?

Mas seu velho não respondeu.

Ninguém dormiu muito.

A multidão por fim se afastou e ficou, então, num dos campos abertos muito tempo, noite adentro, entoando canções de guerra, bebendo cerveja e queimando tudo em que conseguissem botar a mão. Quando o sr. Hascott saiu na primeira luz da manhã, eles tinham ido embora. Tinham desaparecido.

Assim como Luckmore.

Deitei por algumas horas, acordei por volta das dez, vaguei pela casa e encontrei a família sentada diante de um café da manhã intocado. Ivan tinha um hematoma no queixo. O sr. Hascott apoiava a cabeça nas mãos. Ninguém falava. Queria pedir a Ivan que me levasse para casa, eu não devia estar ali, mas ele fez um gesto para eu me sentar, portanto esperei.

Depois de cerca de meia hora em que nada aconteceu, os cachorros começaram a ficar enlouquecidos novamente, lutando contra as correntes. O pai de Ivan se levantou de um salto.

Não era a multidão, mas um Mercedes grande e preto, com os vidros escuros e sem placas, que tinha parado no portão. Um motorista negro estava ao lado da porta aberta, impassível. O sr. Hascott estava a ponto de sair vociferando, quando a mãe de Ivan localizou duas pessoas perto da casa da piscina. Era impossível não vê-los.

A mulher usava tantas joias que elas quase escondiam a cor negra de sua pele e estava com um vestido chamativo laranja e amarelo do qual sua grande bunda tentava escapar. O penteado parecia papel de um embrulho desfeito. O homem, de terno brilhante, soltava baforadas de um charuto: toda vez que o punha na boca, um relógio grande e caro brilhava ao sol e, de tempos em tempos, ele agitava os braços sobre a piscina de modo expansivo.

— Que diabos vocês pensam que estão fazendo? — exigiu saber sr. Hascott. Nós o seguíamos de perto.

Se ele surpreendeu os intrusos, nenhum deles demonstrou.

A mulher olhou o sr. Hascott de cima a baixo e disse alguma coisa em *shona* para o homem. Ele concordou com seriedade. O suor brilhava em sua careca como as estrelas na noite.

— Minha mulher diz que a piscina é muito pequena — disse em inglês, aos solavancos, como se o idioma irritasse a sua boca. — Ela está certa. Vamos ter de aumentá-la.

Por dois segundos, o pai de Ivan pareceu ter perdido o fôlego.

— Do que você está falando, em nome de Deus? — Encarou o homem. — Quem você pensa que é?

A mulher começou a guinchar e o homem teve de acalmá-la. Ele tragou um bocado de fumaça e jogou o resto do charuto na água.

— Minha mulher está muito desgostosa porque a piscina é pequena demais — explicou novamente, sério, como se a culpa fosse do sr. Hascott — e ela sabe que custará muitos dólares torná-la maior. Eu lhe disse que tratarei disso. Ela precisa ter uma piscina grande. Ela gosta da casa. Quantos quartos tem?

Uma linha apareceu e latejou na testa de Hascott pai.

— Saia das minhas terras.

O homem fez uma expressão quase divertida.

— Não, meu amigo. *Não* é sua terra. Nunca foi sua terra.

— Não sou seu amigo. Não sei quem você pensa que é, mas se mande de volta pelo caminho por onde veio que eu já aturei o que sou capaz de suportar de gente da sua espécie.

O homem soltou um riso curto e desdenhoso sem sorrir.

— Eu não dou importância às palavras de um ladrão. Você roubou esta terra. Vocês, *murungus*,[26] a tiraram de nossos pais, portanto temos o direito de roubá-la de volta. Claro, a lei diz que eu só posso ficar com ela se você a vender. Mas você vai vender. — Ele falava devagar e claramente, tirando papéis do bolso. — E meu governo é bom e generoso e está disposto a comprar por um bom preço o que você tomou. Pessoalmente, eu não pagaria nada, portanto, qualquer que seja o preço, é mais do que você merece.

O sr. Hascott já estava se afastando.

— Você venderá — gritou o homem atrás dele. — Não será bom para a sua família se você não vender. E, quando você vender, seus trabalhadores não serão mais necessários. Eu prefiro trabalhadores *shonas* em que posso confiar, não esses *matabeles* sujos. Você deve dizer isso a eles. Parece que você fez escolhas insensatas depois da guerra, meu amigo, porque agora eles têm que ir embora ou suas famílias vão conseguir um buraco no chão como o seu capataz... Luckmore, não foi assim que você disse que ele se chamava? Me disseram que ele chorou como um bebê antes de morrer.

O homem ria, levantando os ombros.

Os pés do sr. Hascott se enraizaram no chão e, juro, todos os músculos de seu corpo começaram a tremer. Tudo no mundo acontecia bem ali, onde estávamos, e em nenhum outro lugar.

Seus olhos se voltaram para Ivan. — Vá buscar os cachorros. — Ele falou tão baixo que Ivan quase não ouviu. — Os *cachorros*, garoto. Solte-os.

---

[26] *Murungu* quer dizer pessoa de cor branca.

Ivan circulou a casa correndo. Momentos depois, os leões da Rodésia chegaram correndo e latindo pelo gramado. Os intrusos já estavam de novo dentro do carro. Eu tinha visto os dois se afastarem rapidamente e o motorista puxar o portão de modo que os cachorros só podiam pular na cerca e morder o arame. Os intrusos estavam a salvo; o homem e a mulher estavam de volta no carro e os cachorros não podiam pegá-los. Não havia necessidade alguma de o motorista tirar a arma da jaqueta e apontá-la contra os animais numa distância à queima-roupa.

Um tiro em cada um foi o suficiente para restaurar o silêncio.

O Mercedes se afastou num rodopio, levantando pedras e poeira.

VINTE E UM

Depois das três semanas mais longas que vivi, já não podia mais esperar pela volta à escola. Convenci meu velho a me levar muito antes que o necessário. Era o que eu queria e ele pareceu mais que satisfeito em me ter novamente fora de casa.

Mal trocamos palavra por todo o percurso. Depois que ele desligou o carro, o silêncio se tornou constrangedor e ele tentou me dar uns dólares a mais que de costume, mas os deixei sobre o painel do carro e desapareci dentro da Selous sem olhar para os lados. Quando ele se foi, saí novamente. Fui o primeiro a chegar, a escola estava vazia e silenciosa. Gostava dela assim, sem ninguém de fora, só eu e ela na expectativa.

O sol estava forte para maio. Sentei-me sob seus raios, do lado de fora do estacionamento, e fiquei enfiando gravetos no asfalto macio.

Quanto mais as horas se passavam, mais convencido eu ficava de que Ivan não ia voltar, de que talvez seu velho já tivesse vendido a fazenda e se mudado com a família para o sul. Portanto, com apenas meia hora de antecedência, uma das últimas coisas que esperava era vê-lo assoviando pelo corredor. O que esperava ainda menos era a recepção que Klompie e eu tivemos quando o cercamos no dormitório.

— Como vai? — quis saber em primeiro lugar.

Ele nos observou atentamente antes de responder surpreso, quase perplexo.

— Estou ótimo, por quê? E vocês, como estão?

— Ouvimos dizer — disse Klompie, e, por via das dúvidas, apontou um polegar acusador em minha direção. — *Ele* nos contou.

— O seu velho vai vender a fazenda? — perguntei.

— Vocês vão se mudar? — interrompeu Klompie.

— Eles realmente fizeram aquilo com Luckmore? Vocês deram queixa na polícia?

Ivan mostrou as palmas das mãos.

— Calma, gente. Sim, meu velho está vendendo, que outra escolha ele teria? E eu estou aqui, não estou? E então, parece que estou indo embora? Quanto a Luckmore... Surpresa, surpresa, a polícia não está interessada no que aconteceu com ele. Me deem um tempo; estão deixando minha bunda cismada: será que vocês viraram gays durante as férias?

Era como se nada tivesse acontecido. Era o mesmo e velho Ivan.

E, por outro lado, não era — eu não saberia dizer por quê.

Tarde da noite, depois de não ter falado nada sobre o assunto no jantar, fui até a sala de estudos e vi a lâmpada acesa no compartimento dele. Afastei a cortina e o vi escrevendo furiosamente, com um livro aberto ao lado. Sem olhar para mim, folheou algumas páginas com a testa franzida.

— O que você está fazendo?

— Tenho de terminar isto — disse — e levar para o Mark... para o sr. Van Hout.

— Você já está com problemas?

Ivan sacudiu a cabeça. — É um extra.

— Dever de casa extra?

— Fui eu quem pedi.

— Por quê?

Ele pensou com cuidado antes de responder: — Os exames finais do secundário são no próximo período.

Ouvi a voz de Greet pela primeira vez depois de longo tempo. *Comece a prestar mais atenção às aulas porque vocês não vão receber nada quando Mugabe tiver feito o que pretende com sua gente.*

— Mas você odeia história.

— É sobre como os nazistas conseguiram enganar o povo alemão — ele me cortou. — O sr. Van Hout foi quem escolheu. Você sabia que eles mudaram nomes de ruas, cidades e edifícios quando chegaram ao poder, para fazer o povo esquecer o passado? Foi uma espécie de lavagem cerebral. Será que isso o faz lembrar algum lugar bem mais perto de casa? Hein? Será?

Rabiscou mais algumas frases rápidas. — Tenho que ir.

— Quando ele lhe passou este dever? — perguntei.

— Nas férias, alguns dias depois de você ir embora. Depois que aquilo aconteceu.

— Você esteve na escola durante as férias?

— Claro que não. Ele foi me ver. Eu telefonei para ele e contei tudo, porque sabia que ele ia entender. Foi uma boa coisa que eu fiz porque ele conseguiu convencer meus pais a me deixarem continuar na escola até pelo menos eu terminar os exames. Ele disse que poderia tomar conta de mim nesse período caso eles quisessem ir para o sul.

Parou rapidamente junto à porta.

— Ah, ia me esquecendo — disse a todo mundo. — Alguém viu a minha calculadora? Sei que a tirei da mala, mas ela sumiu.

Nos dias e semanas seguintes, Ivan se ausentou de maneira visível e as horas se tornaram, de repente, vazias. Pitters ainda aparecia, mas sempre acabava acontecendo o mesmo: não conversávamos e Pitters ficava borrifando desodorante e ateando fogo nos garotos menores, ou os fazendo lamber leite condensado do chão da loja de doces, ou qualquer coisa do gênero. Estava cansado da crueldade dele. De vez em quando, até mentia só para ficar sozinho, e ia andar pela savana e sonhar acordado com coisas que os jovens de dezesseis anos sonham. Invariavelmente me pegava fantasiando com uma garota em particular, muito embora Ivan me matasse caso viesse a saber.

– Onde você estava, cara? – Toda vez saudávamos a volta dele como um bando de cachorros apáticos.

Mas sabíamos que ele estava sempre com o sr. Van Hout e, em breve, paramos de perguntar e apenas ficávamos escutando suas histórias com a indiferença de um amante ciumento.

"Vocês precisam ver a faca que ele trouxe da guerra" ou "ele tem uma porção de medalhas" ou, maravilhado, "aquele cara sabe o que faz, podem crer".

Menos quando chegava zangado, claro. Nesses dias, ficávamos longe dele.

Numa manhã, depois das aulas, avistamos Ivan e o sr. Van Hout perto do anfiteatro conversando com um cara que nunca tínhamos visto antes, de óculos escuros da moda e uma aparência que atrairia qualquer garota.

– É o Pete. – Ivan se gabou mais tarde. Tentamos não ligar, mas ele tinha o semblante agitado e agia de modo bastante inquieto. – É amigo do Mark, lutaram juntos nos Batedores da Selous.

Começamos todos a falar ao mesmo tempo. Fairford até parou de choramingar sobre alguma coisa que havia sumido de seu compartimento durante o café da manhã. Então era verdade! Os Batedores da Selous! A unidade de elite do exército da Rodésia, a melhor... que recebeu o nome de ninguém menos que o mesmo Frederick Courteney Selous que dava nome à nossa casa.

– Ele agora é jornalista – continuou Ivan. – Escreve para um desses jornais importantes no estrangeiro. Eles o expulsaram do país no ano passado por causar problemas ao governo. Se a polícia soubesse que ele estava aqui, o trancaria em Chikurubi[27] e o deixaria apodrecer lá.

— Como assim? — quis saber. — O que foi que ele fez?

— Ele simplesmente descobriu o que a Quinta Brigada de Mugabe estava aprontando. — Tirou do bolso uma fotografia que nos fez esquecer que ele estava falando conosco como se fôssemos imbecis.

— O que é isso? — Klompie franziu as sobrancelhas.

Ele estava segurando a foto do lado errado, então a tomei dele e a virei de cabeça para cima.

— Jesus! — exclamei, quando ficou claro que a confusão de formas era, na verdade, uma pilha de corpos contorcidos e em decomposição, uns por cima dos outros. — O que é isso? É do tempo da guerra?

Passei a foto para Klompie, mas ele recuou, abanando a cabeça. Em vez dele, Pittman a agarrou.

— Isso aconteceu *há três meses* — disse Ivan. — Pete a tirou em segredo, e muitas outras. Foi o governo que fez isso. No sul. A Quinta Brigada está lá em Matabeleland matando os *matabeles*, e ninguém faz nada ou ninguém sabe, ou ambos.

E quando não dissemos nada: — Este é o nosso país, caras, vocês não percebem isso? Ele ainda está lutando. Mugabe ainda está matando gente para garantir sua permanência no poder.

— Ele está matando negros — disse Pittman, com indiferença. — E daí? E o que faz desse Pete um grande entendido? Qualquer um pode ter feito isso, pode não ter sido a Quinta Brigada.

— E quem mais poderia ter sido? Todos os negros do outro lado do país podem lhe dizer. Eles estão apavorados. A Quinta Brigada faz esse tipo de coisa o tempo todo: é para isso que eles estão lá. Jesus, Pitters, aquele dia que você pulou a cerca e mexeu com eles... com certeza eles teriam acabado com você se aquele policial não tivesse se metido.

---

[27] Chikurubi é uma prisão de segurança máxima nos arredores de Harare, capital do Zimbábue. (N.T.)

— Besteira.

— Estou falando sério. Você não percebe? A guerra não teve nada a ver com política ou cor de pele. É o que o professor diz. Teve a ver com poder e dinheiro. Este país é rico e Mugabe o quer. É por isso que ele deixa esses caras fazerem o que querem, assim ele pode ficar lá em cima. Como os nazistas. É tudo uma questão de poder. Ele quer amedrontar as pessoas e expulsar todo mundo que acha que é contra ele. Primeiro são os *matabeles*, depois seremos nós, os brancos.

— Ele não faria isso. — Mas Pittman não parecia mais tão seguro agora.

— É verdade. Ele até já disse isso... séculos atrás, ele disse que era preciso expurgar os brancos.

— Besteira — insistiu Pitters.

— Não — disse Klompie baixinho, olhando nos olhos de Pitters. Suas mãos tremiam. — É verdade. Ivan não está mentindo. Eles teriam matado você.

Alguém passou pelo quarto de estudos e Ivan puxou a foto e escondeu. Era Nelson.

— Não olhe para cá — disparou Ivan.

Nelson não estava olhando, mas claro que a advertência de Ivan o surpreendeu e o fez voltar sua atenção para nós, e, embora depois tenha se afastado, era tarde demais, ele já era culpado por ter feito justamente o que foi alertado para não fazer.

Ivan deu um tapa na parede.

— Pronto, é isso. Vou dar uma lição nesse *kaffir* estúpido.

— Espere — disse eu. — E Kasanka?

Ivan já estava no corredor, no meio do caminho.

— Você não entende, eu tenho que fazer isso. -- E se foi.

Naquela noite, durante os estudos, Kasanka entrou e avançou direto para o compartimento de Ivan e chutou-o e socou-o por um bom tempo. Ivan não emitiu um som.

Achamos que Ivan estava sendo corajoso. Como descobrimos mais tarde, era tudo parte de um plano.

À medida que o período de inverno avançava, mais e mais coisas nossas foram sumindo: calculadoras, canetas, relógios... Tinha a impressão de que Ivan suspeitava de Nelson ou talvez apenas quisesse que fosse ele, porque começou a fazê-lo de alvo abertamente, sem ligar para as consequências. Ivan lhe atirava sabão quando ele estava no chuveiro, ou o empurrava no corredor, ou entrava na sala de estudos vizinha só para bater nele. Nunca participei disso, mas o que fiz foi bem pior — não fiz nada. Não entendia por que Nelson não se defendia, não era por ser das séries mais atrasadas e não ter o direito de fazê-lo; então disse a mim mesmo que ele era um fraco e, por fim, o culpei pelo que acontecia e achei que, provavelmente, ele o merecia. E algumas vezes Ivan o atacava na frente de Kasanka, como se *desejasse* o revide, então cheguei à conclusão de que havia algum tipo de equilíbrio.
Uma noite, no meio da chamada, Ivan saiu da fila.
— Com licença, Kasanka, nossas coisas estão sendo roubadas.
Kasanka fixou nele o olhar. — Cale a boca e volte para a fila.
Ivan se manteve onde estava. — Alguém está roubando nossas coisas. É óbvio que há um ladrão na casa. Você não vai fazer nada quanto a isso?
— Não estou interessado nas porcarias de vocês.
— Como não? Você é o chefe da casa, tem que fazer alguma coisa.
Num minuto, Kasanka estava junto de Ivan.
— Sou chefe da casa, portanto posso fazer o que quiser e não preciso ouvir pessoas como você. Eu já lhe disse: cale a boca.
— Não até que você dê uma solução para o problema.
— Eu vou dar um jeito é em você se não segurar esta língua.
— Não seguro.
— *Cale-se*, menino branco!
— *Não!*

Kasanka empurrou Ivan, que quicou na parede atrás, projetando-se para a frente de novo.

— Você está pedindo, Hascott. Quero você no meu quarto depois do jantar.

— Para que esperar?

— O que você disse?

— Você é surdo? Para que esperar? Se você vai fazer alguma coisa, faça logo. Eu só estava querendo que você ajudasse a casa.

— Vou fazer, não se preocupe. Vou fazer agora mesmo.

Ivan saiu correndo. Por um momento pensei que ele tinha ido embora de vez, mas rapidamente estava de volta com um taco de hóquei, que empurrou nas mãos de Kasanka na frente de toda a casa.

— Vá em frente, bata, se você se sente melhor fazendo isso. Eu não ligo. Eu só queria que você se interessasse tanto pela nossa casa quanto se interessa em bater na minha bunda.

Ivan se colocou em posição.

Kasanka deu meia-volta sob o peso do olhar de todos, como que perdido. Se procurava uma orientação, não recebeu nenhuma, nem mesmo dos outros sextanistas. Todo mundo estava esperando. Ele começou a se afastar.

Só nós, que estávamos perto de Ivan, o ouvimos murmurar, embora não soubéssemos dizer o quê, e, no mesmo instante, Kasanka levantou o taco de hóquei e bateu com tanta força nele que o jogou contra a parede.

Ivan esteve irrequieto durante todo o jantar.

— Não sei como você aguenta — disse eu. — Deve ser a quinta vez nesta semana.

Ele riu. — Vai valer a pena. Espere só. Um dia, quando estivermos lá em cima, poderemos dar o troco.

Ia responder, mas algo me fez parar. Em vez disso, apenas pensei: em cima de quê?

VINTE E DOIS

Não sei até que ponto o sr. Craven estava ciente dos roubos, mas, no instante em que eles bateram à sua própria porta, fez questão de ficar sabendo de tudo. Reuniu toda a casa no salão sábado à noite, exatamente na hora em que todos queriam assistir a *Dallas*.[28]

Quando ficava zangado, ele balançava a cabeça como um balão muito cheio. Encostados na parede de trás, Ivan, Klompie e eu tínhamos de lutar para não cair na risada. Mas, quando ele disse que ia confiscar o aparelho de televisão da casa enquanto os ladrões não parassem de agir e não se descobrisse o culpado, de repente a coisa pareceu bem menos engraçada.

Kasanka anunciou uma busca na casa. Todos resmungaram baixinho, não necessariamente porque tivéssemos algo a esconder (não éramos tão burros a ponto de esconder nossos cigarros na casa), mas porque uma busca geralmente significava licença para os sextanistas "pegarem emprestada" qualquer coisa nossa de que gostassem. Eu já tinha perdido minha fita favorita do Tears for Fears.[29]

— Não fique tão preocupado — disse Ivan. — Quem sabe eles pegam o sacana?

---

[28] *Dallas* é uma série de TV norte-americana criada por David Jacobs e produzida entre 1978 e 1991; retrata o glamour, o poder e a riqueza da alta sociedade dos Estados Unidos. (N.T.)
[29] Tears for Fears é uma dupla de rock inglesa que surgiu nos anos 1980, formada por Roland Orzabal (voz e guitarra) e Curt Smith (voz e baixo). (N.T.)

Não pegaram. Pelo menos não naquela noite. Dois dias depois, uma segunda busca foi anunciada sem razão aparente, só que esta seria para *todo mundo*, até para os sextanistas, e o sr. Craven a conduziria pessoalmente.

Nossas línguas não paravam quietas enquanto nos dirigíamos para o salão mais uma vez, e quase caíram de nossas bocas quando avistamos Bully chegando à casa. Os mais velhos brincavam uns com os outros sobre como deviam estar nervosos. Entramos na brincadeira, e, quando Craven meteu a cabeça pela porta e pediu a Kasanka que fosse lá fora, supusemos, naturalmente, que era para ajudar, mas Ivan estava louco para pôr lenha na fogueira:

— Por que não *poderia ser* ele?

— Ele é o chefe da casa — ponderamos. — Não faria isso. Não pode ser.

— Ele está no poder. É onde a coisa é pior, especialmente em se tratando de pessoas do tipo dele.

Uma hora depois ficamos tontos com as notícias quentes de que, ao que tudo indicava, o quarto de Kasanka também fora revistado e uma caixa fora encontrada debaixo de sua cama, e que ele ainda não havia retornado do gabinete de Bully. De algum modo, Ivan estava a par de todos os detalhes.

— Tinha um monte de coisas nossas. — Ivan ergueu os braços. — Calculadoras, o relógio do Klompie, músicas... até sua fita do Tears for Fears, o rádio e o ZX Spectrum[30] do sr. Craven... estava tudo lá, ele ia levar tudo para empenhar nos feriados.

— Como você sabe de tudo isso? — perguntei. Ele me lançou um olhar cortante. — Isto é, você tem certeza?

— Você está me chamando de mentiroso, Jacko?

---

[30] ZX Spectrum é um microcomputador europeu lançado na década de 1980 e muito prestigiado na época. (N.T.)

— Não... eu... isso...

— O safado estava roubando há meses.

— O que você acha que vai acontecer? — Pittman perguntou. Ele veio correndo da Heyman logo que soube das notícias.

— Se eles têm algum bom-senso, vão chutar aquela bunda preta pra fora daqui — disse-nos Ivan com absoluta certeza. Levantou-se. — Não precisamos de gente da espécie dele.

— Aonde você vai?

Ele parou junto à porta.

— Vejo vocês mais tarde. Tenho uma coisa importante a fazer.

Ele se foi, e só o vimos novamente depois do jantar, quando voltou para a casa com a camisa manchada de sangue, seis pontos acima do olho e um sorriso largo no rosto.

— Gente, vocês não imaginam a história que eu tenho para contar! — disse.

— Você fez Kasanka ser *expulso*?

Eu não podia acreditar. Nenhum de nós podia. O ar em torno de nós estava pesado de incredulidade, tornando tudo mais intenso. Ivan pôs o dedo sobre os lábios e balançou a cabeça de modo lento e constante.

— Já vai tarde — disse.

Klompie piscava como que ofuscado por uma luz brilhante.

— Não tinha outro jeito. Mas isso... isso deve... espere até a gente contar para Pitters, ele vai adorar. Ele vai ficar morto de inveja por não ter pensado nisso antes.

— Mas *como*? — perguntei.

— Todos os roubos que vinham acontecendo... — disse Ivan.

Nós nos aproximamos, absorvendo cada sílaba.

Ivan bateu no peito, orgulhoso. — Não se preocupem, vocês vão receber de volta todas as suas coisas. Na verdade, eu só estava pegando emprestado. — Era inacreditável, mas ele falava com muita calma. — A parte mais difícil foi entrar no quarto de Kasanka depois que o sr. Bullman recebeu uma pista anônima.

— Como você entrou lá? Ele não deixava sempre a porta trancada?

Ao que Ivan mergulhou a mão no bolso e apresentou uma chave, que balançou entre o polegar e o indicador.

— Craven, o estúpido babaca, não tornou as coisas propriamente fáceis para mim: ele guarda todas as chaves sobressalentes sem etiquetas numa mesma corrente. Portanto, ele pode esperar sentado se pensa que vai ter esta de volta.

Atirou a chave no canto mais distante. Foi um bom arremesso e ela tilintou no fundo da lata de lixo.

— Mas Bully não ia expulsar Kasanka só por roubo. O governo o acusaria de estar sendo racista, então eu tive que ajudá-lo a se decidir.

— Como? — perguntou Klompie.

Dessa vez, Ivan apontou para o corte na testa.

— Isso, para começar. Bom que Kasanka seja um malvado filho da mãe que não precisa de muito para perder a cabeça. E foi bem do lado de fora do gabinete de Bully, enquanto Craven e Bully estavam tentando resolver o que fariam. Eles tiveram que forçá-lo a sair de cima de mim. Mas, ei, ele é um *kaffir*, não é? Eles são todos iguais.

Ele ficou em pé e levantou a camisa para mostrar marcas amarelas e roxas no estômago, nas costelas e nas costas — eu tinha certeza de que antes não havia tantas assim.

— Então eu mostrei ao Bully tudo isso: o que Kasanka vinha fazendo comigo. E mais o fato de que *ele* é que é o racista porque me chamava o tempo todo de "menino branco", e eu tenho muitas testemunhas para comprovar isso. Certo?

Concordamos sem hesitar.

— E como Bully ainda não estava seguro de poder expulsá-lo sem que o governo pulasse no pescoço dele, foi preciso partir para a ignorância.

Olhamos para ele sem entender.

— Como assim? – perguntou Klompie o que todos nós queríamos saber.

— O sr. Van Hout está com Bully agora – explicou Ivan. – Conversando a respeito da ideia que teve.

Ele deixou o relato em suspenso, para mexer com a gente.

— Que é...?

— Deixar mais negros entrarem na escola, claro. Ele me falou sobre isso há algum tempo. Há séculos Bully vem tentando abrir as portas para mais negros e, dessa maneira, manter os inspetores de fora, só que nunca é o bastante, e Kasanka como chefe da casa só iria apaziguá-los por pouco tempo. Quando eles souberem que ele vai ser chutado fora, os inspetores vão voltar na mesma hora, interferindo, dizendo a Bully o que fazer, bagunçando tudo. Então, a sugestão do sr. Van Hout é de receber na escola negros de perto, da aldeia.

Estávamos chocados e em silêncio.

— Mas eles com certeza não teriam como pagar a escola. – Klompie começou a cutucar o ouvido com o dedo, como sempre fazia quando ficava realmente confuso.

— Esta é a parte mais inteligente. Eles não teriam de pagar. – Ivan se sentou, esquecendo as contusões. – A escola poderia oferecer educação barata. Bem barata. De graça. Poderia reservar determinado número de bolsas para estudantes externos. A escola absorveria somente custos mínimos porque nunca os incluiríamos como parte integral da escola, mas, aparentemente, eles estariam recebendo a mesma educação que nós nas aulas. O governo vai embora feliz.

— Quer dizer...

— E Bully seria elogiado por criar uma boa imagem de Mugabe, como se ele realmente tivesse feito alguma coisa para merecer aquele diploma fajuto que recebeu.

— Por serviços pela educação na África — relembrei.

— Exatamente. E, quem sabe? Talvez Mugabe até mesmo venha aqui pessoalmente beijar a bunda de Bully.

Parou para pensar sobre o que acabara de dizer. Estava imerso em seus pensamentos enquanto absorvíamos tudo aquilo.

Passou-se algum tempo antes que eu perguntasse: — Quer dizer que você e o sr. Van Hout estiveram planejando juntos tudo isso? Pensamos que você estivesse fazendo trabalhos.

Talvez houvesse algo na minha pergunta que não agradou Ivan, porque seus lábios se estreitaram.

— O professor diz que Kasanka é uma maçã podre num pomar florescente — respondeu de modo brusco. — Ele se preocupa com esta escola. Acredita em manter padrões, como todos nós deveríamos. Nós não queremos esse tipo de gente no comando, não é verdade? E, portanto, fazemos o que for preciso para afastá-los.

E nos segundos seguintes pude sentir o ar se tornando mais pesado em torno de nós, até que Klompie, sem querer, dissipou-o.

— Eu não entendi: Kasanka pegou ou não pegou o meu relógio?

Rimos.

— O que vai acontecer agora? — perguntei.

— Ngoni Kasanka nunca mais vai voltar para esta escola, vocês têm a minha palavra quanto a isso — respondeu Ivan simplesmente, sorrindo de novo. — Anderson vai assumir a chefia da casa, que é onde ele deveria estar desde o começo. E, claro, eu tenho que pôr certas coisas em dia.

— Pôr em dia o quê?

Deu um tapinha no meu ombro e foi para o corredor para me mostrar.

— Ndube! — Sua voz ressoou. — Nelson Ndube! Venha cá!

Passou-se um instante e Nelson apareceu.

Ele veio se aproximando, temeroso. Sabia exatamente o que estava acontecendo, e, quando se aproximou, deixou escapar uma simples pergunta:

— Por quê? Por que você me odeia tanto?

Aquilo fez com que me lembrasse de mim e de Simpson-Prior no dia em que ele fugiu, e fiquei de fora.

Ivan tirou do bolso uma faca que devia ter roubado na sala de jantar. Ordenou a Nelson que estendesse a mão e prendeu-lhe os dedos de modo que ficassem retos e não pudessem se mexer. Encaixou a lâmina entre o médio e indicador de Nelson, bem no "V". Eu conhecia bem o processo, Greet deve ter feito isso comigo uma centena de vezes: a pessoa mantém os dedos firmemente apertados e começa a torcer a faca, em pouco tempo a pele fica em carne viva e ardendo. Se você tiver azar, ela se rasga, embora isso geralmente só aconteça depois de cerca de umas vinte voltas.

— Boa-noite, rapazes. — O sr. Craven apareceu de repente do nada, sem perceber o que estava atrapalhando. — Estão se divertindo?

Ivan colocou a faca de volta no bolso.

— Ainda não, senhor — respondeu.

Nelson já havia feito uma rápida retirada. Dessa vez tinha escapado.

Ivan deve ter ficado satisfeito nessa época: as coisas iam tão bem! Mas tudo mudaria em breve, e, quando isso aconteceu, ouso dizer que mesmo Ivan não entendeu bem o que o atingiu.

VINTE E TRÊS

Menos de uma semana havia se passado desde a partida de Kasanka, e as brincadeiras e os rumores ainda eram recentes. Assim, íamos rindo disso a caminho da aula de história, depois do intervalo, mas essa aula nunca chegou a acontecer.

Estávamos perto da capela quando ouvimos o tumulto. Vinha da sala do sr. Van Hout. Imediatamente percebemos que devia ser algo sério porque, se fosse só dois garotos brigando, teria atraído uma multidão, mas as pessoas que passavam por perto davam uma olhada e se afastavam rapidamente.

Apertamos o passo.

A gritaria de repente ficou mais alta e uma nuvem de papéis irrompeu pela porta aberta. O rosto de Ivan ficou sombrio. Ele largou os livros e correu, e nós, obedientemente, fomos atrás dele.

Nós nos espremmos junto à porta. Pude ver a parte de trás da cabeça loura do sr. Van Hout, enquanto, no fundo da sala, estava o sr. Mafiti com o medo estampado no rosto.

— Saia da minha sala — gritava o sr. Van Hout para ele. — *Estou farto de aturar você bagunçando todo o meu quadro-negro. Vamos, fora daqui!*

Só que o sr. Mafiti não *conseguia* sair. Se ia para a esquerda, o sr. Van Hout se punha na frente dele e lhe cortava o caminho; se ia para a direita, o sr. Van Hout tomava aquela direção também. Finalmente, nosso professor de química, mesmo assim, deu uma arrancada em direção à porta pelo lado da sala, mas mãos brancas agarraram seu casaco e o puxaram de volta.

O sr. Van Hout o virou e o segurou pela lapela. Por alguns segundos, os pés do sr. Mafiti saíram do chão.

– Quantas vezes eu tenho que lhe dizer isso? – O sr. Van Hout resplandecia de raiva. Não se importava de estar cuspindo no rosto do outro homem a cada palavra. – Esta sala de aula é minha. Foi dada a mim. Não é o seu lugar e eu não quero nunca mais você se metendo aqui, seu estúpido...

Paralisado, incapaz de me mover, podia prever o que estava por vir e desejava com todas as forças que ele parasse, já que outros professores começavam a se aproximar.

O sr. Van Hout sacudia com força o sr. Mafiti. Os olhos do professor de química se voltaram desesperadamente para nós em busca de ajuda.

– ... idiota, bobo alegre...

A cada palavra, o sr. Van Hout empurrava o sr. Mafiti contra a parede.

– ... fedido, imundo...

Alguém estava forçando caminho por trás de nós. O sr. Dunn tentava entrar, mas já era tarde demais. Um som feriu o ar – o sr. Van Hout havia batido no sr. Mafiti com as costas da mão, e depois, sobreveio um impulso incontrolável.

– ... *kaffir*.

Ouviu-se uma forte inspiração. Não sei de qual de nós partiu, mas havia uma coisa que certamente todos sabíamos: a luminosidade de que desfrutamos durante as aulas, maçantes em outros casos, havia acabado de se extinguir.

VINTE E QUATRO

Reunimo-nos para a assembleia de emergência.
   O silêncio era absoluto quando Bully atravessou o centro do salão a passos lentos de funeral e subiu ao palco.
   Antes de começar, ele tossiu com a mão na boca, testando a voz, certificando-se de que ela ainda estava lá.
   – Eu não vou – começou, já hesitante. – Não vou recapitular os acontecimentos terríveis da manhã de ontem. Vou, no entanto, acabar com quaisquer rumores e lhes fornecer os detalhes. O sr. Van Hout não é mais considerado empregado desta escola e, no momento, encontra-se detido pela polícia. O que vai acontecer com ele é assunto da lei; o que eu sei com certeza é que ele nunca mais será bem-vindo aqui e não retornará.
   Fez uma pausa. Se ele esperava que os cochichos se interrompessem, não foi o que aconteceu. O silêncio continuou a zumbir.
   – Para aqueles de vocês que testemunharam as ações do sr. Van Hout, aconselho que as removam de suas mentes depois das perguntas da polícia. Para o restante de vocês, meu conselho é o mesmo. A Haven School precisa deixar para trás este capítulo sombrio, e o mais depressa possível, ou então...
   Bully passou um lenço na boca. As palavras não queriam sair.
   Estávamos sentados na ponta das cadeiras. Ou então o quê?
   – ... ou então nós ... isto é, supondo que eles não...

Ivan, em particular, parecia prestes a explodir: *O quê?*

— Fico satisfeito em anunciar — disse Bully, em vez de completar o que dizia — que o sr. Mafiti não está muito machucado e voltará a exercer suas funções de professor amanhã. Vamos nos lembrar dele em nossas orações e agradecer ao Senhor por não ter acontecido nada de mais sério com ele.

E, para o caso de o Senhor ou de nós termos esquecido temporariamente quem havia intervindo, o sr. Dunn sentou-se ereto em sua cadeira e ergueu a cabeça acima da dos outros membros do corpo docente.

Foi esquisito voltar à sala de aula. Era estranho pensar que o sr. Van Hout não entraria mais pela porta e nos surpreenderia de um modo ou de outro. Já sentíamos falta dele.

Por outro lado, era como se de fato ele não tivesse ido a lugar algum, embora eu não soubesse disso ainda.

Bully iria assumir o lugar dele como nosso professor de história dali em diante, pelo menos até que se encontrasse um substituto. Ele se sentou à mesa com os ombros caídos.

— Alguém me mostre até onde o sr. Van Hout chegou no livro. — E abriu seu exemplar como se algo terrível pudesse sair voando de dentro dele.

Fairford levantou o braço. — Na verdade, o sr. Van Hout não usava o livro.

Bully apenas olhou para ele.

— Ele dizia que livros como este estão cheios de besteiras, que a gente só ia aprender como era bur... como o autor era pouco inteligente, senhor.

Bully esperou um pouco e depois suspirou.

— Não fale assim. Abram no capítulo quatro e copiem do parágrafo um ao cinco, depois o oito, o dez e o doze. Lembro que há boas informações neles. Quando terminarem, continuem lendo onde quiserem. *Sem* conversas, Osterberg. Tudo bem, Hascott?

Do meu lado, Ivan só ergueu os olhos. Seu rosto estava pálido.

– Pode me dispensar, senhor, por favor?

A mesma pergunta em qualquer ocasião do passado teria rendido a Ivan "aquela" tarefa e talvez duas bordoadas. Mas, naquele dia, Bully simplesmente acenou com a mão e disse "certo", ele podia fazer o que quisesse, e não o vimos mais até eu encontrá-lo no final da tarde.

Ele estava nos penhascos. Não duvidei nem por um segundo de que o encontraria lá. Estava sentado bem na beira, num lugar em que o sol batia, com os pés pendurados, jogando, de vez em quando, uma pedra no precipício.

Não percebeu minha chegada. Finalmente, tive de falar alguma coisa:

– Você está bem?

Puxou dois envelopes do bolso com tanta rapidez que dei um pulo. Tive a impressão de que um deles tinha a letra do sr. Van Hout. Colocou-o depressa de volta no bolso e me mostrou o outro.

– Eu recebi isso dos meus pais esta manhã – falou para a amplidão. – Minha velha rainha disse que a venda foi realizada. Eles vão arrumar as malas e se mudar para a casa dos meus tios em Maritzburg no final do mês.

Deixou aquilo pairando.

– Os negros roubaram nossa casa e ninguém liga a mínima, porque *Mugabe* legalizou isso.

Eu não conseguia pensar em absolutamente nada para dizer.

Por fim, o melhor que me ocorreu foi perguntar: – Você vai com eles? É isso, então?

Para meu alívio e surpresa, ele sacudiu a cabeça.

— Eu já lhe disse, vou ficar o máximo que puder. Tenho que ficar. Você não percebe?

Não percebo o quê?, pensei.

— E o que você vai fazer? Quer dizer, nos fins de semana livres?

— Vou ter que me tornar um infeliz como Burton e andar por aí feito um peido perdido. Não me importo. E posso ficar com Klompie às vezes. Os tios dele são ricos. Talvez até vá para o campo com você e o seu velho, se você me chamar. Posso ficar no quarto de hóspedes da sua casa e fazer companhia para vocês. Imagino que vocês dois devam se sentir solitários. Quero dizer, depois que sua mãe morreu.

Mas Matilda agora morava na nossa casa, e pensar que Ivan podia descobrir isso me aterrorizou. Tive medo por mim. Mais que isso, e apesar de tudo, de repente sentia uma necessidade avassaladora de proteger meu pai. Então agi como se ele estivesse brincando.

— Que você acha que vai acontecer com o professor? – perguntei.

Ivan atirou uma pedra grande e ficamos olhando os círculos se dispersando na superfície da água. Seu olhar era intenso.

— Aquele cara é um idiota. Aprontar uma dessas depois de tudo o que ele me ensinou. Podia ter posto tudo a perder.

— É, mas...

— Eu não vou fazer o mesmo erro.

Não tinha sentido o que ele dizia.

Sua voz ficou mais suave: — Jacko?

— *Ja?*

— Como você pode saber se está pronto para uma determinada coisa? Se há algo que você quer fazer, mas que nunca fez antes, como saber se poderá realizá-lo quando chegar a hora?

Eu só podia pensar que ele estava falando a respeito dos exames.

— Você só tem que dizer a si mesmo que pode fazê-lo – disse eu, satisfeito de estar lhe oferecendo ajuda pelo menos uma vez. – E se teste, claro, isso é o mais importante. Quanto mais vezes você faz, mais fácil fica.

E, com isso, pude ver o vestígio de um sorriso.

— *Ja*. Eu penso assim também.

Eu não tinha como saber na época, mas ele não estava se referindo de modo algum aos exames.

Desde os meus primeiros dias na casa, eu era perseguido com frequência por um sonho que nunca contei a ninguém, no qual eu acordava a horas mortas e via uma porção de veteranos, todos parecidos com Greet. Eles entravam correndo no dormitório e batiam nas pessoas, e eu me sentia impotente para dizer ou fazer qualquer coisa a não ser esperar a minha vez.

Nesse dia o pesadelo foi diferente e perturbador.

Os vultos chegaram devagar dessa vez, suaves e silenciosos, deslizando como fantasmas. Eu tinha de piscar para ter certeza de que os estava vendo, mas, quando os olhava diretamente, pareciam perder a definição e reaparecer em outro lugar. Em algum nível, eu tinha consciência de que era outro sonho, mas uma parte de mim se perguntava.

Os intrusos se espalharam pelo dormitório, pairando sobre as formas adormecidas dos outros garotos. Algo neles me aterrorizou de tal maneira que me escondi e fiquei imóvel, rezando desesperadamente para que não se aproximassem de mim. Quando o medo foi demais, arrisquei uma olhadela por cima do cobertor.

Os vultos perceberam no mesmo instante e se viraram sem sair de onde estavam. Vi rostos que reconheci: meu pai, minha mãe, Matilda, o sr. Van Hout, o embaixador, o sr. Bullman...

Dei um grito e me encolhi debaixo das cobertas. Minha respiração ficou difícil.

Então ouvi, *bam*, o primeiro golpe em alguém. Forte e pesado. E de novo. E outro.

Mas então houve um barulho diferente, um escorregar suave pelo chão encerado. Esse som de algo sendo puxado se seguia a cada golpe e, quando tudo ficou silencioso, me aventurei a dar outra espiada e vi que os vultos tinham ido embora. Todos os outros garotos também haviam desaparecido, seus lençóis e cobertores, ensanguentados, estavam rasgados e espalhados pelo chão. Eu estava completamente sozinho.

Acordei sufocado.

Era noite alta e estava muito escuro. Àquela hora não era para ninguém estar acordado.

Apenas uma pessoa estava. Percebi movimento no canto onde ficava a cama de Ivan. Um farfalhar de roupas, o brilho indistinto de alguém despindo uma camisa branca.

— É você? — sussurrei.

Ele fez uma pausa, depois se aproximou. Então pude ver seu rosto através das sombras. Achei, embora sem certeza, que num dos lados do rosto dele havia uma mancha.

— *Ja*, sou eu — disse. — Vá dormir novamente.

— Onde você esteve?

— Em lugar nenhum. Cale a boca e vá dormir novamente.

Pela manhã, Anderson, tonto de sono, percorria a fila chamando os nomes e aquecendo o saco com a mão desocupada.

— Ginn.

— Eu.

— Hodges.

— Aqui.

— McGill.

— Presente.

Na metade da fila, fez uma pausa. Uma lacuna.

— Ndube — repetiu, a irritação rapidamente substituindo o tédio em sua voz.

Olhou para cima. Nelson Ndube não estava lá.

— Alguém vai lá em cima, chuta a bunda desse preguiçoso e avisa que ele já ganhou uma tarefa dupla.

— Ele não está lá — anunciou um dos primos Agostinho.

— Bem e onde será que ele se meteu? — Anderson quis saber.

Christos Agostinho sacudiu a cabeça. Ninguém o tinha visto, a cama estava vazia quando o sino tocou para acordarem. Nelson simplesmente havia desaparecido.

VINTE E CINCO

Primeiro todos pensaram que Nelson havia saído cedo para dar uma corrida e perdido a noção do tempo – seu relógio tinha ficado no armário.

Começou o café da manhã e ele ainda não havia chegado, e o sr. Craven, preocupado com a possibilidade de que ele tivesse saído para correr e se machucado, mandou um grupo de garotos dar uma busca nas pistas de corrida usuais. Não encontraram sinal e, quando terminou a função na capela e as aulas iam começar e ele ainda não havia voltado, concluíram que ele só podia ter fugido.

Se fosse esse o caso, decidimos que ele merecia toda a gozação que receberia por ter abandonado a escola.

Durante todo o intervalo, Ivan, reticente, ficou em seu compartimento. Passados uns dez minutos, largou a caneta e espatifou a caneca no chão.

– Caras, não dá para vocês falarem de outra coisa? – Saiu esmagando os cacos com os pés. Tocou, preocupado, o rosto. O que eu havia pensado ser uma mancha de sujeira, na verdade era um arranhão recente de uns cinco centímetros na bochecha. Ele disse que tinha se arranhado dormindo. – *Jislaaik!* Estou tentando escrever para Adele e só fico ouvindo o falatório de vocês sobre esse maldito Nelson Ndube. Já estou de saco cheio!

Bateu a porta atrás de si.

Achamos que devia ser culpa, já que Ivan era quem mais tinha atormentado Nelson.

Não ouvimos mais nada e presumimos que provavelmente não voltaríamos a ouvir, que Nelson tinha ido para casa e seus pais não o forçariam a voltar como alguns pais faziam. Mas, oito dias depois, nós os vimos entrando na sala do sr. Craven.

Nelson teria voltado?

Aparentemente, não. A mãe dele chorava muito, de vez em quando gemia, e o pai havia envelhecido uma década.

E então, onde ele estava?

– Quem se importa? – Embora Ivan parecesse nervoso quando disse isso e, por alguma razão, tivesse preferido ficar no dormitório naquela tarde. – Por que tanta preocupação? Ele fugiu e se perdeu, e agora eles não conseguem achá-lo. A culpa é dele. Ele era seu caso ou coisa parecida?

O inverno se arrastou durante julho, dia após dia o céu claro e um sol fraco que espichava nossas sombras.

Bully era um maníaco por ar puro que insistia em abrir todas as janelas na hora da aula, e nós ficávamos tremendo. Como se isso já não fosse bem ruim, as aulas dele eram uma montanha de tédio. Ele não fazia nada, apenas nos mandava ler enquanto ficava sentado, olhando pela janela. Quando o sino finalmente batia, Fairford ou Rhys-Maitland ou algum outro aluno tinha de tirá-lo do transe e pedir que nos liberasse porque parecia que ele não tinha ouvido e ia nos deixar lá para sempre.

Um dia Osterberg, por fim, teve coragem de perguntar a Bully quando ele começaria a nos passar tarefas. Não fazíamos um trabalho desde o tempo do sr. Van Hout, o ano letivo estava passando e os exames seriam no final do período seguinte, em novembro, e faltavam menos de quatro meses.

Bully se encolheu como se o tivessem ferroado.

— Qual é o maldito problema? — respondeu, e, então, talvez percebendo que estava falando alto: — Sim, trabalhos. Leiam os capítulos catorze e quinze. Façam anotações ou algo assim. Não haverá teste.

— O senhor tem certeza? — Osterberg parecia apreensivo.

— Já tive. — Era uma voz oca. — Hoje não tenho certeza de mais nada.

Respirou fundo. — Rapazes, vocês precisam saber que em breve eu não serei mais o diretor desta escola. Creio que chegou a hora de eu me aposentar. Eu sempre disse que quando me afastasse seria do meu jeito, e tenho intenção de que assim seja.

Um rumor tomou conta da sala.

A caneta de alguém caiu no chão fazendo um barulho de pedras se despedaçando. Foi a de Ivan. Ele se abaixou para apanhá-la, os olhos muito abertos e assustados. Pude perceber que estava pensando depressa e, no entanto, não pensava realmente em nada. Para mim, ele parecia alguém que estava num lugar estranho e amedrontador procurando desesperadamente uma saída.

Quando as aulas terminaram, ele não voltou conosco para a casa. Em vez disso, e sem uma palavra de explicação, foi direto para o prédio da administração e subiu as escadas para o gabinete de Bully.

— No final das contas, Bully decidiu ficar. Mas haverá algumas mudanças — disse-nos ele ao retornar à casa. — Mudanças para melhor, a longo prazo, vocês devem se lembrar disso.

— O que você disse para ele *dessa* vez? — perguntamos, admirados, mas não conseguimos convencê-lo a falar sobre nenhuma das mudanças que seriam feitas.

— Vamos. Eu preciso de ar. — Ele já estava andando pelo corredor, enrolando o cachecol. Referia-se apenas a Pittman, Klompie e a mim, claro, a mais ninguém. Seguimos logo atrás.

— Vamos aos penhascos — disse Klompie.

— *Não!* — bradou Ivan. Depois, mais calmo: — Não. Aos penhascos não. Estamos sempre indo lá. Vamos a outro lugar.

O ar frio da tarde era cortante, mas havia algo no dia que nos fazia acreditar no retorno do verão. Ivan nos conduziu para o lado das quadras de squash e pegou o caminho que levava à vila dos empregados. Quando chegamos perto, alguns *piccanins*, que antes estavam brincando com carrinhos feitos de arame e tampas de Coca-Cola, começaram a correr em volta de nós, os mais novos rindo, histéricos, enquanto os mais velhos se exibiam, desafiadores, chegando a uma distância de alguns metros e depois fugindo.

— Oi, moço. Oi, chefe — cantarolavam. — Como vai?

Fomos para debaixo de uns pinheiros e Ivan tirou alguns *gwaais*. Quando já os tínhamos acendido e tentávamos aquecer as mãos com a brasa dos cigarros, ele começou a nos contar mais.

— Agora eles vão ficar nos vigiando como gaviões — disse.

Klompie e eu balançamos a cabeça, entendendo. Foi Pitters quem falou.

— Quem? — Parecia desconfiado.

— O governo, claro. Quem você pensou que fosse? Primeiro Kasanka, depois o sr. Van Hout. Agora Nelson. É muita gente. Eles não gostam de escolas particulares como a nossa, fazem lembrar o passado. Brancos demais num lugar só, e eles com muito pouco controle.

— E daí? Que vigiem! Que diabos eles podem fazer?

— Podem fechar a escola — respondeu Ivan, olhando Pitters nos olhos. — Ou nos impingir um professor escolhido pelo governo para ficar de olho no que estamos fazendo. Eu disse a Bully que ele precisa conseguir depressa alguém para substituir o sr. Van Hout. Um professor negro. Um que tenha conseguido subir, que tenha deixado sua comunidade ou seja lá que casebre lamacento de onde veio e se tornado alguém. Um exemplo vivo de independência. Um branco não funcionaria.

Pitters golpeou uma árvore com o cigarro.

— Jesus, cara, alunos *e* professores? Nós já temos o sr. Mafiti. O que aconteceu com os padrões de qualidade? O que vocês estão tentando fazer com a nossa escola, Hascott? Ela vai ficar mais fodida do que nunca.

Ivan atirou a guimba do cigarro nele. Os olhos de Pitters soltaram faísca.

— É uma questão de *integridade* — explicou Ivan para ele. Para todos nós. — Tudo o que eu quero é defender a integridade da escola e garantir que ela se conserve aberta. Ela tem que ficar aberta, nós não podemos deixar que eles a fechem. É a melhor escola do país. Se temos que fazer alguns sacrifícios para manter o governo feliz, então façamos.

— A gente devia era estar chutando pra fora mais negros e não os deixando entrar.

— Você não percebe? É o único meio.

— O único meio de quê?

— De evitar que eles fechem a escola ou que assumam o controle dela. Por causa do que aconteceu.

— Eles não podem fazer isso. A escola não é deles.

— Eles podem fazer qualquer coisa que queiram — disse Ivan — e se não for lei, eles agora fazem passar a ser lei. Não podemos deixar que fechem a escola. Não até depois de termos saído.

Pitters já havia se aproximado, mas, à medida que Ivan foi falando, ele foi se afastando novamente, as mãos nos bolsos. — Por que você se importa tanto, Hascott? Por que diabos você se preocupa se de qualquer jeito está querendo sair no final do ano?

Ivan deu um sorriso torto.

— Esta é a outra novidade. Eu também não vou embora. Vou combinar com meus pais de terminar o secundário aqui. Estou planejando ficar até o final.

Seu olhar era feroz.

Klompie tentou quebrar a tensão com uma grande brincadeira. — Nós ficaremos cercados deles — disse rindo. — Eu não sabia que você gostava tanto de *kaffirs*.

Ivan agarrou Klompie pela camisa, segurando-o firme. Seus narizes quase se tocavam.

— Você nunca mais, mas nunca mais mesmo, repita isso. Está ouvindo? — Os olhos, as bochechas... seu rosto todo era uma tempestade. Socou Klompie com força e depois o largou. — Eu os odeio. Eles tomaram meu país, tomaram minha casa. Nós perdemos o professor por causa de um deles. Você nunca mais diga isso sobre mim. Eu... *os*... odeio. Entendeu?

Klompie murmurou: — Desculpe, Ivan.

— Entendeu? — disse, virando-se para mim.

A intensidade dele me paralisou, levantei as mãos e me entreguei. Fácil assim.

Ele começou a procurar pedras. Os *piccanins* ainda estavam à vista, brincando num canto. Ivan lançou os seus mísseis em rápida sucessão, e os garotos davam gritinhos de alegria, desviando-se e gostando da brincadeira.

— Malditos sem-vergonha... — Ivan agarrou mais pedras, maiores dessa vez. — Estão rindo de nós. Vocês vão ficar aí sentados, deixando que eles zombem de nós? Vejam só, eles acham que a gente é de brincadeira.

Largou as pedras aos nossos pés.

As crianças gritavam, exultantes.

— Como é? Vocês são um bando de frescos? Vão ficar aí parados vendo esses garotos fazerem o que bem entendem? Nos velhos tempos, não os deixávamos se comportar assim.

Foi o bastante. Klompie e Pittman pegaram um punhado de pedras e começaram a jogar. Ivan os aplaudiu, e, então, os três se viraram para mim, que não tinha feito o mesmo, como se não fosse um deles. Como se não entendesse o que era ser como eles.

Tomei uma pedra da mão de Ivan e atirei-a com força. Ela atingiu um dos meninos bem na cabeça. Ele parou no ato, cobriu os olhos com as mãos e gritou, enquanto os outros se dispersavam. Imediatamente terminou a brincadeira. Ao menos para eles; para nós, tinha acabado de começar, e nós os caçávamos entre as árvores, jogando pedras e gritando e dando vivas como um bando de malditos animais.

SEXTO AVANÇADO
1987

VINTE E SEIS

Quando acordei, o sol estava alto e lançava raios bem atrás dos meus olhos. O som do U2[31] se misturava suavemente com o que havia dentro da minha cabeça, atormentando-me com imagens de anjos e demônios e uma cruz flamejante de vergonha.

Com uma careta, virei a cabeça e sequei o suor do peito. O efeito combinado da maconha e da cerveja, que parecia uma ótima ideia na hora, se atenuara, mas me deixou com uma *babbelas*[32] séria. Minha cabeça latejava, minha língua estava seca e inchada e arranhava o céu da boca como um pedaço de carne-seca. Por dentro, eu gritava por alívio. Por fora, o corpo recusava a se mover e tentava voltar ao sono, mas, por trás do véu, havia um leve gosto deixado por um pesadelo ao qual eu não queria retornar.

Com grande esforço, consegui me levantar.

O sol castigava, ricocheteando no piso claro. Alguns metros adiante, o azul tranquilo da piscina acenava, mas qualquer outro movimento seria demais, então fiquei paralisado até estar pronto, sentindo o ritmo desagradável da ressaca bater no compasso da música.

---

[31] U2 é uma banda de rock que surgiu em Dublin, Irlanda, em 1976. Desde os anos 1980, é uma das mais populares do mundo. O grupo é formado por Bono Vox (vocalista e guitarrista), The Edge (guitarrista, pianista e backing vocal), Adam Clayton (baixista) e Larry Mullen Jr. (baterista e percursionista). (N.T.)
[32] *Babbelas* significa ressaca. (N.T.)

As outras espreguiçadeiras estavam vazias, algumas toalhas jogadas eram o único sinal de que alguém mais estivera ali. A piscina estava plácida e lisa. Por um breve segundo, eu me perguntei se teria dormido até o dia seguinte, mas descartei a ideia. Não, ainda era o mesmo dia.

Tudo era o mesmo.

Ainda me escondendo na piscina do hotel. Ainda sob uma primavera quente, sob o céu de setembro. Ainda jogando fora minhas férias quando deveria estar em casa estudando para os exames finais. A minha casa, entretanto, não era um lugar que eu gostasse de passar muito tempo porque Ivan podia ligar novamente, perguntando por que eu não estava com a gangue, questionando por que não estava lá para participar de mais uma das "saídas" deles. A verdade é que eu não gostava das "saídas" deles. Nunca tinha gostado. Não gostei daquela primeira perseguição através dos pinheiros aos *piccanins* dois anos atrás e, definitivamente, não gostei quando elas de repente começaram a ficar piores. Mas não via jeito de Ivan aceitar a verdade, então era muito mais fácil ficar fora de casa e me esconder.

Estiquei os pés e dei um teco numa garrafa vazia e a mandei quicando e girando por cima da pedra. Fiquei esperando que ela quebrasse, o que, surpreendentemente, não aconteceu; eu a recolhi e coloquei em cima da mesa, ainda inteira. Desliguei meu toca-fitas e comecei a andar de volta para casa.

Estava praticamente na porta de casa quando ouvi um ruído de motor. Alguma coisa nisso me fez parar.

Eu me virei e, mais adiante da entrada da nossa casa, avistei uma caminhonete de um branco encardido levantando um rastro de poeira vermelha à medida que se aproximava. Torci para que continuasse seu caminho, para que fosse somente uma velha caminhonete qualquer, mas já sabia que não era. E, claro, ela fez a volta e entrou.

Ivan tinha vindo atrás de mim.

— Merda.

Não tive tempo de pensar. Correndo, dei a volta pela lateral da casa. Na mesma hora, meu velho olhou por cima do jornal.

— O que aconteceu? — perguntou assustado.

— Oi, pai — disse eu, procurando, com muita dificuldade, palavras calmas. — Onde está Matilda?

— O quê?

— Matilda — insisti. — Onde diabos ela está?

— Veja bem, Robert, não há necessidade de falar assim. Eu pensei que tínhamos esclarecido todas as suas questões a respeito de sua madrasta.

— Esclarecemos. Eu gosto da Matilda. Mas isso não tem nada a ver com ela.

Embora não fosse totalmente verdade. Tinha realmente a ver com ela.

Na frente da casa, os freios da caminhonete gritaram.

— Não tem importância, é tarde demais. Mas não saia daqui, certo?

— Por quê? — Esticando o pescoço, ele tentava ver. — Quem é?

— Por favor, fique aqui. E Matilda também. Confie em mim.

E corri de volta a tempo de evitar que Ivan saísse detrás do volante.

— Como vai? — perguntei, todo amável.

Ivan olhou para fora e tomou um longo gole da Coca-Cola que estava entre os seus joelhos.

— Então esta é a sua casa — disse por fim. — E você não morreu, afinal de contas. Estou desapontado, porque isso só pode significar que você está *escolhendo* não nos ver.

Ri. Ivan não riu.

— Estava revendo a matéria — expliquei.

— Isso é o que você sempre diz. — Outro longo gole. — Qual é o seu problema, Jacko? Você parou de nos procurar durante as férias e, na escola, há uma porção de meses que não anda com a gente. Você está perdendo todo o divertimento.

— Eu não tenho nenhum problema.

— Então por que não participa mais... você sabe... das nossas brincadeiras?

Brincadeiras, pensei. *É isso o que os dois últimos anos foram para você?*

Encolhi os ombros. Pelo canto do olho, vi meu velho no gramado olhando para nós. Então, ele se virou e disse qualquer coisa para alguém fora da visão. Só podia ser Matilda.

— Certo, vou com você agora — comuniquei, apressado, a Ivan.

Ele pareceu satisfeito.

— Verdade?

— *Ja*. Vai ser divertido.

— Já não era sem tempo. Vá buscar suas coisas.

Aliviado por ele nem sequer ter tentado sair do carro, voei para casa.

— E se apresse — gritou ele atrás de mim. — Cinco minutos e eu vou buscar você.

Em quatro, eu já estava lá fora.

VINTE E SETE

A maioria dos garotos da escola era de família rica, mas, na verdade, não se pensava sobre isso, era assim e pronto. Com os tios de Klompie, era um pouco diferente porque não se podia deixar de notar que eles eram *impressionantemente* ricos.

Para começar, a casa deles ficava em Borrowdale e era uma das melhores. Dois andares sobre um imenso jardim nas suaves ondulações do subúrbio mais cobiçado da capital, com quadra de tênis, piscina e sauna, e portão principal eletrificado, podendo-se controlá-lo do carro, não sendo necessário esperar pelo empregado a cada vez. As portas da garagem, todas as quatro, também eram automáticas, embora ficassem trancadas a maior parte do tempo: raramente se avistava a estonteante pintura do BMW, do Range Rover e do Mercedes, e até Klompie só tinha permissão para se aproximar dos dois Golfs VW estacionados perto da casa.

Era um paraíso do homem branco e tudo para o que meu pai sempre havia apontado um dedo acusador. Era suntuoso e exclusivo, fora do alcance da maioria, mas eu sempre tive a sensação de que o muro de três metros de altura em torno de todo o terreno era tanto para nos manter dentro quanto para manter as pessoas fora.

Passei pelas portas duplas e desabei sobre o sofá da sala de estar de baixo, subjugado pelo cansaço ou pelo tédio esmagador, não saberia dizer qual. Tive vontade de ir ao concerto *Graceland* que haveria no estádio Rufaro naquele fim de semana, mas agora estava ali. Não era só de música, era um concerto antiapartheid, e, na opinião de Ivan, Nelson Mandela devia morrer na prisão e Paul Simon nada mais era que um partidário dos *kaffirs* e um criador de confusões; portanto, nada a fazer.

Na outra sala de estar, Klompie e Pittman estavam no bar com seus antebraços unidos e em profunda concentração alcoólica. Estavam jogando seu jogo favorito, no qual um cigarro aceso é colocado na fresta onde os dois braços se tocam, e o primeiro a retrair o braço tem de beber.

Em cima, num dos cinco quartos que havia se tornado o seu nos feriados em que não ia ver os pais, Ivan fazia barulho com Adele. Meti minha cabeça embaixo de uma almofada e me esforcei para imaginar que não era com Adele que ele estava lá em cima fazendo aquilo, que era com outra pessoa, qualquer pessoa, mas não adiantou.

Era como se nada tivesse mudado. Aquele feriado não era diferente de nenhum dos outros que eu havia passado ali antes. Não admira eu querer que aquilo acabasse.

Atirei a almofada num canto.

— Vou até o Dairy Den. Alguém quer vir comigo?

E, para o caso de alguém ter ouvido, rapidamente dei o fora.

Além do portão, a estrada de asfalto era uma fornalha debaixo dos meus pés descalços, mas minha cabeça começou a relaxar. Até que enfim uma mudança. Por um breve momento estava livre de novo e me espojava nele.

Quando voltei, a casa estava quieta. A área do bar estava deserta. Desci até a sala de estar de baixo para fumar.

Andei até a mesa de centro antes de perceber que Adele também estava lá, deitada no sofá.

Recuei, o rosto quente na mesma hora. Adele repuxou a boca para cima e para os lados enquanto se sentava, e eu corei mais ainda.

Ela, pelo que pude perceber, estava apenas com uma toalha enrolada em volta do corpo, e se esforçava discretamente para mantê-la fechada ao mesmo tempo que tentava manter o cigarro longe das almofadas. Eram movimentos desajeitados, mas me senti ainda mais atraído – Cristo, *qualquer coisa* que ela fazia era sensual.

– Oi, Robert. – Deu uma tragada e soprou suavemente a fumaça em minha direção. – Sabia que era você. Você tem os passos mais leves que Ivan.

– É? – Sorri, sentindo-me um idiota, e depois não consegui mais falar, porque não me ocorria nada para dizer.

– É legal. Eu gosto. Senti falta de você por perto. Peguei seu isqueiro emprestado. Espero que você não se importe.

– Claro que não. *Lekker*. Pode usá-lo à vontade.

Ivan tinha um isqueiro que ela poderia ter usado, mas escolheu o meu.

– Quer um cigarro?

– Obrigado. – Estendi a mão e nossos dedos se tocaram. Exatamente ao mesmo tempo nossos olhos também se encontraram e agora *ela* começou a corar. Isso me fez sentir mais corajoso e, então, eu me sentei ao lado dela, culpado e excitado.

Adele não se afastou, só puxou a toalha para cobrir uma equimose verde-amarelada na coxa.

– Onde está todo mundo? – perguntei. – Isso aqui está parecendo uma cena de *Os caça-fantasmas*.[33]

– Eles foram ao mercado. Ivan disse que a gente precisava de mais cerveja.

– Eu não encontrei com eles na estrada. Veja bem, com Klompie dirigindo, eles podem estar em qualquer lugar. Se não estiverem

---

[33] *Os caça-fantasmas* é o título em português do filme *Ghostbusters*, de 1984, comédia dirigida por Ivan Reitman. (N.T.)

de volta em meia hora, é melhor a gente mandar uma equipe de busca, hein?

Adele deu uma risadinha e chegou um pouco mais para perto.

– Robert, você é muito mau. Que vergonha!

– É verdade. Você tem razão. Desculpe. – Contei até cinco. – Melhor diminuir para quinze minutos, senão talvez a gente nunca mais os veja.

– Ei, que vergonha! – E eu ganhei um tapa de brincadeira. – Você vai se meter em encrenca com eles.

– Eu tenho dezoito anos. Acho que já posso me cuidar.

Podia ficar ali com ela para sempre, nunca ia querer que aquilo terminasse. Tentei lembrar alguma outra coisa engraçada para dizer, mas de repente uma sombra surgiu e, antes que me virasse, eu já sabia que era ele que estava de volta.

Ivan dera alguns passos para dentro da sala com um companheiro de cada lado. Vinha com uma expressão que eu conhecia bem demais, a única diferença era que de outras vezes eu estava lá, junto com os outros dois, quando isso acontecia. Dei um pulo e saí de onde estava.

Pouco a pouco, Ivan entrou e tomou o meu lugar. Agarrou as pernas de Adele e atravessou-as sobre seu colo, acariciando-as como se estivesse polindo madeira, enquanto a outra mão massageava o lábio superior – tinha deixado crescer um bigode durante as férias que não era tão espesso quanto o do sr. Van Hout, mas se parecia com o dele.

– Como vão as coisas, doçura? – perguntou, ainda me observando. Acendi meu cigarro de novo, agindo normalmente, enquanto por dentro sentia meu estômago derreter. – O que vocês estavam fazendo?

– Nada – respondeu ela calmamente, mas me deu uma olhada e eu percebi que ela estava com tanto medo quanto eu. – Pois é... estávamos conversando. Só isso.

— Eu vi. Sobre o quê? — Desceu a mão e seus dedos começaram a dobrar os dedos do pé dela.

— Nada — disse ela novamente, a única resposta que eu queria e não queria que ela desse, porque "nada" era uma admissão de culpa. Qualquer um que tenha ido à escola sabe disso.

A mão de Ivan parou. — Você quer trepar com ele?

Engasguei com a fumaça do cigarro. Os olhos de Adele se arregalaram e ela deu um tapa no braço dele — não muito forte.

— Ei!

— Estou falando sério. Você sente atração por ele? Porque tenho a impressão de que é em você que Jacko pensa sempre que se tranca no banheiro.

Escondi minha mão, que tremia muito. Adele estava nervosa.

Uma gargalhada irrompeu da boca de Ivan. — Oh, gente! — ele bateu palmas. — Vocês dois deviam ver seus rostos. Estão histéricos. Eu estava brincando!

Klompie e Pittman se juntaram a ele. Pus um sorriso submisso no rosto enquanto Adele fixava um ponto no chão. Ela mal podia conter as lágrimas e, mantendo a toalha bem-enrolada no corpo, levantou-se e correu para o quarto.

— Jesus, não se pode brincar com você? — Ivan gritou atrás dela. — Jacko é virgem: um muro pintado basta para fazê-lo gozar.

Uma porta bateu.

Ele revirou os olhos. — Garotas! Quem topa nadar um pouco e tomar mais uma cerveja? Temos pilhas delas, e eu fiz o *kaffir* pegar as de trás, bem geladas. Tanto faz a gente ficar de porre antes de ir pra cidade, hoje eu não vou mais trepar mesmo.

Outra noite, outro bar, outro clube.

— Aonde a gente vai? — perguntei, disfarçando o sarcasmo. — The Causerie? Flagstaff? Captain's Cabin? Ou quem sabe algum lugar onde a gente ainda não tenha tomado um porre?

Ivan se recostou, braços abertos sobre as costas do sofá.

— Há séculos você não sai à noite com a gente, portanto você escolhe — apontou para mim —, e eu pago a primeira rodada por ter feito aquela brincadeira à sua custa. Porque você não se atreveria a paquerar minha garota, não é, Jacko? Hein?

Pouco me importava aonde iríamos, então escolhi The Causerie.

Adele disse que percebia o lado engraçado da brincadeira de Ivan e pediu-lhe desculpas, mas, assim que chegamos, avistou uns colegas de colégio e foi direto para a mesa deles. Ivan fez um gesto obsceno com o dedo quando ela foi para lá.

Pegamos a mesa do canto. O garçom levou cinco minutos para chegar, e, a essa altura, Ivan estava furioso e o mandou embora: não queria que ele tocasse em sua cerveja. E, em vez de pedir ao garçom, me fez ir ao bar, e, quando cheguei de volta, ele, Klompie e Pittman estavam em atitude conspiratória. Pareciam sérios. Não deu para ouvir uma palavra sequer porque a música estava muito alta, então preparei meu Depth Charge[34] e voltei para o bar.

Fiquei feliz em ficar ali dessa vez. À medida que a música martelava e a mistura de cerveja e licor de menta operava sua mágica, comecei a relaxar. Ivan e sua gangue podiam ter seus segredos, eu me sentia feliz em me manter fora de quaisquer que fossem eles. Duplamente feliz quando o DJ pôs para tocar *True Faith*, porque Adele não pôde resistir ao apelo de sua música favorita e foi para a pista. Ao vê-la dançar, novamente me senti apaixonado por ela. Não havia um único rapaz que não a estivesse observando. Queria que nossos olhares se cruzassem, mas ela evitou se virar para o meu lado, manteve

---

[34] Depth Charge é um torpedo antissubmarino, mas é também um drinque, em geral mistura de cerveja e vodca; no caso, a mistura era de cerveja e licor de menta. (N.T.)

os olhos baixos e escondidos sob os cabelos, mordendo os lábios. Ela estava *tentando* me ignorar, e isso me fez sentir bem.

Ela acenou para Ivan quando viu que ele a estava olhando. Ele não reagiu, apenas continuou a olhar por cima do ombro, para ela e depois para mim, querendo se certificar.

Gostaria de poder ir embora. Queria ter coragem de sair andando e continuar andando e nunca mais voltar. Em vez disso, simplesmente fui para o canto do bar e pedi outra bebida.

Acendi um cigarro. O fósforo quebrou e caiu na minha perna, pulei e dei um tapa nele antes que me fizesse um buraco na calça.

– Ei! Preste atenção! – disse o cara no banco junto ao meu, encurvando os ombros e protegendo sua bebida. – Se derrubar a minha bebida, eu mato você.

Até então, eu mal havia registrado que ele estava lá. Comecei a me desculpar, mas parei no instante em que reparei no seu rosto. Fiquei olhando. Foi só o que pude fazer.

– Por que você está me olhando desse jeito tão idiota? Se continuar olhando assim, eu mato você.

Era Greet.

Verdade, não se parecia muito com o veterano que eu tinha visto pela última vez havia quatro anos; o cabelo tinha um corte mullet[35] e a pele do rosto estava mais caída, mas definitivamente era ele. E não era apenas idade que ele havia ganhado: um queixo duplo e uma barriga saliente que escondia parte do cinto indicavam um jovem que falava a sério quanto a proteger sua cerveja. Além disso, não pude deixar de notar o quanto era mais baixo que eu agora, ele que sempre havia sido um gigante. Sobretudo, parecia cansado. Cansado, acabado e totalmente inofensivo.

---

[35] O corte masculino mullet foi popular nos anos 1980: cabelos repicados em cima e dos lados e longos atrás (como Chitãozinho e Xororó). (N.T.)

Para onde tinha ido o monstro? Ou eu é que havia deixado de acreditar em monstros?

— Já disse, por que diabos você está...

— Como vai, Greet? — cumprimentei. Sentia-me completamente calmo.

Ele me olhou de cima a baixo, enquanto tomava um longo trago. Estava bastante embriagado.

— Eu o conheço?

— Você foi da Haven School. — E depois: — Selous House.

— Diga-me alguma coisa que eu não saiba.

— Você saiu de lá em 1983.

— Você era pirralho?

— Robert Jacklin — respondi.

Greet recebeu a informação e sacudiu a cabeça. Como podia não se lembrar?

— Eu bati em você?

— Uma ou duas vezes.

— Bom. Tenho certeza de que você mereceu, tem cara de que era um veadinho. Me dá um cigarro. Estou sem nenhum.

Como *ele* podia não se lembrar de *mim*? Os insultos. As surras. Dia após dia, minha vida parecia um verdadeiro inferno.

Meu coração acelerou. A música me atordoava. As luzes pulsavam em vermelho, verde e azul e depois no branco agudo e piscante de um estroboscópio que disparava fotos do rosto dele, e cada uma delas trazia de volta uma memória diferente. Depois de todos aqueles anos, uma dor penetrante. Podia sentir cada pancada.

— O que você está fazendo agora? — perguntei, tirando um Madison da carteira. Ele o comeu com os olhos, lambendo os beiços.

— Ah, sabe como é, cara. Um pouco disso, um pouco daquilo. Segurança. Ajudando em fazendas. Meu velho me arranjou alguns empregos em escritórios, mas eu joguei todos pro alto. Chatos demais. Estive em vários empregos nos últimos seis meses. Talvez encontre alguma coisa boa em breve. Anda logo com esse *gwaai*, cara.

Estendeu a mão. Inclinei-me, ficando mais próximo dele.

— É duro. Como você disse, talvez as coisas melhorem em breve. Ou, quem sabe, você nunca encontre um emprego e tenha uma morte triste e dolorosa. — Falei de modo que ele ouvisse cada palavra. — Não deve haver muitas oportunidades lá fora para um cara sádico, com merda na cabeça e idiota como você.

Joguei o cigarro dentro da cerveja dele. Ele ficou olhando para ela e piscando por uns bons cinco segundos, a boca aberta, antes de se virar para mim.

— O que está olhando, seu babaca ignorante? — perguntei. — Você já se lembrou de mim, ou ainda está tentando localizar o pirralhinho inglês em quem costumava apagar os seus cigarros?

Debrucei-me sobre ele e enterrei a brasa do meu cigarro no braço dele.

Greet deu um grito e recuou, esbarrando na cerveja, que voou longe. O copo foi se espatifar do outro lado do bar.

Ele pulou do banco.

— Que diabos...?

Cambaleando, agarrou minha camisa, mas não foi difícil afastá-lo com um tapa. Revirando os olhos, oscilou e lutou para se equilibrar.

— Você é patético, Greet — gritei acima da música, saboreando as palavras. — Nem chega a ser uma imitação.

Ele veio novamente. Acertou o lado da minha cabeça com o punho, mas o soco, malcalculado, foi longe demais e ele acabou caindo. O soco não doeu nada, embora, de repente, eu tivesse um peso morto em cima de mim. Tentei empurrá-lo, mas minhas pernas se enredaram no banco, atrás, e, quando dei por mim, estava no chão. O segurança mantinha Greet com os braços presos nas costas.

Klompie e Pittman estavam lá, me levantando, enquanto Ivan se entendia com o segurança.

— Está tudo bem, eles são amigos — tentava explicar.

Amigos?, pensei.

O segurança não estava ouvindo. Havia brigas toda noite no The Causerie e ele queria que fôssemos embora. Ele nos arrebanhou e acabamos todos do lado de fora.

A noite estava quente e silenciosa: um santuário. De pé na calçada, respirei o ar puro, e a agitação da minha cabeça logo começou a ceder.

— Ei, caras! Para onde vocês estão indo? Vamos para casa — chamei, quando percebi que Ivan e os outros não paravam. Fui atrás deles pelas escadas e através do estacionamento, depois por uma alameda escura ao lado do hotel. Eles meio carregavam, meio arrastavam Greet, que parecia trotar, e o largaram sobre uns sacos de lixo.

Ivan surgiu de volta na alameda.

— O que está esperando? É a sua chance.

— De quê? — perguntei, embora soubesse.

— De se vingar. — Ele esperou. — Você começou bem, agora termine. E então?

— Não estou tão certo disso.

— Merda. Seja o que for, Jacko, é melhor você voltar a ser como antes. Você não quer se vingar? Pare de agir como um gay.

Klompie e Pitters estavam atrás dele. Pitters já tinha as juntas dos dedos sujas de sangue.

No fim da alameda, vi Greet, com vômito e sujeira no rosto, tentando se arrastar. Além, eu nos vi numa das janelas grandes do hotel, e, naquele reflexo, eu era um deles novamente. Quatro rapazes juntos, perigosamente à beira da vingança.

Quando acabamos, enquanto Ivan nos levava de volta através da cidade adormecida, senti me invadir novamente a mistura familiar de emoções que sempre sentia depois de uma *brincadeira*. Vergonha e alegria, náusea e alívio. Eu era todo-poderoso, estava no topo da escola, e tudo o que queria então era voltar para o conforto da casa à qual realmente pertencia. Lá me sentia seguro, era alguém, enquanto fora era somente o Robert Jacklin que ninguém conhecia. Mas estávamos entrando em nosso último período, e, com a imagem ainda vívida de Greet ensanguentado e desconjuntado, subitamente me ocorreu um pensamento totalmente novo.

Eu *era* Greet.

Quando acompanhava Ivan, eu me tornava o que Greet havia sido. Afirmasse ou não, em segredo, não gostar daquilo, ainda assim o fizera, e todas as outras vezes antes, havia consumido a coisa que desprezava e a vomitava a partir de minha posição de poder.

E então, o mais terrível: o que estaria à minha espera *depois* da escola? Que objetivo? Para onde me dirigia e como estava chegando lá?

De volta à casa de Klompie, saltei do carro e imediatamente vomitei no canteiro.

Ivan bateu nas minhas costas e riu. Aparentemente, ele não se preocupava com essas coisas.

VINTE E OITO

Saímos da estrada principal. Atravessamos os pilares de pedra com o nome da escola. Passamos lentamente pelo caminho ladeado por salgueiros.

Mas, dessa vez, porque era o último primeiro dia de período que eu teria, fiz meu velho me deixar no portão. Sentado no carro em silêncio, fiquei olhando os campos e os prédios que haviam sido o meu lar – meu verdadeiro lar – nos últimos cinco anos, e me perguntei: ficar mais velho seria isso? Uma consciência repentina e aumentada do que está à nossa volta e do que realmente importa?

Meu pai fez o gesto de sempre, puxou algumas notas da carteira. Eu o surpreendi ao ignorar o dinheiro e, em vez de recebê-lo, apertar a sua mão. Parecia a coisa certa a fazer.

– Obrigado – disse, abraçando-o.

– Por quê? – perguntou ele surpreso.

Como poderia responder àquilo num espaço tão curto de tempo?

– Por tudo isso – respondi. – Significa muito.

Ele franziu a testa, talvez se perguntando se não seria um truque.

– Está tudo bem?

– Uma vez você disse, depois que a mamãe morreu, que sempre quis o melhor para mim. Pois bem, foi o que eu tive. Você me deu o melhor. Este lugar me ensinou muito, e não me refiro só às aulas. Nem sempre foi bom, mas agora, hoje, eu acho...

Eu lutava com as palavras, não sabendo ao certo como concluir, então disse apenas: — Este lugar me ensinou um bocado. Portanto, muito obrigado.

— Eu tentei — disse ele.

— É verdade.

— Mas você sabe que isso não termina aqui.

Gostei de poder prever a resposta dele, era familiar e seguro.

— Eu sei, eu sei, tenho ainda um último período pela frente. Prometo continuar me esforçando até concluir os exames, pai.

Ele sorriu.

— Estou me referindo a aprender, Bobby — disse. — Não termina nunca. Para ninguém.

Como sempre, eu havia chegado mais cedo que o necessário. Fiquei olhando meu pai ir embora em meio ao calor do começo do verão, e então desfrutei do silêncio.

Capturei o momento, fazendo a mim mesmo a promessa de nunca esquecer aquele lugar. Claro, não esqueceria, mas naquela ocasião, ali, imóvel, não sabia que as memórias duradouras nasceriam de outro momento que não aquele. Ignorava totalmente o que estava por vir e que, em questão de semanas, estaria correndo por aquela mesma estrada para salvar a minha vida.

Sob o brilho intenso do sol, vesti o casaco (agora com a orla branca do Full Colors,[36] por destaque no esporte e sucesso no comando do Clube do Rifle) e comecei a andar. O caminho agora era um pouco diferente de antes por causa da nova casa que estava sendo construída perto das quadras de tênis de cima e que já estava quase pronta. A escola estava se expandindo e olhando para o futuro, e não

---

[36] Full Colors é um prêmio para estudantes que se destacam em esportes, artes, música, oratória etc. em alguns colégios e universidades da Inglaterra, dos Estados Unidos e de outros países de colonização inglesa. (N.T.)

definhando e morrendo como Bully teve medo de que pudesse acontecer. Os rumores eram de que a casa fora outra das ideias de Ivan. Eu não sabia se era verdade, mas tinha certeza de que, no mínimo, ele influenciara na escolha do nome.

Mugabe House.

Claro! Que maneira melhor de se obterem favores que bajulando o líder do país? Que meio melhor de proteger a escola que o tornando parte dela? Uma coisa era certa: aquilo não passaria despercebido.

Ivan sabia o que estava fazendo, claro.

Na primeira semana, tivemos uma assembleia especial. Quem nos esperava no palco não era Bully, mas o reverendo Kent, e, sentados ao lado dele, estavam um médico e um padre que tinham vindo da cidade para nos falar sobre uma doença nova e fatal chamada Aids, que estava se espalhando rapidamente em todo o mundo.

O padre se levantou e disse que aquilo era claramente uma mensagem de Deus, alertando-nos para os perigos da homossexualidade, de múltiplos parceiros e de se retardar o casamento.

O médico parecia pouco à vontade com a fala do outro e explicou que ninguém sabia ao certo de onde viera a doença, possivelmente de macacos da África, e que a única certeza era a de que não havia cura. Era uma doença assassina. Em meio a muita brincadeira, passou a demonstrar a prática de sexo seguro com um preservativo e uma banana.

Uma infelicidade a aula logo a seguir ser a de história. Ivan mal havia se sentado e disparou na direção da srta. Marimbo.

— Eles acham que isso veio dos macacos. — Ele se esparramou na cadeira, abrindo as pernas.

— Sim, é o que dizem.

A srta. Marimbo falava um inglês sem sotaque. Era jovem e viajara por toda a Europa, portanto não se parecia com a maioria dos negros africanos do lugar — para começar, alisava os cabelos. Tinha tido bastante experiência em seu período de treinamento para professora em Londres e sabia como lidar com alunos como Ivan.

— Isso não está certo, professora — prosseguiu ele, rindo.

— Como assim?

— Bem, a senhora nos dar aulas. Não estará nos pondo em risco? Quando a senhora menstruar, pode espalhar infecção para todos nós.

A pele marrom-clara da srta. Marimbo ficou corada, mas ela conseguiu se manter calma. Andou até a porta e a abriu.

— Saia.

— O quê?

— Eu disse: saia. Se você não pode ser civilizado, não há como ficar aqui.

Ivan se recostou na cadeira, retesado. — A senhora não pode fazer isso. Sou chefe da casa.

— Estou bem-informada sobre seu status. Mais uma razão para eu dispensá-lo: a liderança tem que dar exemplo. Saia, por favor.

Ivan olhou para ela, depois para cada um dos seis de nós que estávamos em classe. Fiquei de cabeça baixa. Por fim, não teve outra opção: chutou a cadeira para trás e foi saindo lentamente, com ar superior, deu uma guinada no último instante e colocou o rosto bem em frente ao da srta. Marimbo.

Eu sabia como ele devia estar.

E estava certo: quando voltei para a casa, Ivan estava deitado na cama, batendo com vontade na parede com um taco de hóquei. Klompie estava sentado junto à mesa, mexendo no toca-fitas, e Pittman estava no meio do quarto balançando um taco de críquete. Era como se eu fosse de novo o garoto recém-chegado entrando para preparar o chá de Greet.

Assim que me viu, Ivan parou, virou e pôs os pés no chão.

Os outros dois esperavam. Klompie desligou o som. Tive vontade de ir embora imediatamente.

— A vaca negra me sacaneou. Vamos dar uma volta lá pros lados da vila — disse Ivan. — Você vem?

Sabia que isso ia acontecer. Dei a primeira desculpa que me ocorreu.

— Tenho que limpar a sala dos rifles hoje à tarde.

— Você é o capitão do clube; consiga um calouro para fazer isso.

— Tenho que supervisionar.

Podia ver as bolhas subindo.

— O que há com você, Jacko? — Ele veio para perto de mim. Não tão alto quanto eu, mas ainda dando a sensação de que pairava acima. — Pensei que já tivéssemos nos acertado sobre essas coisas todas. Por que você está nos evitando?

Atrás dele, Klompie e Pitters riram de uma maneira que eu quis esquecer no mesmo instante.

— Como eu disse, tenho estado ocupado.

— Ocupado em ser veado. Pensei que nós éramos amigos.

— E somos.

— Você não está agindo como amigo. *Por que* você não quer vir com a gente? E como você explica que nunca dá para a gente fazer nossas brincadeiras com os negros nos feriados perto da *sua* casa? Você está de saco cheio da gente?

— Não. — Era uma meia mentira: a verdade era que eu estava de saco cheio e um pouco amedrontado.

— Quem sabe você está querendo transar com a minha namorada?

— De maneira alguma!

— Por que não? Você está chamando Adele de cadela?

Ele estava com esse tipo de humor. Eu simplesmente calei minha boca.

— Bem, talvez a gente vá ficar de saco cheio de você, Jacko

— continuou ele — e não vá querer mais você perto da gente no futuro.

Se fosse só isso, pensei, mas não seria fácil assim.

— E então?

— E então o quê? — perguntei.

— E então, você vem com a gente? Você tem ficado de fora, estamos fazendo brincadeiras diferentes agora. Muito melhores que as de antes.

Brincadeiras.

Os olhos dele brilhavam como aço frio.

— Já disse. Bem que eu gostaria, mas não posso.

Ele se virou. Pensei que fosse voltar e se deitar na cama, mas, em vez disso, pegou a caneca de cima da mesa, agarrou-a como um jogador de beisebol e atirou-a em cima de mim. Eu a vi chegando e me abaixei. A caneca espatifou atrás de mim, espirrando por todo lado.

— Então nos vemos mais tarde, Jacko — debochou. — Jacko-cô.

Riu da própria piada, e os outros dois rapidamente o imitaram.

A sala dos rifles realmente estava mais que necessitada de limpeza, mas isso não importava, nada que eu fizesse podia afastar a sensação de culpa que me corroía, ali fechado naquele ambiente pequeno e sem luz. Por fim, atirei a vassoura para um canto e me sentei, refletindo.

Pensei que éramos amigos.

Realmente quis me livrar dele. No entanto, agora, que estava livre, não sabia mais o que fazer, como um cachorro que luta para se soltar da coleira e finalmente consegue. A verdade é que eles eram os meus únicos amigos, dentro ou fora da escola. Eu não tinha mais ninguém. Sim, Ivan me escolhera séculos atrás, mas eu deixei isso acontecer, queria desesperadamente fazer parte do grupo dele, e então, qualquer outra pessoa, antes de ter uma chance, já estava reduzida a "apenas alguém que conheço". Até os outros garotos do clube do rifle, a maioria mais nova que eu, de todo modo. De maneira bizarra, outros de fora da gangue, Jeremy Simpson-Prior e Nelson Ndube, chegaram bem perto de mim, só que essas amizades não duraram muito, Ivan se encarregou disso.

Será que eu queria ficar jogado, completamente à deriva? Como seria isso?

O pensamento de não ter nada nem ninguém foi demais para suportar.

Tranquei o clube e voltei para a casa. Ainda não tinham voltado, ainda estavam fora, em seu "passeio". Eu definitivamente não queria fazer aquelas coisas, mas talvez não tivesse de fazer. Por que não podia ser só amigo deles sem ter de acompanhá-los o tempo todo? Podia explicar. Não éramos mais crianças, com certeza compreenderiam.

Decidi ir me encontrar com eles, estimulado por minha súbita compreensão e capacidade de dar sentido às coisas — estava amadurecendo. Troquei de roupa para dar uma corrida e escolhi uma direção que me levava até as quadras de squash e depois seguia pelo caminho da vila, porque sabia que eles estariam por lá.

As chuvas daquele verão ainda não haviam começado e o sol da tarde de outubro era forte e ininterrupto. Estava prestes a parar, quando pensei tê-los visto adiante. Contornei o conjunto onde antes havia crianças brincando livremente e fui para o nosso local de fumar.

Dei uma parada para recuperar o fôlego. Os insetos zumbiam. Embaixo dos pinheiros, o ar estava escuro e indefinido, alguma coisa nele me fazia não querer ir até lá.

Pensei estar sentindo um leve aroma de cigarro.

— Ei, caras, vocês estão aí?

Não obtive resposta. Algo teria passado correndo?

— Pensei em encontrar vocês para um *gwaai*.

Agora havia realmente movimento, mas o brilho da areia à minha volta dificultava ver poucos metros adiante. Acima, um som apressado entre os galhos densos.

Olhei para cima e vi alguma coisa descendo em minha direção. Novamente. Pinhas enormes começaram a cair em volta de mim, fazendo um ruído surdo ao baterem no chão enquanto eu pulava de um lado para outro.

O som apressado mais uma vez, só que os mísseis agora eram jogados para o alto, atingindo qualquer coisa lá em cima. Quase no mesmo instante, o ar se encheu de um ruído totalmente diferente. A princípio, não pude localizá-lo – raspava, rangia, cantava. E então vi uma colmeia do tamanho do tronco de um homem balançando num galho e compreendi tudo.

Enquanto olhava, a colmeia se desprendeu e caiu, e, quando bateu no chão, se desintegrou numa nuvem rodopiante que se levantou como um espírito do corpo de alguém que acabou de morrer.

As abelhas vieram para cima de mim. No início, só as senti chocarem-se comigo e lembro que pensei – *é só isso?* Pareciam inofensivas. Talvez fosse o pânico, porque bem depressa comecei a registrar a ferroada que acompanhava cada colisão. Num piscar de olhos, o enxame me rodeava, me envolvia, formas negras para qualquer lado que eu fosse. Uma capa sufocante. Corri mais depressa e elas ainda estavam lá. Disparei para a direita e para a esquerda, e elas me seguiram como se fizessem parte de mim, atacando meus braços, minhas pernas, meu pescoço... qualquer carne nua que encontrassem. Batia nelas com as mãos, elas mordiam meus dedos, que começaram a inchar. Senti a respiração difícil na garganta, um grito estrangulado me escapou. A cada novo ataque, as forças fugiam das minhas pernas até que, afinal, fiz o pior que poderia fazer e parei para lutar com elas.

O barulho recrudesceu. Eu as sentia em todos os lugares: por baixo da camisa, entrando pelo short, sufocando o rosto, emaranhando-se nos cabelos. Ferroando, sempre ferroando. Seu som era ensurdecedor quando voavam para dentro dos meus ouvidos. Abri a boca para gritar e elas entraram ali também, fazendo minha língua arder com seu veneno.

Cuspi e comecei a correr novamente, batendo em cada parte de mim a cada nova onda de dor. E então concluí que a dor devia ter atingido um extremo, porque as abelhas ainda estavam à minha volta, mas eu não as sentia mais.

Meus pés se arrastavam na areia. Meu peito arquejava, lutando pelo pouco ar que era capaz de sorver, e, a cada passo, sentia minhas vias aéreas se fechando e se fechando, até que, por fim, inevitavelmente, não conseguia mais respirar.

A essa altura, não havia mais resistência possível. Minhas pernas se dobraram e o corpo cedeu, me senti caindo, mas parecia nunca atingir o ponto de impacto. E, enquanto a luz diminuía, poderia jurar que ouvi o som de gargalhadas humanas em meio ao zumbido furioso.

VINTE E NOVE

No princípio, a escuridão era onde eu queria estar, mas gradativamente comecei a lutar contra ela, e uma mistura de fumaça de madeira e vozes suaves que eu não conseguia entender começou a invadi-la. Quando finalmente abri os olhos, vi um teto de ferro corrugado sem pintura. As vozes se calaram e o rosto de um homem apareceu diante de mim.

Ele abriu um enorme sorriso.

— *Mhoroi, shamwari.* Olá, meu amigo.

Meu corpo estava doído e cansado; erguer-me apoiado nos cotovelos me exigiu toda a energia. A obscuridade era grande ali – onde quer que eu estivesse –, a única luz vinha de uma lâmpada nua e fraca, mas era suficiente para eu ver que estava num cômodo pequeno com piso de terra, e que as paredes eram do mesmo metal enferrujado do teto. No lado mais distante havia uma poltrona gasta pelo tempo e um conjunto decadente de mesa de jantar e cadeiras, e o colchão sobre o qual eu estava era encardido e cheio de buracos.

Vindo de algum lugar, ouvi o som alto e metálico de uma guitarra tocando *Jit music*,[37] os Bhundu Boys ou coisa parecida, o tipo de música que nunca ouviríamos.

---

[37] *Jit music* é um estilo de música popular dançante de Zimbábue. (N.T.)

O homem recuou e se sentou na poltrona. Era franzino, com um rosto largo e jovial que não parava de sorrir embaixo de uma grande cabeleira irregular. Suas têmporas eram grisalhas, portanto talvez fosse mais velho do que parecia, e não pude deixar de reparar como suas mãos, na postura de um padre ao começar o sermão, eram longas e esguias.

Separou-as por instantes para dar um gole numa garrafa de refrigerante e disse alguma coisa na direção da porta aberta. Uma criança pequena apareceu com uma tigela. Com a cabeça baixa, de modo que não pude ver seu rosto, ele colocou a tigela sobre a mesa e saiu de novo, apressado. Algo nele me inquietou.

– Meu filho é muito tímido. – O homem se desculpou, sorrindo. Inclinou-se novamente e pousou a tigela sobre meu estômago. – Você precisa comer mais. É uma coisa boa que vai fazer você se sentir melhor.

Eu me encolhi quando ele se aproximou. – O que é isso? – Minha garganta ainda estava inflamada, a voz não era a minha.

– Você tem de comer. – Ele gesticulou. – Isso vai ajudar você, com certeza. *Muti* do melhor, que faz você ficar melhor e melhor de uma vez só.

Parecia um mingau preto e tinha um gosto amargo e forte como o de folhas em decomposição. Tentei cuspir fora, mas ele manteve a colher no lugar com delicadeza, de maneira que tive que engolir.

Ele riu para si mesmo, discretamente.

– Você o sentiu aqui? – Pousou a palma da mão no meu peito.

Senti. Quase imediatamente meu coração começou a bater com força e depressa, e minhas forças retornaram.

– O que é isso? – ainda quis saber.

– É o *muti* mais indicado contra abelhas. Faz você melhorar muito, muito depressa, você vai voltar logo para a escola como se nada tivesse acontecido. Você está sentindo o efeito dele? – perguntou e voltou a se sentar, parecendo satisfeito. – Você teve muita, muita sorte. Você quase morreu.

Eu me levantei.

– Onde estou?

– Você ainda está na vila dos trabalhadores. Esta – o homem, orgulhoso, fez um gesto amplo – é a minha casa, *mastah* Robert.

Olhei para ele. – Como sabe o meu nome? Você me conhece?

– De você não conheço nada além da voz, eu já a ouvi muitas e muitas vezes antes.

– Quando?

– No telefone, claro. Eu conheço a voz de todas as pessoas.

– Weekend? – perguntei, relaxando no mesmo instante.

– Eu mesmo, o próprio.

– O que você está fazendo aqui?

Ele achou a pergunta divertida. – Esta é a minha casa. Mas nós não nos falamos há muito tempo, meu amigo. Senti sua falta. Por que você não tem telefonado mais? Para seu pai? Para uma amiga?

– Não há ninguém para quem eu tenha vontade de telefonar – respondi.

– Ah, sim. Mas, talvez, se eu tivesse um telefone que falasse com pessoas que estão lá no céu...? – Percebi que ele se referia à minha mãe. – Eu fiquei muito triste quando soube da notícia. Você deve sentir falta dela.

Não respondi.

O filho de Weekend voltou e ficou perto da porta, atrevendo-se a espiar de esguelha e depois sumindo rapidamente de vista toda vez que eu olhava.

– Como vai a sua esposa? – perguntei.

– Elas estão bem, mas às vezes... às vezes brigam tanto que eu não consigo ouvir os pensamentos que me passam pela cabeça. Elas sempre querem dinheiro, ou um chapéu novo, ou saber onde estão as crianças. – O sorriso vinha voltando. – Agora tenho três filhas. O Tuesday[38] aqui é o irmão mais velho delas. Ele tem sete anos.

– Você deve estar muito orgulhoso deles.

– É verdade. E cansado! Sempre cansado. Tuesday dorme aqui comigo, as outras crianças dormem na casa ao lado com as mães delas.

Por um momento, pensei que ele estivesse brincando.

– Você devia pedir à escola para providenciar um lugar maior para você.

– Não é preciso, meu amigo – disse, chegando mais perto para dividir um segredo auspicioso. – Em breve vou me mudar. Vou embora da escola e nós vamos ter todo o espaço de que precisamos.

– Você comprou outro lugar?

– Não. – Ele riu alto e bateu no joelho. – Eu não tenho dinheiro!

– Para onde você vai?

– Não sei.

– *Quando* você vai?

Ele encolheu os ombros novamente.

– Mas você vai realmente se mudar?

– Claro.

– Mas... como?

– Ele prometeu – foi simplesmente a resposta. Eu sabia a quem ele se referia: ao primeiro-ministro, claro. – Ele disse. Eu estava lá quando o sr. Mugabe foi ao estádio. Ele disse que um dia todos nós teríamos terra, que este país agora pertencia à África e aos africanos que lutaram tanto tempo sem terra. Eu não odeio o homem branco, não odeio homem nenhum, mas, quando eles vieram pela primeira vez, realmente roubaram o que era nosso. Eles têm que dividir, é justo.

---
[38] Tuesday significa "terça-feira" em inglês. (N.T.)

E quando chegar a minha vez, vou ter uma fazenda e vou plantar milho, *sterek*! Muito milho. Vou ser um homem rico, meus filhos serão felizes e eu também, porque minhas esposas vão parar de gritar comigo.

Pensei no homem que tomou a fazenda de Ivan, o ministro do governo com seu belo Mercedes e seu grande charuto.

— E se você *não* ganhar terra nenhuma? Quer dizer, e se Mugabe der a terra para outra pessoa?

— Todo mundo vai ter terra. Negros e brancos. Você e eu. Todos nós vamos ficar ricos com a nossa própria terra. Ele prometeu.
— E então, num tom sério: — Mal posso esperar para ir embora, por causa das crianças. Aqui não é mais um bom lugar para se viver. Acontecem coisas ruins.

— Demônios? — perguntei, paternalista.

Abanou a cabeça. — Só demônios de dentro dos homens que fazem essas coisas más.

Fez um gesto para o filho. Com relutância, o menino obedeceu, e Weekend sentou-o sobre os joelhos. A princípio, pensei que fosse só a luz fraca, depois vi o que havia achado de estranho nele: um dos olhos piscava nervosamente para mim enquanto o outro estava na sombra, ausente, a pálpebra, enrugada e com uma cicatriz, lacrada sobre um vazio de cegueira.

— Você está vendo? — disse Weekend, com uma emoção calma.
— Ele não conta como esta coisa ruim aconteceu, mas as outras crianças dizem que foram meninos brancos jogando pedras.

Meu coração disparou novamente. Dessa vez não tinha nada a ver com o remédio caseiro que ele me dera.

— Ele sabe quem foi?

Minha boca estava seca.

— Ele quase não fala desde aquele dia. Faz mais de dois anos.

Tuesday olhou para mim. Eu me senti mal e tive vontade ir embora.

Mais do que em qualquer outra época da minha vida, passada ou futura, odiei a mim mesmo. Detestava cada mínima coisa que eu tinha feito, por haver permitido que isso acontecesse.

— Sinto muito — disse eu. E então, rapidamente: — Quer dizer, por Tuesday.

Tuesday se debateu sobre os joelhos do pai até Weekend o colocar no chão, e foi embora correndo. Depois que ele se foi, fiquei olhando por um longo tempo o espaço no qual ele estivera.

— Eu sinto muito também — disse Weekend. — Mas agradeço a Deus que está no céu por ele ainda estar aqui comigo.

— Ele esteve à beira da morte? — perguntei, quase gemendo.

— Não. — Foi a resposta sombria. — Mas outros... — Torceu as mãos. — Venha comigo, *mastah Rhrob-ett* — disse. — Vou lhe mostrar.

Ele tinha razão, seu remédio fez efeito rápido: só sentia um cansaço nas pernas ao me movimentar. Ainda estava claro lá fora, um restinho de luz; no oeste, o sol começava a se pôr num céu de cores berrantes, eu não podia ter estado na casa de Weekend por mais que algumas horas.

Weekend atravessou comigo o conjunto, todo mundo parava para olhar. Era difícil não me sentir como um prisioneiro em desfile — eu merecia ser um, e muito mais que isso, mas Weekend ficou sempre ao meu lado como um grande amigo.

Na metade do caminho, ele apontou para outra choupana e para um grupo de crianças mais novas que Tuesday que brincavam. Uma delas era claramente diferente do resto, a pele da bochecha e do pescoço era cor-de-rosa e marcada.

— Água de fogo — explicou Weekend. — Como a que tem no laboratório de vocês. Jogaram nela um dia quando ela estava voltando para casa.

Do outro lado, um adolescente lutava para jogar futebol. Corria segurando o braço esquerdo porque, toda vez que o soltava, ele ficava pendurado, sem vida; e o garoto não tinha grande parte dos cabelos de trás da cabeça. Os outros meninos pareciam facilitar o jogo para ele, deixando-o marcar gols.

— Chicotearam o Philip e bateram nele com tacos até ele não poder mais ficar de pé.

E não parou por aí. Andando pelo conjunto, ele apontou outras cinco crianças: queimadas, marcadas, permanentemente mancas...

Eu não conseguia olhar.

Isso não fui eu, tinha vontade de dizer. *Eu não fazia ideia, se soubesse...*

Mas será que eu *não* sabia? Lá no fundo, será que não soube sempre que o leite tinha azedado? O que Ivan e Klompie e Pittman estiveram fazendo? As longas caminhadas, as brincadeiras, as insinuações, os sussurros dos segredos compartilhados... Por que outra razão eu havia decidido parar de sair com eles?

— E depois há as crianças que não voltam. — Weekend parou finalmente perto de onde as abelhas me haviam atacado. — Um dia elas saíram e nunca mais voltaram. Eu ainda choro por seus pais.

Na fraca luz do anoitecer, vi lágrimas surgindo nos olhos dele.

Olhei o caminho que me levaria de volta para a escola. A distância, ouvi os sinos da casa tocando, chamando para o banho, para a forma, para a vida que continuava. Mas agora eu via como a vida — a minha vida — estivera distanciada da realidade, com suas próprias leis doentes e sua ordem cruel, e como eu havia participado voluntariamente daquilo.

— Este não é um bom lugar — repetiu Weekend. — Acontecem coisas ruins por aqui. Mas em breve... em breve terei minhas terras. Ele prometeu. Vou cultivar minhas terras. E serei novamente feliz.

TRINTA

Durante todo o jantar, olhei fixamente para Ivan, que comia com gosto na mesa principal, rindo com os outros monitores.

O que você fez?, eu não parava de pensar.

Desviei meu olhar e dei com Klompie e Pittman fazendo caretas e debochando de mim.

— Ei, Jacko — Pitters jogou uma bola de pão amassado —, o que você aprontou esta tarde, seu veado?

— Está um pouco pálido, Jacko. — Klompie mastigava carne de boca aberta. — Algum problema?

— Que tipo de problema?

— Não sei. Talvez uma nota baixa, um C em vez de um B na redação. Eu sei que você adora Bzzzz.

Empurrei o prato e saí.

A princípio, não voltei para Selous. Acabei em Burnett House, examinando a fotografia do jovem sr. Van Hout, no uniforme da Haven. Seu sorriso cortava o rosto numa inclinação cruel, os olhos penetravam fundo em mim.

— Não dava para você ter ficado de fora? — Eu me ouvi dizer.

Seu sorriso permaneceu, firme, desdenhoso.

Acima de tudo, precisava me livrar daquele retrato. Então, talvez tudo ficasse bem com Ivan, como havia sido no início. Não importava como o faria, quebraria o vidro se fosse preciso, mas, bem nesse momento, um grupo de garotos mais novos voltou do jantar e eu me detive, as mãos já prontas para dar um golpe.

— Boa-noite, Jacklin — cumprimentaram alguns deles, subservientes, confusos e provavelmente com um pouco de medo.

— Como estão? — respondi.

Eu estava suando. Enxuguei a testa e saí.

Talvez devesse falar alguma coisa, pensei. Devia confrontá-lo, ouvi-lo negar tudo.

Mas não vi Ivan na casa a noite toda. Não sabia onde ele estava, mas boa coisa não podia ser, pois seus dois camaradas haviam saído com ele.

Na manhã seguinte, eu tinha conseguido me convencer de que estava fazendo tempestade em copo-d'água, era somente a minha imaginação hiperativa e enlouquecida. Weekend. A culpa era dele. Ele não me fizera nenhum favor.

Então, na aula de história, a srta. Marimbo imediatamente chamou minha atenção. Para começar, ela se atrasou dez minutos, e passou a aula toda trancada numa gaiola invisível: nervosa e tímida, quase não levantando os olhos para a turma e completamente incapaz de olhar Ivan nos olhos. Quando falava, a voz tremia e falhava. As mãos tremiam tanto que ela não conseguia escrever no quadro.

Ivan parecia gozar o desconforto dela, abrindo bem as pernas, de vez em quando agarrava intencionalmente os órgãos genitais.

Quando ele se levantou ao final da aula, a srta. Marimbo praticamente pulou para um canto.

E eu percebi tudo. Pela primeira vez, entendi quem Ivan realmente era.

Mas ainda precisava ter a prova.

Ivan percebeu que eu estava tirando uma de minhas duas saídas do período mais cedo que de costume.

— O que você tem de tão importante para fazer que não possa tirar seu fim de semana junto com todo mundo? – quis saber. – Você está nos evitando?

Sacudi a cabeça talvez com um pouco de veemência demais.

— Preciso fazer uma boa revisão das matérias – respondi. – Além disso, há um clube de tiro perto de casa que eu quero visitar. Para quando sair da escola, sabe?

Ele engoliu a explicação. – Claro. Como quiser. Mas, quando você voltar, nós precisamos ter uma conversa séria.

Uma conversa séria.

Nunca fiquei tão contente em sair dos portões do colégio.

Os fins de semana em casa nunca duravam muito, portanto não perdi tempo.

— Oi, Adele.

— *Bobby?* – Uma grande pausa. O telefone estava quente e escorregadio em minha orelha. Depois: – Oi, como você vai? O que está fazendo?

Fora da escola ou me arriscando assim?

— Eu queria falar com você. É importante.

Ela hesitou. – Cer... to.

— Não por telefone.

— Bem...

— Por favor. O Ivan não precisa saber. Hoje?

— Bem... Algumas pessoas do nosso grupo vão à piscina Mermaid esta tarde.

Praguejei em silêncio.

— Você pode vir se quiser.

— Claro – respondi. Qualquer coisa. – Encontro você lá.

Fui direto ao quarto do meu velho e da Matilda procurar as chaves do carro. Planejava estar longe quando dessem por minha falta.

Todo mundo conhecia a piscina Mermaid. Cerca de quarenta quilômetros fora da cidade, na estrada Shamva, era um oásis na savana, onde a natureza tinha criado um dos melhores parques de lazer do país. A piscina propriamente era um enorme buraco na pedra, negro devido à profundidade, de modo que se podia facilmente mergulhar sem tocar o fundo. Havia um balanço de corda e um teleférico, mas o melhor eram os vinte metros de rampa íngreme de granito em que se podia deslizar numa corredeira, porque o lugar ficava na encosta de um morro.

Vi Adele imediatamente, sentada perto do alto da rampa. Estava sozinha. Sentei-me a seu lado e ela agiu como se eu tivesse me afastado por minutos, e, nos próximos quinze, tagarelamos sobre nada. Estava satisfeito em protelar o que viera dizer.

– Você... isto é, ele... ele alguma vez... – Respirei. – Ivan já machucou você?

Senti que Adele se retraía. Terminou o cigarro e pegou outro.

– O que você quer dizer?

– Quero dizer, ele machuca você? Fisicamente. Ele a agarra ou trata com brutalidade? – Lembrei-me de ter visto hematomas em suas pernas. – Ou bate em você?

– Claro que não. Você não está sendo nada gentil. Não estou gostando dessa conversa.

– Não quero deixar você constrangida. – Aproximei-me para pôr a mão no seu ombro, mas ela não deixou. Eu tinha ido longe demais. – Desculpe, não tive a intenção.

– Por que você está se comportando assim, Bobby?

– Porque... porque ele está agindo de um modo estranho ultimamente.

– Ivan está sempre agindo de modo estranho. – Ela mordeu o lábio. – Não é isso que todos gostam nele? Por que você veio aqui?

– Você é a pessoa mais próxima dele.

– Sou? – Ela se virou, parecendo magoada. – Você está enganado. Ele pensa muito mais na sua *gangue* do que em mim.

— Sim, mas você está mais próxima. Você sabe o que estou tentando dizer.

— *Ja*, eu sei. E estou pensando em mandar você *voetsek* e cuidar da sua própria maldita vida.

— Eu não estou querendo me intrometer.

— Mas está, isso é exatamente o que você está fazendo. Por que *você* não me conta outra coisa, Bobby?

— O quê?

— Ivan sabe que você está aqui hoje? Comigo?

— Claro que não.

— Algum motivo por que eu não deva mencionar isso quando ele telefonar hoje à noite? Eu não convidei você, não fiz nada de errado.

Agora *eu* é que estava nervoso.

Fiquei olhando dois garotos escorregarem e baterem na água no fim da rampa. De repente, percebi que aquilo havia sido uma má ideia.

— Tenho que ir – disse eu. – Meu velho deve estar parindo um gato por causa do carro.

Finalmente consegui que ela sorrisse.

— Você sabe que não deveria ter vindo.

— Eu sei.

— Mas estou contente que tenha vindo. – Seus dedos quentes tocaram brevemente minha mão. – Eu estava tão entediada. E é bom ter alguém com quem conversar.

— Onde estão seus amigos?

— Não estão aqui. – Ela começou a brincar com os cabelos. – Sharon queria trazer o irmão e se Ivan descobrisse... É menos complicado eu vir sozinha. E, depois, de qualquer modo, você tinha telefonado. Eu disse a eles que não estava me sentindo bem.

— Ah – disse eu bobamente e me levantei.

— Você não está indo embora de verdade, está? Fique mais um pouco.

— Eu não estava brincando sobre o meu velho.
— Estou com muita sede. Você podia pegar uma Coca? Fique e beba comigo e podemos conversar direito. — Ela protegeu os olhos do sol. Pensei: *Case comigo.* — Por favor? Eu respondo tudo o que você quiser, menos aquilo, e prometo não ficar mais tão mal-humorada.
— Tem certeza?
— Vai ser bom.

Desci até a loja e nem esperei pelo troco dos cinco dólares. Mas, quando voltei, vi que Adele já não estava mais sozinha. Um cara tinha tomado o meu lugar, e um arrepio gelado percorreu minha nuca quando reconheci a parte de trás da cabeça de Ivan.

Meus pés se enraizaram no lugar onde eu estava.

Estavam a cerca de dez metros de distância. Eu vinha pelo lado e, felizmente, ele estava com a cabeça virada. Adele estava sorrindo e olhando para ele com os olhos arregalados de surpresa e, embora ela deva ter me visto chegar, fez aquilo de olhar sem olhar.

Eles se levantaram. Eu me encolhi no meio dos arbustos. Agora eles se afastavam. Adele tinha pegado a toalha e a sacola, e eles desciam pela beira da rocha em direção ao estacionamento, Ivan fazendo com que ela segurasse sua mão.

Será que ele tinha me visto? Será que ela havia contado? Estaria contando agora?

Não, concluí.

Mas o que ele estava fazendo ali?

Espiei seus carros darem marcha a ré e se distanciarem, o sol cintilando. Senti gosto de sangue e percebi que havia feito uma ferida no lábio com os dentes.

Dei as Cocas para dois moleques que brincavam na beira da estrada e, quando tentei abrir o Peugeot, deixei as chaves caírem três vezes porque minhas mãos não conseguiam parar de tremer.

TRINTA E UM

Deitei na cama e fumei a noite toda. Não senti que tinha dormido, mas devo ter dormido porque, de repente, o dia não desejado estava entrando pela janela. Quando o sol apareceu no horizonte, eu já estava fora de casa, na estrada para o cemitério, pela primeira vez em muito tempo.

Localizei o túmulo de minha mãe e me sentei ao lado dele.

– Mãe – disse por fim. A palavra soava estranha, mas ao mesmo tempo era estranhamente reconfortante. Tinha sentido falta dela. – Desculpe ter ficado tanto tempo sem ver você.

Pela primeira vez, voltei para a escola o mais tarde possível, movimentando-me silenciosamente pela casa enquanto todos estavam no chuveiro e se aprontando para o jantar. Fui para a sala de estudos e fechei a porta até que, depressa demais, veio o grito para a chamada.

Ivan já estava na frente da fila se preparando para ler os nomes. Fiquei perto. Seria mais uma noite quente, embora isso tivesse pouco a ver com os cabelos úmidos e emaranhados na minha testa.

– Como vai? – Ele levantou as sobrancelhas.

Parecia sério. Ou sempre teve essa expressão?

– Como vai? – respondi.

– Bom fim de semana?

– Não foi ruim.

– O clube presta?

Por um momento me atrapalhei. Então lembrei. – O lugar é horrível, acho que posso encontrar um melhor.

Ele pareceu satisfeito com a resposta.

Não o vi durante o resto da noite, não até depois das dez, quando a maioria da casa dormia.

Eu estava sentado junto à minha escrivaninha quando ele entrou, na área de luz fraca da luminária. Havia livros espalhados e abertos, embora eu tivesse dificuldade para assimilar qualquer palavra. Tinha passado horas olhando pela janela. As cigarras gritavam e meu coração pulsava ruidosamente, às vezes não conseguia distinguir qual era qual.

Não tinha ouvido a porta abrir ou Ivan entrar. Ele simplesmente estava lá, sentado na minha cama, tirando a gravata e brincando com ela nas mãos como um carrasco brincaria com o laço.

Não falei nada. Numa ocasião normal, certamente ele acharia isso estranho, pensei. Mas aquela não era uma ocasião normal, e ele ficou sentado apenas, brincando com a serpente de tecido entre os dedos.

— E então — disse por fim. — A cidade estava boa, não estava?

Ele sabia. Sabia perfeitamente.

Engoli. Minha garganta estalou.

— Você não deve culpar Adele. Fui eu quem pedi para me encontrar com ela. Eu insisti.

Ele não respondeu.

Eu não suportava o silêncio. Não suportava a meia-luz também e atravessei o quarto para acender a luz do teto, mas Ivan deve ter achado que eu ia sair do quarto porque, de repente, fui projetado nos últimos metros. Minha cabeça bateu na porta e quicou de volta. Meus olhos viram estrelas faiscar. A seguir percebi que estava sobre a escrivaninha, sendo esmagado contra ela, a dor subindo pelas pernas enquanto Ivan me forçava cada vez mais, até que eu tive certeza de que alguma coisa ia arrebentar.

Cedi. Agora estava deitado de costas sobre os livros e indefeso, com Ivan apertando um braço contra o meu peito. Mal podia ver seu rosto, ele era um contorno, e a luminária me cegava, chegando mais perto, o calor cada vez mais forte, até que a lâmpada ardente penetrou a minha pele. Gritei, contorcendo-me, o aperto de Ivan era muito forte e minha bochecha queimava.

— Você escolheu a garota errada para roubar, Jacko — disse ele acima dos meus gritos. — Um bom companheiro você me saiu.

Gaguejei: — Eu não... eu não estava tentando...

O calor sumiu. Ele me ergueu e me jogou na cama. Dois socos rápidos, e me curvei em agonia.

— Não me engane. Por que outro motivo você teria ido lá? Diga. O que você estava fazendo senão tentando tirar a minha mulher?

O que eu podia dizer? A verdade?

Afastou-se. Como que reconsiderando, deu um bote e me estapeou várias vezes em torno da cabeça.

— Eu confiava em você. Apesar de sentir que não devia, eu o aceitei e fiz de você um amigo, e é assim que você me retribui. Por que, Jacko? — Chutou meus pés. — Por quê? O que foi que eu fiz?

Gemi.

— Eu não estava...

— Não *minta* para mim! — gritou ele. — Eu sabia que você estava mentindo. Eu não queria acreditar, estava disposto a lhe dar o benefício da dúvida, mas você tinha que foder tudo. E eu sou o idiota que levou um ovo na cara por ter aberto a porta e convidado você para entrar e ser um de nós. Bem, mas não mais. Você pode sumir e morrer. Você vai se arrepender disso, eu prometo. Eu sou o líder dos alunos, você não tem ideia de como eu posso tornar miseráveis seus últimos dias aqui.

Seguiu em direção à saída. Na porta, parou sem se virar.

— Você não percebe? Você precisava de mim. Você poderia participar de algo grandioso. Você ainda precisa de mim, mas agora você vai descobrir como a vida é realmente.

Desde então tenho repassado essas palavras na mente, refletindo sobre a ironia de como, na verdade, a situação era exatamente o oposto disso. Para o que havia planejado, *Ivan* precisava de *mim* e ele sabia disso. Ele estava muito mais angustiado que eu.

TRINTA E DOIS

Provavelmente eu poderia ter conseguido ir até o fim.

Apesar de tudo o que lançaram contra mim – os apelidos, os deboches, os olhares, formigueiros na cama, vidro debaixo do travesseiro, merda nas paredes do quarto e até uma cobra no guarda-roupa –, imagino que poderia ter mantido minha cabeça baixa, me concentrado nos estudos e passado por isso relativamente incólume.

O problema era Weekend.

Todas as noites, quando tentava dormir, via seu rosto e ouvia suas palavras novamente, sempre as mesmas.

E depois há as crianças que não voltam.

Em meus sonhos, via os moleques com a pele queimada e ressecada pelo ácido – e claro, Tuesday, sem um dos olhos – e, invariavelmente, acordava na escuridão, pensando ter ouvido um grito. Não gostava mais de dormir, portanto não me importava que, cada vez mais, eu não conseguisse dormir. Mas meus estudos também estavam sendo afetados, e eu só conseguia pensar em Ivan.

Na semana que marcava a metade do período escolar, com a folga dessa época se aproximando, voltei das aulas e encontrei meu quarto revirado novamente, embora dessa vez fosse um pouco diferente, porque parecia que haviam estado à procura de alguma coisa.

O que poderiam querer?, imaginei enquanto punha o quarto em ordem de novo.

Meu coração bateu mais rápido quando me dei conta de que não conseguia achar as chaves da sala de rifles.

Ouvi a porta do quarto de Ivan se abrir. E som de vozes e risos abafados, debochados, antes de se afastarem. Ousei abrir uma fresta da porta; de saída para um de seus passeios, pelo jeito, Klompie e Pittman com tacos pesados.

E depois há as crianças...

Dei-lhes mais quinze segundos e me esgueirei atrás deles.

Meu estômago revirou quando se dirigiram direto para a sala de rifles. Mas não pararam, seguiram: atravessaram as salas de aulas, passaram pelas oficinas de marcenaria e saíram pelo portão de cima. Agora estavam no caminho de terra que havia ali, uma passagem por trás da escola, popular entre os fumantes porque raramente era usada e, o que era mais importante, encontrava a estrada principal bem em frente da loja de bebidas Zama Zama, distante o bastante da entrada oficial da escola para não ser notada.

Desviaram-se do caminho e demoraram debaixo de uma árvore *msasa* para acender um cigarro e, quando terminaram, puseram-se novamente em movimento, tirando moedas dos bolsos.

Só vieram fumar um cigarro e buscar mais suprimentos ilícitos. Era tudo.

Zama Zama era pouco mais que um bloco de concreto debaixo de um telhado de zinco, a fachada salpicada de vermelho e branco por um logotipo gigante da Coca-Cola. A costa estava limpa. Ivan entrou furtivamente na boca negra que era a entrada, enquanto os outros dois ficaram na lateral da loja. Fora deles, o lugar estava deserto, fazia muito calor e estava tudo parado.

Eu espiava e esperava.

Finalmente, Ivan surgiu com duas garrafas. O dono da loja estava bem atrás dele, também segurando cervejas, e Ivan lhe disse para ir em frente.

— *Mazviita, shamwari.* — Obrigado, meu amigo. — Você é dez.

O proprietário, um homem baixo de seus sessenta anos, olhos ansiosos e rosto juvenil, ficou radiante. Devia estar ganhando um ou dois dólares nessa transação.

Ele se afastou.

Fora da vista do homem, Klompie e Pittman esperavam, batendo seus tacos no chão, preparando-se para alguma coisa.

Ivan deixou o homem alcançar alguns metros de distância da quina da loja e parou para colocar as cervejas rapidamente no chão. Então se aproximou sorrateiramente das costas do homem.

Não gostei daquilo. Não estava certo. Olhei em volta procurando alguma coisa e achei.

A pedra bateu exatamente onde eu queria: não neles, pois saberiam com certeza que era eu, mas numa pilha de engradados de madeira. O som ricocheteou e imediatamente os três fugiram correndo para dentro da savana, mal parando para olhar o aturdido dono da loja. Quando passaram por mim, voltando para a escola, tinham começado a rir e a brincar.

Eles realmente teriam feito alguma coisa? Era tudo imaginação minha?

Sim, concluí enquanto corria de volta, e não. Nessa ordem. E eu tinha de fazer alguma coisa em relação a isso.

Bully olhou por cima de seus óculos de perto e eu soube que estava perdendo o meu tempo. Na verdade, não esperava nada diferente. Ivan não era apenas o líder dos alunos; ele fora escolhido diretamente pelo sr. Bullman. Um ataque contra Ivan era um ataque contra Bully.

Bully estava, em suma, aliado ao Diabo, um fato mais aterrorizante porque ele não tinha a menor ideia disso.

Ele suspirou.

— Nosso aluno líder — disse — está atormentando africanos da região na loja de bebidas. E trabalhadores da aldeia.

A cadeira fez um som parecido com dentes rangendo quando ele se inclinou para trás.

— E as chaves da sala de rifles, de sua responsabilidade como capitão, estão perdidas.

— Sim, senhor. — Senti o chão desaparecer. Vi-me como ele me via: com o rosto vermelho e coberto de suor e sujeira.

— Você percebe como suas acusações são ridículas? Ivan é líder dos alunos e provou ser nada menos que um modelo exemplar dessa função para mim e para o restante dos professores. Ele tem ajudado enormemente a escola, portanto ter você aqui hoje me contando essas coisas... Bem, estou surpreso. Pensei que você e Ivan fossem amigos.

— Nós éramos, senhor...

Ele tirou os óculos lentamente.

— Entendo. Você brigou.

— Não, senhor. Quero dizer sim, senhor, mas não é por isso que...

— Essas coisas acontecem entre rapazes, Jacklin, eu entendo, especialmente quando a pressão das provas é grande. Mas isso não é motivo para piorar as coisas criando histórias fantasiosas sobre o outro.

— Mas, senhor, eu não estou inventando. O senhor não está ouvindo. O senhor tem que acreditar em mim.

O sr. Bullman era o diretor e não *tinha de* fazer nada, a não ser que o governo mandasse. Os óculos voltaram para o lugar. A batalha estava perdida.

— Não espero descobrir nada, mas examinarei suas alegações — disse. — No momento apropriado. Agora, a dias para fechar os preparativos para uma entrega de prêmios que ficará gravada na história da escola, estou muito ocupado. Por enquanto, aconselho-o a se concentrar nas provas que, você deve saber, são as provas mais importantes de sua vida.

— Mas, senhor...

Bully jogou a caneta na mesa, onde ela se perdeu num mar de papéis. De relance, vi cabeçalhos de cartas oficiais e o brasão do governo e a palavra "secreto" estampada em grandes letras vermelhas.

— Estou *ocupado*, Jacklin. Tenho assuntos muito importantes para tratar, providências a tomar. Se as chaves da sala de rifles estão *perdidas*, não estão desaparecidas ou foram roubadas, mas estão perdidas, então as encontre.

Ele acenou para que eu saísse.

Quando cheguei à porta, ele acrescentou: — Sabe, não só estou surpreso com sua aparição aqui hoje, como muito desapontado. Se você e Hascott brigaram, há outras formas de consertar a situação.

Esperei, mas ele não disse mais nada.

Saí e encontrei Ivan vindo na minha direção pelo corredor. Ele me olhou de cima a baixo.

— Meu Deus, você está horrível. Estava brincando na terra de novo com seus amigos, Jacko?

Deu um encontrão com seu ombro pesado no meu e me fez rodopiar. Vi-o andar até o gabinete de Bully e entrar sem bater à porta.

TRINTA E TRÊS

A folga da metade do período letivo chegou para me trazer alívio.

Meu velho encarou o anúncio de que eu não iria a nenhum lugar no fim de semana sem muita surpresa.

— Tenho pensado em perguntar o que aconteceu com aquele seu amigo — disse ele. — Ivan, acho que foi assim que você disse que ele se chama. E os outros dois. Você falava neles o tempo todo.

— Exames, papai. Meus estudos são mais importantes neste momento — expliquei.

— Se você não percebe isso agora, não vai perceber nunca. O que tem feito nos últimos cinco anos? — Foi a resposta dele.

— Papai!

— Desculpe. Estava só brincando. Talvez você tenha tempo para um jogo de cartas mais tarde...

— Pode apostar que sim.

Pensei que seria diferente, melhor, mas me senti tão prisioneiro em casa quanto na escola. Mais até, porque na escola tinha com quem conversar, mesmo que não fosse sobre o que eu *precisava* conversar; aqui, só havia meu velho e Matilda, e eu não podia lhes contar, portanto não tinha ninguém. Estava sozinho.

Uma dúzia de vezes, talvez mais, peguei no telefone para discar o número de Adele, embora nunca conseguisse chegar até o fim.

De que adiantava? Ela estaria com ele. E o que Ivan faria dessa vez se descobrisse?

O que Ivan *faria*?

Pensei em nosso encontro na piscina Mermaid e fiquei preocupado. Não tinha visto Adele ou tido notícias dela desde aquele dia.

Usando uma mentira de que queria ver um filme, peguei o carro e fui à cidade, mas, em vez de continuar direto para o centro, me dirigi para Avondale e estacionei à sombra dos lilases no alto da rua de Adele, perfeitamente consciente de que se Ivan aparecesse por ali eu estaria morto. Era um risco que estava disposto a correr. Desliguei o motor e esperei, o calor e os frutos de jacarandá batendo no teto.

Duas horas mais tarde, eu a vi de relance quando o Datsun Cherry de sua mãe saiu dos portões. Adele estava sentada docilmente no assento do carona, a cabeça baixa, o cabelo escondendo o rosto. Havia alguma coisa diferente nela, uma mudança, parecia tão pequena e frágil que quase não a reconheci. E, quando levantou o rosto para colocar os óculos escuros, era uma mancha roxa que havia embaixo do olho? Ou era só um efeito de luz?

Meus dedos se enterraram no assento. O que ele teria feito?

Liguei o motor, engatei a primeira e comecei a seguir. No final da rua, percebi o que estava fazendo e como era impossível. Não podia confrontá-la, não novamente.

Teria de descobrir de outro jeito.

Desculpe, papai, era um filme longo.

Virei à direita e me dirigi para fora da cidade e, com o vento batendo no rosto pela janela aberta, ponderei pela primeira vez: *O que exatamente esperava descobrir?*

Uma hora mais tarde passei pelos portões da escola e estacionei diante da Selous. Naturalmente, a casa estava trancada.

Andei até a entrada do apartamento do sr. Craven. Não sei se ele ficou mais surpreso por me ver ou por eu o pegar com um cigarro na mão. Fiquei chocado, mas pensei que os professores tinham de ser humanos de vez em quando.

Disse-lhe que tinha esquecido um livro e deixado minha chave em casa, e ele me deu seu molho de chaves sobressalentes.

Lá dentro, o tilintar das chaves soava alto no corredor enquanto eu experimentava chave por chave. As palmas de minhas mãos estavam escorregadias. Por fim, a chave virou e a porta de Ivan se abriu. O quarto tinha pouca claridade e não era convidativo, como se soubesse que eu não devia estar ali.

Agora o quê?

Depressa. Ande depressa, antes que...

... Antes...?

Examinei cada gaveta, olhei entre todas as peças de roupa, debaixo de cada parte solta do assoalho. Olhei até na chaminé.

Nada.

Nenhuma chave da sala de rifles e nenhuma evidência que provasse que ele estava distante do modelo de líder dos alunos que fingia ser. Fiquei de pé no meio do quarto e suspirei, uma parte de mim se sentindo aliviada.

Como verificação final, olhei o lixo e encontrei exatamente lixo, e, frustrado, chutei a lata, que foi parar do outro lado do quarto. A lata fez um barulho alto enquanto os papéis se espalhavam por todos os lados. Arrependi-me imediatamente do gesto e me apressei em recolher os papéis, imaginando se alguém teria ouvido, se Ivan notaria a diferença. Foi com o último papel em minha mão, no entanto, que algo me fez parar e olhar para o que estava catando.

Um envelope.

Endereçado a Ivan.

Com um selo da África do Sul.

Nenhum problema em relação a isso, poderia ser da família dele. Mas notei o carimbo de Nelspruit, e seus pais estavam em Pietermaritzburg; não estavam em nenhum local perto do Transvaal.

O envelope tinha sido aberto de uma forma que me fez imaginar dedos frenéticos e ansiosos. Virei-o e os dados do remetente se destacaram numa caligrafia pesada e angular que eu já tinha visto antes.

MvH, Caixa Postal 3447, Nelspruit
Transvaal, África do Sul

MvH.

Mark van Hout.

Tinha de ser. Só poderia ser. Todo esse tempo...

Mergulhei de novo na lata de lixo, mas claro que a carta não estava onde pudesse ser encontrada.

Eu me desequilibrei, mais uma vez sem rumo. Meus olhos encontraram a coleção de carros de brinquedo que os meninos negros faziam com cabides e tampas de garrafas. Tinha aumentado no peitoril da janela de Ivan ao longo dos meses. Era como se os notasse pela primeira vez. Era possível comprar brinquedos como aqueles em qualquer lugar, na beira da estrada, por alguns centavos, mas aquilo era provável? Ivan?

Peguei um deles e me lembrei das crianças brincando na vila dos trabalhadores e senti um estremecimento.

Ouvi um barulho.

Lá fora, vi o sr. e a sra. Dunn andando entre as casas. Dunno olhou para cima, e eu dei um passo para trás depressa, para fora de seu campo de visão. Ele não me localizou e continuou caminhando, atravessando o gramado e indo em direção ao prédio da administração.

Saí da casa e me certifiquei de que ele não estava à vista antes de lhe seguir o rastro, parando antes do prédio principal da escola para verificar a sala de rifles. Usando minha própria chave sobressalente, abri o cadeado gigante e chequei o interior pela centésima vez. Tudo ainda estava em ordem: todos os rifles em seus lugares e em posição correta, todas as balas contabilizadas. Mais uma vez, eu me perguntei se afinal não teria simplesmente extraviado ou perdido as chaves, talvez Bully tivesse razão. Ou talvez eles estivessem apenas tentando me desestabilizar. Ou talvez...

... Talvez, talvez, talvez...

No frio da sala sem janelas, escorreguei para o chão, aflito, e repeti muitas vezes para mim mesmo que havia apenas meio período letivo à frente, lutando contra outra voz que me dizia que ainda havia meio período para suportar.

Mais passos. Levantei-me de um pulo e saí dali, e acabei de fechar o cadeado antes de a srta. Marimbo aparecer, descendo as escadas da sala de jantar. Ela estava a menos de meio metro de distância quando me viu espreitando junto à porta, levou um susto e deu um pequeno grito. Qualquer outro professor talvez tivesse perguntado por que diabos eu estava ali na folga do meio do período; a srta. Marimbo simplesmente se virou e andou na direção contrária, já começando a correr.

— Srta. Marimbo. Sou eu, Jacklin.

Ela sabia perfeitamente quem eu era, porém Robert Jacklin também era conhecido como amigo de Ivan, também era conhecido como membro da gangue. Já não tinha visto essa mesma expressão em tantos rostos ao longo dos anos?

Fui atrás dela. — Srta. Marimbo.

— Fique longe de mim. — Sua voz era alta e fina. Ela olhou em volta e percebeu que éramos as duas únicas pessoas à vista. — Estou avisando.

— Senhorita?

— O que você está fazendo aqui? Ele está com você?

— Quem? — perguntei sem hesitação.

A srta. Marimbo parou.

Tínhamos chegado ao prédio da administração. No andar superior, o sr. Dunn apareceu na janela da sala dos professores. Pareceu surpreso em me ver, naturalmente. A srta. Marimbo hesitou com uma das mãos na porta, visivelmente tranquilizada.

— O que você está fazendo aqui, Jacklin? — perguntou ela novamente.

— Ivan e eu — respondi — ... nós não somos mais amigos.

Ela pareceu mais relaxada.

— Não foi isso que eu perguntei.

— Eu vim procurar uma coisa.

— O quê?

O calor da tarde nos oprimia. Ambos estávamos cientes do olhar do sr. Dunn. A srta. Marimbo sorriu na direção dele e ele saiu da janela.

— Não tenho certeza — disse eu.

A srta. Marimbo começou a abrir a porta. Abriu a boca e, por um instante, pensei que ia me contar o que eu queria ouvir.

— Você é jovem — disse, em vez do que ia dizer antes — e eu acho que na verdade é uma pessoa decente. Ivan? Ele não é como você, e, se quer saber, sua amizade com ele sempre me surpreendeu. Termine seus exames, abandone este lugar, depois o esqueça e esqueça Ivan.

Ela começou a andar.

— Espere. — Segurei-lhe o braço e imediatamente o soltei. — Aconteceu alguma coisa? Ivan lhe fez alguma coisa? Por favor, eu preciso saber.

E, quando ela não respondeu:

— A senhorita pode fazer alguma coisa. Pode contar ao sr. Bullman. À polícia, até.

— Ninguém acreditaria em mim. Eu, uma mulher africana, a quem o sr. Bullman empregou como nada mais que uma empregada doméstica só porque tem medo de que o governo feche sua escola. Ele ainda me *trata* como uma doméstica.

— Mas a polícia...

— São todos da tribo *shona*. Eu sou *matabele*. Se soubessem que estou sob ameaça, ficariam felizes. A polícia e os soldados maltratam os *matabeles* o tempo inteiro e todos olham para o outro lado.

— Eles não fariam isso — era só o que eu podia dizer. — Eles são todos... vocês são todos...

— Negros? Africanos? Na África, isso não significa muita coisa. Por favor, vá para casa. — Ela entrou. — Se você realmente quer fazer alguma coisa, esqueça que frequentou esta escola e siga em frente com a sua vida. É o que eu farei.

TRINTA E QUATRO

— Seja o que for que você esteja fazendo, pare.

Meu peito arfava, por isso, para aliviar um pouco, fiquei olhando os jogadores. Era o último jogo do ano. Tinha esperado, durante toda a semana, uma oportunidade de encontrar Ivan sozinho sem estar realmente sozinho, e a beira do campo de críquete era o lugar perfeito. Tranquilos, professores e pais cercavam a quadra oval.

Ivan detestava críquete. Estava inquieto no banco, meio espantado.

— Sobre o que você está tagarelando agora, Jacko?

— Eu falei com ela.

— Ela quem?

— Você sabe quem.

Ivan se ajeitou, alongando a coluna num arco confiante.

— Meu Deus, pensei que você estivesse satisfeito. Não quero mais saber daquela garota, pode despejar a sua sujeira nela agora. Trepar com ela é uma merda de qualquer jeito, não que você saiba a diferença.

Lutei para manter minha voz controlada.

— Não estou falando de Adele. Falei com a srta. Marimbo.

— O que ela tem a ver com o que quer que seja?

Virei-me para ele.

— Ela está aterrorizada. O que você fez?

Ele estalou os dedos despreocupadamente.

— Marimbo precisava aprender a ter respeito. Expulsar-me da sala...? Esse tipo de coisa nunca aconteceria nos velhos tempos.

— Ela nem poderia ensinar numa escola como esta nos velhos tempos.

— Exatamente o que quero dizer. O que ela vai fazer em relação a mim afinal?

— Ela pode dar queixa na polícia. Eles teriam umas coisinhas a dizer sobre isso.

— Ela não ousaria.

— Aí é que você se engana, porque ela está pensando nisso. — Foi uma coisa estúpida de se dizer. Agora ele estava muito atento, mas isso me dava medo. Mais que isso, temia pela srta. Marimbo. — Você está na Idade das Trevas.

— Não seja tão ingênuo. A primeira regra da natureza é a desigualdade. O professor não inventou isso.

— Desigualdade no sentido de que somos todos diferentes, não no sentido que ele quer dar. Você não percebe como ele tentava torcer as coisas? — Ele bateu de leve em mim, com impaciência. Eu não tomei conhecimento. — E ainda tenta. Sei que ele tem escrito para você.

Ele parou.

— Parece que alguém quer participar de alguma coisa importante e andou espionando.

— O que ele tem dito a você?

— Cale a boca e escute, Jacko. Se alguém entendeu errado, foi você. Pergunte a qualquer um, todos nós pensamos da mesma maneira e queremos a mesma coisa. Você não é daqui, então como você pode saber?

— Eu não vejo mais ninguém lutando. Tanto quanto sei, você está sozinho, você e seus chimpanzés amestrados.

— Não comece a ficar insolente, *pommie*. — Ele se aproximou. — Você já passou por uma guerra? Hein? Claro que não. *Eu* passei. Todo este país passou, durante quinze anos. Quinze anos difíceis, porque quando se luta contra *kaffirs* não se está lidando com seres humanos, essa gente faz coisas que os *cachorros* achariam cruéis demais. As pessoas já estavam fartas da guerra, elas queriam poder respirar novamente, mas se você acha que desistiram de sonhar com o modo como as coisas eram... Se houver ao menos meia oportunidade de elas terem seu país de volta, você verá se elas não lutarão.

Em torno do campo, os espectadores espalhados, todos brancos e vestidos como em outro tempo, aplaudiram uma jogada. Bebiam chá e comiam bolo e dispensavam os empregados negros sem palavras.

— Vocês perderam a guerra, o seu país acabou. Ele é passado agora. O colonialismo é um ideal ultrapassado e nunca vai dar certo. Não se pode simplesmente fincar uma bandeira e reivindicar o direito sobre a terra de outros. — As palavras do meu pai na minha voz. — Aceite e siga adiante.

— Nunca. A guerra não foi perdida, chegou a um impasse, e, se nos tivessem permitido aguentar um pouco mais, os negros teriam lutado uns contra os outros até se matarem e ainda teríamos uma nação de alguma importância. Mas os ingleses tinham que interferir e agora temos um líder que arruinará tudo. Todas aquelas baboseiras que ele fala... Mugabe não se importa conosco nem com ninguém. Ele está atrás de duas coisas: dinheiro e poder. Poder e dinheiro. Ele colocará fogo neste país para conseguir as duas coisas. O professor disse.

— Como você pode acreditar nisso?

— *Porque ele já começou a fazer isso.* — Cabeças se viraram para olhar. Ivan nem notou. — Ele está tomando terras, ele está se intrometendo em nossa escola, ele está massacrando *matabeles*. Não me importa que ele mate negros, mas ele disse que vai expurgar os brancos também e vai fazer isso. Estou lhe dizendo, vai acontecer. O ódio de Mugabe não se dissipou simplesmente. Ele ainda está em guerra, só que ninguém consegue ver. Temos que contra-atacar ou estaremos fodidos. E não só nós brancos, todos que não agitam a bandeira dele ou que não lambem o rabo dele. Não estamos seguros até que ele e seu grupo sejam varridos.

Naquele momento senti como deveria ser estar no lugar da srta. Marimbo na noite em que Ivan a pegou.

— E isso significa quebrar cabeças em Zama Zama? — perguntei. Queria mantê-lo falando e esconder meu nervosismo. — As crianças da vila?

— Temos que contra-atacar. Você não percebe? Exatamente como o professor disse. Quero que você entenda. Eu esperava que talvez você entendesse. Você fazia parte disso, lembra? Você estava lá também.

Era verdade. Eu estava.

Não aguentava mais. Levantei-me e me afastei depressa. Ivan me acompanhou. Seu braço circundou meus ombros.

— Ei, vamos lá, Jacko. Eu nunca quis que a gente brigasse, você sabe.

Era um truque. Eu não disse nada, apenas continuei a andar.

— Espero que você não vá fazer nenhuma bobagem. Você não faria uma coisa assim. Além do mais, você também estaria encrencado, eu faria com que você se desse mal, e você acabaria desperdiçando aquele seu talento. Não o jogue fora.

Eu não sabia o que ele queria dizer.

— Vá embora. — Eu o empurrei.

— Ei, Jacko... Mano. — Um apelo sentido. — Não seja assim. Olhe, se eu magoei você, me desculpe, eu só estava um pouco chateado. Mas agora está tudo bem, os amigos são mais importantes que as garotas. Adele e eu rompemos. Vamos lá. Você ainda pode nos ser útil.

Eu, ser útil?

— Eu não me interesso mais por vocês. — Estávamos nos fundos do novo alojamento, vi baldes e latas de tinta e outros materiais de construção à nossa volta que haviam sido escondidos para a inauguração oficial. O que eu não via mais era o campo de críquete. Estávamos completamente isolados. — Todas as nossas brincadeiras... *Brincadeiras?* Não são brincadeiras, as coisas que fizemos são barbaridades. Cruéis. Nós odiávamos o que Greet e Kasanka e os outros costumavam fazer conosco e, no entanto, ficávamos felizes em fazer o mesmo. Não, *pior*. Não é certo e nunca foi. Temos que parar. *Você* tem que parar.

— Então eu vou parar. — Ele agitou os braços. — Tudo bem?

— Parar com tudo.

— Eu juro. Por tudo o que é sagrado. Senti falta de você, cara, todos nós sentimos.

Sorriu daquele jeito dele e, sem mais nem menos, eu acreditei nele. Não porque ele queria que eu acreditasse, mas porque estávamos sozinhos e eu tinha medo demais para não acreditar.

— Aperte. — Ele me estendeu a mão.

Hesitante, eu a apertei e, quando o fiz, houve uma mudança quase imperceptível. Seu sorriso se alargou.

— Você não ia realmente contar nada ao Bully, ia?

Levantei os ombros. — Talvez.

— Você ia desperdiçar seu fôlego. Ele está muito ocupado preparando a entrega de prêmios para amanhã. Aquele velho lamentável fará qualquer coisa para ter certeza de que não vão fechar a escola e a última coisa que ele precisa é de você se lamentando nos ouvidos dele.

— Por que isso é tão importante para você? Você odiava esta escola, que importa para você se eles a fecharem ou não?

Seus lábios se comprimiram.

— Você vai descobrir — respondeu. — Mas eu posso contar agora se você quiser, não é tarde demais. Temos mais um jogo para jogar.

Eu me soltei e me afastei.

Ele diminuiu a distância entre nós depressa. — Pense nisso. Tenho feito alguma coisa assim tão terrível? Eles tomaram meu país e minha casa, tudo o que estou fazendo é tentar sobreviver. As pessoas vão me agradecer um dia. Vou ser um herói. Você não quer participar disso?

Tentei passar por ele e ele agarrou minha camisa.

— Do que você está falando? — perguntei.

— Volte para o grupo. Participe de algo especial.

Nós nos olhamos durante o que me pareceram minutos. Sim, eu pensei. Poderia voltar e tudo poderia ser como antes.

— A verdade — continuou — é que, no que me diz respeito, você nunca saiu, percebe? Você é como nós, quer a vida que acha que devia ter, a vida que alguém tirou de você. O professor percebeu isso em você imediatamente, mesmo antes de sua mãe morrer. E não há nada de errado em querer. Por que não haveria de querer? É a sua vida. E sabe o que mais? Você pode fazer alguma coisa em relação a isso. Contra-ataque! Você pode ficar no controle, fazer acontecer. Nós somos seus únicos amigos, fique conosco e nós o ajudaremos.

Balançou a cabeça, querendo que eu o imitasse.

O mesmo velho Ivan. Ele nunca mudaria.

Forcei-me a olhar para o outro lado e o contornei.

— Esta é sua última chance, Bobby — gritou atrás de mim. — Fique com a gente que vai valer a pena, eu prometo. — E depois: — Vamos lá, deixe de ser tão irredutível. Depois de tudo o que fiz por você, o mínimo que você pode fazer é me retribuir um pouco. Você me deve. Klompie e Pitters... Eles são legais, mas você é melhor. Vamos lá, cara, eu preciso de você.

Andei mais rápido.

— Você está sendo burro, Jacko. Você finalmente vai poder fazer alguma coisa da sua triste imitação de vida *pommie*. Não vá arruiná-la agora. Bully nunca acreditaria em você de qualquer modo.

Então comecei a correr porque Ivan estava correndo também, seus pés socavam o caminho ermo que se tornava estreito e sinuoso. Um muro alto de um lado e uma cerca viva do outro — eu não tinha para onde ir. Por que tinha vindo para aquele lado?

Corri, em pânico, uma golfada de ar escapou de meus pulmões. As curvas eram implacáveis e o fim sempre fora de vista. Minhas pernas se esforçavam cada vez mais, mas um pesadelo virava realidade, e uma mão pesada apertava meu coração e o puxava para baixo à medida que a armadilha se fechava.

Então, felizmente, dois rapazes apareceram na curva. Saboreei o gosto do alívio.

— Ei! Vocês dois! Segurem esse cara! — Ivan gritou para eles. O latido de um líder de alunos perdendo o controle.

Corri mais depressa em direção a eles.

Então meus calcanhares se fincaram no chão, escorregando, tentando me impedir de ir adiante, ao mesmo tempo que Derek De Klomp e Sean Pittman entravam em foco.

Ivan vinha a toda. Virei e o vi tempo suficiente para perceber o comprimento da madeira de construção que ele agitava por trás da cabeça antes de o meu mundo escurecer.

A dor na minha cabeça me trouxe de volta do escuro. Estava sonhando com uma manhã nascendo e, quanto mais forte o sol ficava, maior a dor, por isso fiquei surpreso ao abrir os olhos e ver que era noite.

A lua aparecia nítida através da janela e me mostrava um cômodo que eu nunca vira. No entanto, instintivamente soube que estava no novo alojamento, numa das salas de estudo, eu sentia um cheiro forte de massa e tinta fresca. Também me dei conta de que meus pés e mãos estavam amarrados e que Ivan era o responsável por isso. Ele me acertara, eu fiquei inconsciente, ele me carregou até o esconderijo mais próximo e viria me pegar mais tarde. Eu sabia disso com total e absoluta certeza.

O que ele faria depois, porém, eu não saberia dizer.

Virei sobre as costas e mordi a corda em torno dos meus pulsos. O nó se desfez com facilidade; dava para imaginar que Klompie tinha ficado encarregado daquele servicinho. Lutando para me equilibrar, testei a porta trancada e depois fui até a janela. A tranca havia sido colada, mas eu consegui soltá-la e, então, pulei para o gramado.

Esperei, ouvidos atentos.

A escola estava sinistramente silenciosa. As luzes estavam acesas, portanto não podia ser tarde, porém, andando por ali, o lugar parecia uma cidade fantasma. Não vi ninguém. Tarefas? As casas estavam vazias, as salas de estudo também. Hora do jantar? Apenas os empregados da cozinha estavam no salão de jantar, limpando os vestígios da refeição.

Pelo canto do olho, vi alguém atravessando o gramado. Bully se movia com passos determinados em direção ao anfiteatro. Certamente havia convocado todos para irem lá para ele fazer uma declaração sobre o dia seguinte.

– Professor! – Ele não escutou. Corri, passando pelo salão de jantar, descendo as escadas. – Com licença, senhor!

Não fui rápido o bastante. Ele passou pelas portas e entrou nos fundos do anfiteatro. Encurvado de dor e sem fôlego no saguão do teatro, escutei todos lá dentro se levantarem, depois se sentarem, e depois a voz de Bully, rouca de cigarro, começar a falar.

– Amanhã – disse e, em meu pensamento, podia vê-lo de pé, ereto e rígido – será um dia muito especial no calendário escolar: o dia da entrega de prêmios.

Eu deveria ter entrado. Eu deveria ter irrompido portas adentro, feito uma entrada em cena e contado tudo a eles. Eles me escutariam e Ivan não poderia fazer nada.

— Como embaixadores da escola, seu comportamento e aparência serão impecáveis. Vocês serão exemplos ambulantes do tipo de aluno modelo que este estabelecimento de educação se orgulha em formar.

Mas não entrei. Alguma coisa me fez querer ouvir. Com a fascinação de alguém que assiste a um desastre, queria ouvir o que Bully tinha a dizer.

— Essas são as coisas que quero e espero, vocês me conhecem.

Fui para bem perto da porta e me encostei e, pela fresta estreita que abri, pude ver os rapazes ao fundo. Ivan estava lá com os outros monitores da escola. Empurrei a porta mais um pouco e pude observar Klompie e Pitters duas fileiras à frente.

— Mas apelo ao seu sentimento de dever e orgulho mais do que nunca, pois amanhã terá uma importância maior que todos os dias de entrega de prêmios do passado. Sim, é o trigésimo aniversário da escola e, sim, haverá também a inauguração oficial da Casa Mugabe, a maior declaração ao novo governo de nossa determinação de olhar para o futuro. O que verdadeiramente exalta a ocasião, porém, é a aceitação de nosso convite para inaugurar a casa pelo *próprio primeiro-ministro Robert Mugabe*.

Murmúrios excitados em todo o teatro.

A alguns metros de distância, vi Klompie e Pittman olharem em torno com sorrisos estranhos nos rostos. Ivan assentiu imperceptivelmente, um sinal secreto que ninguém mais notaria, e eles se viraram. Foi nesse momento, como quando uma nuvem pesada sai da frente do sol, que comecei a entender.

— Tenho certeza de que vocês podem compreender — a voz de Bully continuou, acalmando os murmúrios — por que eu não pude comunicar esses planos a vocês antes. A segurança tem que ser máxima, os auxiliares de nosso líder me orientaram a fazer esse anúncio o mais tarde possível e a promover um toque de recolher sob a vigilância dos soldados do próprio primeiro-ministro, que garantirão que nenhuma facção terrorista se aproveite do nosso convite tão importante. Eles estarão patrulhando o terreno da escola durante toda a noite. Sob nenhuma, absolutamente nenhuma circunstância, vocês devem ultrapassar a área interna. Os soldados têm ordens estritas para proteger a vinda do primeiro-ministro a qualquer custo, e eu os previno de que dificilmente eles farão perguntas primeiro.

Os murmúrios se tornaram um burburinho.

Ivan balançou a cabeça, circunspecto. Nenhuma daquelas notícias era surpresa para ele. Claro que não.

— A chegada de nosso convidado de honra está programada para as dez horas, e logo após ele dará início aos discursos e à entrega de prêmios. Os pais e oficiais do governo terão prioridade nos assentos, naturalmente, portanto todos os garotos das séries iniciais trarão cadeiras das salas de aula e se ajeitarão *organizadamente* no gramado. Os sextanistas que não vão receber prêmios ficarão no alto da galeria. O primeiro-ministro falará em segundo lugar, depois do líder dos alunos.

Ivan planejara isso. Ele e o sr. Van Hout planejaram uma maneira de atrair o primeiro-ministro para dentro da escola. Durante todos esses anos, pensei.

— Em seguida, o primeiro-ministro será convidado para tomar um café em minha casa, juntamente com o capelão e o decano.

Esperaram pacientemente. Fizeram planos juntos. Procuraram meios de realizar o sonho impossível.

— À uma hora, rapazes selecionados se reunirão para a inauguração formal de seu novo alojamento.

Conspiraram. Juntaram os pedaços. Esperaram.

E agora chegou a hora.

Temos que contra-atacar.

As palavras de Ivan fervilhavam à minha volta. Como as abelhas. Ferroando, sempre ferroando.

Se houver ao menos meia oportunidade de elas terem seu país de volta, você verá se elas não...

... As pessoas me agradecerão um dia, serei um herói...

... Você não quer participar disso? Klompie e Pitters... Eles são legais, mas você é melhor...

Suando, esbaforido, eu me afastei da porta cambaleando.

Um ronco fraco atravessou o vidro. Vi luzes perto do prédio da administração e três blindados Crocodile do exército entraram no estacionamento. Pararam lado a lado, e então muitos soldados com boinas vermelhas saíram deles com rifles. Eles acendiam cigarros e cuspiam. Um urinou no bueiro.

— Então agora você sabe.

As palavras fluíram suavemente.

Eu me virei e ele estava lá. Só ele e eu em extremidades opostas do saguão.

Alguns passos rápidos e ele estava junto de mim.

— Você poderia participar disso, mas virou as costas para nós.

— Você não pode estar levando isso a sério — respondi. — Assassinar Mugabe?

Ele avançou com a testa e meu nariz explodiu de dor. Um soco poderoso e eu estava no chão, tentando respirar.

— Cale a boca. Você é o único que pode se atravessar em nosso caminho, e eu esperei tempo demais para permitir que um *pommie* estúpido arruíne tudo.

Mas eu não era o único. Na verdade, não era.

Ele leu minha expressão.

— Acho que você e eu precisamos dar uma voltinha. Vamos fazer uma visita surpresa para a srta. Marimbo antes que ela abra aquela boca negra e feia. Vamos dar um jeito em vocês dois ao mesmo tempo.

Ele me agarrou pelos cabelos, mas neste exato momento as portas do teatro se abriram e de repente o saguão foi inundado de rapazes. Ivan me soltou e eu aproveitei a oportunidade, dei-lhe uma cotovelada e pulei para o meio da correnteza.

Quando arrisquei olhar, os outros dois tinham se juntado a Ivan. Eles me procuravam, seguindo minha pista. Comecei a correr e mergulhei na noite densa e quente.

— *Jacko! Corre, Jacko!* — berrou Ivan. — *Estou avisando, é melhor correr muito, porque nós vamos te pegar. Vamos te acertar pra valer. Você está morto.*

TRINTA E CINCO

Dirigia-me ao portão principal e para além dele, o mais longe que pudesse chegar, mas, mesmo a distância, o luar era suficiente para me mostrar a silhueta de uma barreira cerrada. A brasa vermelha do cigarro de um soldado brilhou.

Desviei da estrada e cortei por um terreno acidentado. Tropecei em pedras soltas e terra, depois dei um encontrão na cerca, que estava muito mais próxima do que tinha calculado. Mais acima, ouvi o som de um rifle sendo engatilhado.

— Epa! Quem vem lá? — disse uma voz áspera

Pulei para o outro lado da cerca e fui correndo em direção aos pinheiros.

Na estrada, corri pela faixa central até meus pulmões queimarem. Sentei-me junto à vala, chorando, ofegante. Não havia nem carros nem luz. Estava sozinho e a quilômetros de qualquer lugar. De qualquer lugar que não fosse aquele.

Uma voz então, e não era a de Ivan.

Esqueça que algum dia você estudou nesta escola e siga em frente com sua vida.

A srta. Marimbo.

Um vento leve, vindo não sei de onde, me envolveu e eu senti frio.

Olhos amedrontados através da fresta. Uma corrente mantinha a porta fechada.

— O que você está fazendo aqui?

Ela não sabia; eles ainda não tinham estado lá. Nunca me senti tão aliviado.

— Srta. Marimbo, a senhorita tem que sair daqui, não é seguro — disse eu. — Eu acho que ele... Acho que ele pode...

Ela sabia de quem eu estava falando.

Ouvi ruídos e olhei sobre meu ombro. — Pode não haver muito tempo.

Ela empalideceu. Deixou-me entrar e trancou a porta atrás de mim. Lá dentro, registrei vagamente a sala de estar vazia e as caixas empilhadas junto a uma parede.

Ela percebeu que eu olhava.

— Vou partir amanhã, assim que terminarem os discursos. Não posso esperar o fim do ano letivo.

— Não, vá agora — disse eu. — Não é seguro.

Ela olhou para o corte no meu rosto. — O que aconteceu?

— Muitas coisas. Não posso explicar tudo agora, mas Ivan acha que a senhorita pode ir à polícia contar o que ele lhe fez. — Ela me olhou aterrorizada, e eu me odiei. — Eu contei a ele que nós conversamos. É minha culpa, foi uma estupidez. A senhorita pode nos levar de carro para fora daqui?

— Para onde? Há soldados cercando tudo, o diretor avisou que não devemos...

— Por favor. Imediatamente.

A srta. Marimbo estava atordoada, querendo e não querendo compreender.

Contei-lhe o que sabia.

— Ivan planeja matar o primeiro-ministro amanhã.

Não riu nem me contestou, tampouco pediu para que eu repetisse.

— Está certo — disse simplesmente, por fim. — Vamos agora.

Houve um estalo forte contra a janela e a cortina estufou para dentro da sala. A srta. Marimbo deu um salto e, franzindo a testa, olhou a cortina e, depois, os pedaços de vidro no chão, mas eu já tinha entendido. Antes que pudesse avisá-la, soou mais um estalo e dessa vez a pedra bateu na luminária do teto. A lâmpada explodiu.

A srta. Marimbo gritou. Agarrei-a pela mão, puxei-a para a cozinha e nos tranquei lá dentro, apagando as luzes. Empurrei a mesa contra a porta como barricada enquanto chutavam com força a porta da frente.

Empurrei a janela.

– Aquele é o seu carro?

A srta. Marimbo fez que sim. Tirou as chaves de um gancho na parede.

– Saia e ligue o carro. Rápido.

– E você? – Ela hesitava.

Uma pancada forte na porta da cozinha. A mesa foi forçada para dentro e, por um momento aterrorizante, o rosto de Ivan surgiu. Saltei e fiz com que ele desaparecesse e lutei para que a barreira voltasse ao lugar.

A srta. Marimbo já estava a meio caminho para fora.

– Robert.

– Vá.

– Mas...

– *Agora!*

Ela desapareceu com um soluço, e, longos segundos depois, o motor foi ligado. Os faróis inundaram a cozinha. Com um último empurrão, saltei, me espremi pela abertura e rolei no chão. O carro gemeu, depois o grito da srta. Marimbo suplantou o barulho do carro. Pittman estava no lado do carona batendo na porta enquanto Klompie tinha conseguido abrir a porta do lado do motorista e estava invadindo o carro.

Sem pensar, mergulhei sobre Klompie, forçando-o contra o chão. Ele agitava os braços enquanto eu o imobilizava com o rosto voltado para baixo. Pittman pegou uma pedra e mirou o para-brisa.

Estiquei meu pé e chutei a porta do carro, que se fechou.

— *Saia daqui!*

A srta. Marimbo não precisava de aviso. Com um rápido movimento, deu ré e dirigiu depressa por uma brecha estreita entre as árvores, deixando Pittman banhado pela luz ofuscante dos faróis, balançando a pedra no vazio. Mais parecendo um palhaço, ele rodopiou e desabou no chão.

Agora o carro estava na estrada. A srta. Marimbo acelerou e os pneus afundaram no terreno. Acima de mim, Ivan estava debruçado na janela. Sem olhar para trás, disparei pelo único caminho possível e não parei até pular a cerca que marcava o limite da escola, longe das luzes do carro que se afastava e de volta à segurança da savana.

A noite me espreitava. Sentia que estava andando havia horas, minhas pernas doíam e queimavam.

As estrelas se encobriam a intervalos de segundos e as nuvens brilhavam como prata enquanto uma batalha devastava o céu. Murmúrios zangados soavam a distância. Não tinha certeza do destino que deveria tomar, mas precisava parar e pensar, portanto o instinto me dominou e me pôs a caminho dos penhascos. Precisava também de abrigo, pois a chuva começava a cair, súbita e pesada.

Entrei debaixo da pedra que se projetava perto do despenhadeiro. No começo, maldisse a tempestade que me obrigava a ficar ali, mas no fundo ela me reconfortava. Sentia-me seguro, o som da tempestade era tranquilizador. Enquanto continuasse, tinha certeza de que eles não me caçariam, portanto afundei mais para baixo do granito e me deitei com a cabeça na terra.

O sono era intermitente e, no meu sonho, vi que a srta. Marimbo tinha conseguido escapar e tinha divulgado a notícia, de modo que, quando voltei para a escola, estava tudo terminado. Soldados e policiais estavam por toda parte. Ivan e Klompie e Pitters tinham sido presos e o primeiro-ministro estava a salvo. E eu fui recebido como herói. Depois o sonho mudou e a srta. Marimbo *não* havia conseguido escapar, então eu tinha de voltar às escondidas, passar pelos soldados e colocar Ivan fora de combate. Só que não conseguia achá-lo. Ouvia a comitiva do primeiro-ministro se aproximando cada vez mais e, embora tentasse com todas as forças avisá-los, as fileiras de alunos e professores e pais na capela permaneciam imóveis e surdos como se fossem manequins. Pareciam não me enxergar. Gritava com eles, os sacudia. Não faziam nada. E então o primeiro-ministro estava lá, atravessando as enormes portas do fundo com todos os seus guarda-costas ao redor. A luz atrás dele era tão forte que não se via o rosto, uma aparição engolida pela silhueta.

Snap, o som do ferrolho de um rifle ecoou.

Klompie estava no altar apontando a arma para a nave.

Snap.

Pittman, no púlpito, com a coronha do rifle apoiada na bochecha.

Snap.

Ivan, subitamente ao meu lado, pronto para atirar.

Meus olhos se abriram de repente para a semiobscuridade anterior à aurora. A chuva tinha passado, o ar estava pesado e parado. Era cedo demais até para os passarinhos.

Saí de onde estava.

Fazia séculos que não ia aos penhascos — aquele era o território *deles* — e toda a área parecia de algum modo diferente, menor.

Lembrei-me da noite em que salvara Klompie, do dia de Nelson e o escorpião... Há tanto tempo. Podia ter sido noutra vida. *Era* outra vida, eu tinha sido tantas pessoas diferentes.

Eles obviamente ainda usavam o lugar, porque havia trechos no chão onde haviam feito fogueiras. Depois percebi as marcas na casca de uma árvore, todos os nossos nomes e uma data. Peguei uma pedra e comecei a bater na árvore, querendo apagar todos os sinais, passados e presentes, de que eles haviam existido e de que eu tivera alguma coisa a ver com eles.

E então parei. A pedra escorregou dos meus dedos.

Alguma coisa escondida entre os arbustos.

Nada importante; apenas montes de terra com poucos centímetros de altura. Eles não existiam ali antes, eu tinha certeza. Pareciam fora de lugar porque alguns tinham por cima grama ou plantas que não cresciam em nenhum outro lugar, enquanto outros estavam completamente sem vegetação.

Apenas privadas, disse a mim mesmo. Ivan nunca gostou que as pessoas cagassem perto do acampamento.

E depois há as crianças que não voltam.

A luz se insinuava e formas emergiam do escuro. De repente, aquele era um lugar muito ruim para estar.

Aproximei-me devagar da primeira fila de montes de terra e de um dos mais recentes e sem nada plantado em cima. Não queria tocá-lo, então quebrei um pedaço de galho e comecei a raspar por cima dele. Quando retirei um pouco da terra, o galho entrou com facilidade e continuou a entrar até que encontrou resistência. Uma pedra? Muito macio. Quase elástico. Cutuquei em volta até atingir a parte debaixo do que quer que fosse aquilo, e então usei o galho como alavanca. O topo do monte respirou, mas o que estava lá embaixo era pesado demais para meu pedaço de pau e, à medida que eu fazia mais força, alguma coisa cedeu e uma sensação de ruptura chegou às minhas mãos. Um cheiro rançoso atingiu meu nariz.

Soltei o galho imediatamente e cambaleei. Caí. A savana de repente voltava à vida: os pássaros acordavam e gritavam e batiam as asas. Olhei-os lá no alto, uma agitação de formas contra o céu pálido e me perguntei de que males eles estariam fugindo e o que teriam visto no passado.

Recobrando minhas pernas, corri.

O soldado devia ter estado me vigiando o tempo todo enquanto eu me esfalfava no alto da cerca, tentando soltar minha camisa porque, assim que toquei o chão, saiu de trás das árvores. Segurava o rifle Kalashnikov numa das mãos, na outra tinha um pedaço de cana-de-açúcar que mordia e rasgava com os dentes. Os botões do uniforme estavam quase todos abertos e seus olhos estavam vermelhos. Senti cheiro de álcool quando ele cambaleou.

– Quem é você? – perguntou. – O que está fazendo?

Levantei as mãos. – Eu estudo na escola. Sou um aluno.

– O que você está fazendo? – repetiu, cuspindo pedaços de cana. Ele me deu uma estocada com o cano do rifle. – Hoje é o dia do primeiro-ministro, você está invadindo, *murungu*.

– Não, eu...

Ele segurou a arma com as duas mãos.

Minha garganta fechou.

– Sou aluno. Eu estava só indo... dar uma corrida. Não sabia que não podia andar por aqui. – O dedo dele hesitou no gatilho e minhas palavras ficaram truncadas. – Desculpe, eu não sabia, eu realmente peço desculpas. Por favor.

Ele parou de mastigar. Acreditou em mim, mas isso não significava nada e enfiou a coronha do Kalashnikov debaixo de minhas costelas. Desabei com um gemido.

Rindo, ficou por cima de mim para me aplicar uma segunda coronhada quando uma voz trovejou através do campo de atletismo.

— Que diabos você pensa que está fazendo? Deixe o rapaz em paz.

Dunno avançava em nossa direção, os lábios tão apertados que haviam desaparecido.

— Você pode perfeitamente ver que ele é inofensivo. Se você tocar mais um dedo nele, vou providenciar para que seja denunciado por más intenções.

O soldado apontou a arma para ele.

— Ele não devia estar aqui. Temos ordens de proteger o primeiro-ministro. Afirmo que ele está errado. *Você* está errado.

— E eu afirmo que você não passa de um bandido uniformizado — disse o sr. Dunn.

— Eu sou veterano da guerra. Eu lutei por este país.

— Com tipos como você em posição de autoridade, Deus que nos ajude. E não aponte esta coisa para mim. — Dunno afastou o rifle com um tapa.

O soldado tinha de fazer alguma coisa. Para meu alívio, ele recuou e foi embora com um resmungo impaciente e uma expressão de desdém.

Dunno me ajudou a levantar.

— Obrigado, senhor — consegui dizer.

— Não me agradeça, você é um completo idiota. Mas *esses* tipos... — disse com raiva. — Você sabe que tem sorte de estar vivo. De que diabos você pensa que está brincando? E a essa hora? — Ele notou a minha roupa. — O que você esteve fazendo, rapaz?

Esforcei-me para achar palavras. — Eu encontrei... Acho que há... Senhor, eu preciso lhe contar uma coisa. É importante.

Mas sua atenção já não estava voltada para mim. Seus olhos estavam vidrados nas costas do soldado que caminhava devagar.

— Isso vai ter que esperar — respondeu.

— Senhor, eu...

— Eu já disse, agora não. Fiquei acordado a noite toda e não estou disposto a ouvir. Não depois do que aconteceu.

— Aconteceu? — Eu não estava gostando daquilo. — Tem a ver com Hascott, senhor?

— *Hascott?* Do que você está falando, rapaz? É a srta. Marimbo — disse ele, retesando a mandíbula. — Aquela pobre mulher. Eles disseram que ela não parou, que tentaram sinalizar para ela. Disseram que ela estava dirigindo agressivamente e que eles estavam apenas cumprindo ordens. Ela estava tentando *sair*, pelo amor de Deus, não entrar.

Cada palavra era um soco forte.

— Esses bastardos sujos... Eles atiraram nela. Eles a assassinaram. E o governo vai passar por cima disso como se nunca tivesse acontecido. Estou lhe dizendo, alguém deveria atirar nele. Se esse é o tipo de jogo que o primeiro-ministro joga, então ficaremos melhor sem ele.

TRINTA E SEIS

Comecei a chorar. Enquanto Dunno falava, fui-me sentindo subjugado por aquilo tudo, abaixei a cabeça e gritei. Não sabia mais o que fazer.
Parecia que Dunno também não.
– Rapaz? Você está bem, rapaz? – perguntou.
Queria lhe contar tudo, mas, quando tentei, parecia que havia agulhas espetando o fundo da minha garganta. Não conseguia falar. Meus joelhos dobraram.
O sr. Dunn me segurou e me conduziu, quase me carregando, à sua casa e depressa me entregou à esposa para que tomasse conta de mim, enquanto ia tentar lidar com a confusão. A sra. Dunn tinha o mesmo tipo de caráter que o marido, mas também era mãe há uns vinte anos e ainda tinha instinto materno.
– Não se preocupe, meu rapaz – disse, enquanto me deitava numa cama. Eu estava atordoado. Dormente. Não via nada. – Você é o Robert, não é? Você parece estar em péssimo estado, Robert, mas ficará bem. Foi um grande choque. Tente dormir um pouco.
– Vão cancelar a entrega de prêmios? – grasnei, surpreendendo-a. – A senhora acha que vão impedir que ele venha? Ele não deve vir depois do que aconteceu, não é?
A sra. Dunn me olhou, franzindo a testa. O brilho do sol nascente que entrava pela janela não era capaz de suavizar a expressão endurecida.

— É um dia importante — retrucou — para o diretor *e* para o primeiro-ministro. Ambos têm muito a ganhar. Não creio que nenhum dos dois permitiria que algo assim os detivesse.

E então se virou.

— Você parece cansado. Que pena. Tente descansar um pouco, está bem?

Era muito fácil.

Deitado ali no quarto de hóspedes dos Dunn, fixando o teto sem cor, disse a mim mesmo que não havia nada que eu pudesse fazer. Estava fora das minhas mãos. Além do mais, era o que eles queriam, não era? Os brancos, os *matabeles*... Então talvez fosse o melhor, realmente. E se Mugabe fosse realmente tão mau quanto diziam e não o grande homem que meu pai insistia em dizer que era? Seus soldados tinham matado a srta. Marimbo sem pensar duas vezes, então provavelmente tinham matado para ele uma porção de outras pessoas inocentes no passado, como Ivan nos contou que haviam matado e continuariam a matar no futuro.

Afinal, aquele não era o meu país, então que diabos eu sabia? Tudo o que tinha a fazer era ficar ali deitado e não fazer nada, deixar as horas passarem. Qualquer que fosse o resultado, para um lado ou para outro, tudo estaria acabado. E não teria nada a ver comigo.

Senti o caroço na cabeça, os arranhões e os machucados pelo corpo. Fechei os olhos querendo apenas passar para o outro lado, mas, debaixo do abrigo, encontrei Ivan.

Ivan na loja de bebidas.

Ivan nos penhascos.

Ivan num beco escuro com Greet inerte, sangrando a seus pés.

Ivan na vila dos trabalhadores.

E, então, eu estava sonhando e estava na capela ao lado de Ivan com o primeiro-ministro vindo em nossa direção. Dessa vez,

Ivan não mirou. Em vez disso, estava entregando o rifle – o *meu* rifle, do clube – para mim e, quando o peguei, disse, sorrindo e balançando a cabeça: – Klompie e Pitters, eles são legais... mas você é *melhor*. Eu preciso de você...

O som de uma bala ecoou e eu me retesei bruscamente. Soou novamente – *crac* –, mas eram apenas os frutos do jacarandá estourando à medida que o calor aumentava. Havia outro ruído ao mesmo tempo e, quando olhei para fora, para os campos de esportes, vi carros.

A manhã tinha avançado e as pessoas estavam começando a chegar.

TRINTA E SETE

Gosto de pensar que houve um momento na vida de Derek De Klomp em que ele refletiu sobre tudo o que estava prestes a fazer e reavaliou sua participação. Se realmente o fez, foi quando estava de pé, sorrindo, orgulhoso, no estacionamento dos carros com seus parentes e me viu atravessar correndo como um ladrão em direção à casa. Parei, e, naquele instante, houve um lampejo de incerteza quando uma total compreensão se estabeleceu entre nós dois. Não arrependimento, exatamente, ou culpa, mas o genuíno medo de alguém que se encontrava num lugar para o qual havia se dirigido por vontade própria, mas do qual, agora que estava lá, não gostava. E não havia saída, e ele sabia disso.

Sua tia o virou para ajeitar-lhe a gravata, e o instante passou. Ele levantou a cabeça em minha direção mais uma vez, embora a expressão de marginalidade e aversão que Ivan lhe ensinara tivesse voltado.

Agora todos começavam a perceber o estado em que me encontrava. Completei minha corrida até a casa enquanto a família De Klomp se reunia ao fluxo que ia em direção à capela.

Chamei um pirralho no dormitório dos mais novos enquanto eu vestia um uniforme limpo.

– Onde está Hascott?

O pirralho sacudiu a cabeça: não tinha visto Ivan durante toda a manhã.

Através da janela de minha sala de estudos, cheguei o desenrolar da procissão. Os De Klomp ainda estavam à vista, mas Klompie tinha se separado deles e rapidamente contornava o fundo das quadras de tênis em direção à nova casa, olhando constantemente por sobre o ombro.

A distância, ouvi a sirene da comitiva do primeiro-ministro.

Sabia que Klompie só poderia ser o reserva. O substituto. O tiro em último caso, se as coisas não corressem conforme o planejado. Era muito burro para desempenhar qualquer outro papel. Simplesmente ficar parado, esperar Robert Mugabe se aproximar da fita de inauguração e então puxar o gatilho. Nem um macaco conseguiria errar daquela distância.

Não creio que Klompie pensasse que ia realmente precisar dar o tiro, ou, talvez ele esperasse que simplesmente tudo estivesse terminado antes de os figurões chegarem perto dele. Quaisquer que fossem as razões, obviamente não lhe ocorrera que, tendo pisado num monte de poeira de cimento lá fora, deixaria um rastro de pegadas que me levaria pelas escadas diretamente à cadeira que ele havia usado para subir ao sótão. O fedor de cigarro me alcançou imediatamente. Ele não tinha nem ao menos se preocupado em fechar a entrada depois de subir.

Esgueirei-me para cima. Ele estava acocorado sobre as vigas, sem nenhum conforto, a arma apoiada na parede. Sua linha de visão era através das aberturas de ventilação. Mesmo com apenas a cabeça e os ombros dentro do sótão, pude sentir imediatamente o calor. Klompie tinha de enxugar o suor e manter a franja afastada dos olhos e, quando percebeu que eu estava ali, apertou os olhos várias vezes para se certificar de que não estava tendo visões.

— O que você está fazendo aqui, Jacko? — Parecia preocupado. Depois, zangado: — O que está *fazendo*?

Saltou. Sua cabeça fez um barulho oco ao bater na viga mestra, acima, e ele foi direto para baixo. A arma escorregou e também caiu, e eu, me esticando, agarrei a extremidade do cano.

Já era tarde demais quando ele percebeu o que estava acontecendo, e, com mãos nervosas, tentou pegar a coronha. Lutamos por algum tempo pelo controle da arma, e, por um momento terrível, vi seus dedos agarrando-a perto do gatilho, mas eu consegui chutá-la, e, quando ele tentou recobrar o equilíbrio, seu pé escorregou e furou o teto.

Ele olhou como um idiota para o que tinha feito. Inacreditavelmente, mesmo em se tratando dele, ele empurrou o outro pé para baixo para tentar se soltar e fez o buraco ficar ainda maior. Seu rosto se desfez numa expressão de completo desalento enquanto ele afundava até a cintura.

— Ei, cara...

Suas roupas estavam enganchadas e rasgadas e, portanto, ele não conseguia subir ou descer. Estava indefeso. Preso numa armadilha. Como um vilão de um filme na areia movediça, ele arfava e se debatia, enquanto eu descarregava a arma, retirando o pente.

— Você está doido, De Klomp — disse eu, na verdade sentindo pena dele então. — Você deixou Ivan convencê-lo a se meter numa coisa da qual você jamais poderia sair impune.

Ele grunhiu: — Nós sabíamos que nunca sairíamos ilesos disso, seu idiota. Não a princípio. Mas talvez um dia, quando os nossos retomarem o poder...

Ele riu de mim.

— E, mesmo que eles nos matem, seremos heróis.

— Isso é tudo mentira. Como você pode acreditar nisso?

De repente ele parou de se contorcer e olhou direto para mim. Porque se tratava de Klompie, a sinceridade e a inteligência de sua resposta me surpreenderam.

— Se você estivesse diante de Hitler com uma arma, não apertaria o gatilho? Por que não? Eu lhe digo: porque você é um covarde. Você é um covarde que nem pertence a este lugar, não é um de nós. Você não compreende.

Por um momento, não fiz nada, apenas olhei, depois joguei o rifle contra a parede.

— Por que você não se manda de novo para Pommieland? — rosnou. — Este é o nosso país.

Desci.

— Este é o Ivan falando.

— E se for? — gritou às minhas costas. — Ele está certo. E o sr. Van Hout está certo também. Não consegue perceber? Os *kaffirs* vão destruir nosso país. O mentiroso não é Ivan. É *Mugabe*. *Ele* é quem tem que ser detido. Ele nos destruirá a todos.

De dentro da sala de estudos, apenas as pernas de Klompie eram visíveis. Ele começou a chutar.

— *Não!* Você não pode. Você vai estragar tudo. *Tudo*.

— Se alguém vai estragar alguma coisa, é Ivan. Estou apenas tentando endireitar as coisas.

Mas posso dizer que isso nunca aconteceu: eu *realmente* estraguei as coisas, arruinei tudo.

Mancando um pouco, corri para fora, em direção à capela. O sino havia começado a tocar, eu tinha de me apressar.

TRINTA E OITO

Os carros do primeiro-ministro tomavam toda a frente do prédio da administração. Sabia que ele estava no gabinete de Bully porque seis guarda-costas estavam postados em torno do prédio enquanto outros três estavam nas escadas. Rapazes e pais e professores atendiam ao chamado do sino e entravam na capela.

Os guarda-costas começaram, nervosos, a abrir caminho. O primeiro-ministro devia estar pronto. Havia apenas cerca de dez metros até a entrada da capela e a área era muito exposta. Ivan e Pitters deviam estar lá dentro.

Forcei passagem aos empurrões e entrei por uma das portas laterais. Um quarto dos bancos já estava ocupado, enquanto os sextanistas se posicionavam no alto, na galeria. Olhei com cuidado. Onde eles estariam? Atrás de mim, o coral já havia tomado todos os lugares disponíveis em torno do altar, os únicos assentos vagos pertenciam a Bully, ao primeiro-ministro e à sua comitiva.

Onde eles estariam?

O sr. Hodgson entrou e se sentou diante do órgão. Depois de alguns segundos, o imponente conjunto de tubos ganhou vida, e o sr. Finklater precisou vir até mim para dizer que eu parasse de andar para cá e para lá e subisse para a galeria. Os pais me olhavam como se eu fosse dar um aviso.

Andei devagar, ainda examinando os rostos. O prelúdio do sr. Hodgson continuava e era difícil não notar sua execução ligeiramente errática porque ele sempre se orgulhara de sua perfeição. Aquilo me distraiu, e vi o rosto do sr. Hodgson franzir e se agitar à medida que as notas fugiam de seus dedos. Na verdade, era uma nota específica, e, cada vez que a tocava, olhava para cima, para os tubos culpados.

Alguma coisa estava errada. Alguma coisa, pensei, ou alguém?

O sr. Finklater fez um movimento para me agarrar, mas fui mais rápido, disparando através do altar para a porta da sacristia. O coral me olhou, um pouco confuso, quando passei. Nunca tinha subido até onde ficavam os tubos do órgão. Se me pegassem lá, era expulsão imediata. Concluí que isso não tinha mais importância.

Os degraus eram estreitos e íngremes; quanto mais alto subia naquele cômodo sem luz, mais forte era a vibração da música.

Pittman me esperava no alto, surgindo como um fantasma. Ele me agarrou e me puxou para cima e me jogou para o interior do cômodo dos tubos. Bati contra o metal fixo e escorreguei para o chão. À frente, pude ver a arma de Pittman estendida.

– Ivan nunca devia ter confiado em você. – Chutou minhas costelas. – De que adianta ser um exímio atirador, se você não passa de um *pommie*?

Ele se jogou sobre a minha coluna e me deixou sem ar nos pulmões. Então me virou e se debruçou sobre mim.

– Espero que ele fique só ferido e que morra lentamente.

Tentei empurrar seu rosto para longe do meu. Ele enterrou os dentes na minha mão. Com um impulso violento, empurrei a mão para a frente, de tal modo que meu dedo entrou fundo e arranhou sua garganta, e ele saiu de cima de mim com os olhos esbugalhados. Emitiu um som de quem ia vomitar, enquanto rapidamente eu me virava para a frente e engatinhava. Eu só via a arma. Tudo o que precisava fazer era pegá-la.

Pittman veio novamente para cima de mim.

Agarrei o rifle com as duas mãos, puxei depressa o ferrolho sem ele ver e girei. Pittman parou, o cano da arma pressionando seu estômago.

— Acabou, Pitters — disse eu, por cima da música.

— O que você vai fazer? Atirar em mim? — Ele agarrou o cano e fincou debaixo do queixo. O gatilho estava perigosamente apertado contra meu dedo. — Vá adiante: atire! Faça isso.

Eu, naturalmente, não fiz nada.

— Você é tão veado, Jacko. Você nunca executaria o serviço. Eu sabia disso. Você pode ser bom, mas só consegue acertar quadrados de papelão no estande de tiro.

Deu um soco que pegou do lado do meu rosto. O fogo irrompeu.

Um segundo golpe, e o mundo desapareceu. Meus olhos reviraram.

Socorro...

Só conseguia pensar nas palavras enquanto minha boca balbuciava algo vago e incoerente.

Por favor...

Mesmo que tivesse gritado, ninguém teria ouvido e, enquanto uma nuvem escura descia sobre mim, percebi movimentação na capela principal. O som das portas principais. Ouvi uma onda passar pela congregação, da frente para trás e, pelas pequenas brechas entre os tubos do órgão, vi cabeças se virarem e corpos se levantarem. O sr. Mugabe tinha entrado e avançava pela nave da capela.

E ali, bem na extremidade do último banco no fundo, estava Ivan, olhando com mais atenção que a maioria e com um sorriso nítido nos lábios.

TRINTA E NOVE

Ele provavelmente salvou a minha vida. Essa foi a ironia.

Quando entrou, o sr. Mugabe inadvertidamente fez com que Pitters corresse de volta para a sua posição em vez de acabar comigo. Talvez Pitters tenha achado que já havia feito o bastante ou que Ivan saberia de algum modo que ele não estava levando adiante sua tarefa. De qualquer modo, o sr. Mugabe me salvou ao se tornar o alvo.

O órgão soou mais alto, uma composição musical poderosa e heroica que tenho certeza de que o primeiro-ministro insistiu para que fosse tocada. Ele não era um homem alto, de fato ficava diminuído pelos gigantes que vinham atrás, seus guarda-costas. E, embora isso fosse verdade, havia algo que tornava impossível ignorá-lo. Vestia um terno cinza-claro impecável e andava devagar, em seu próprio ritmo, o rosto erguido e resoluto, olhando por trás daqueles óculos de lentes semelhantes a telas de TV para o mar de rostos majoritariamente brancos.

O que todos pensavam? Em retrospecto, muitas vezes me perguntei isso. O que quer que fosse, ele retribuía os olhares com a ternura sem hesitação que só tínhamos visto nos cartazes, na televisão, nos jornais. Quase paternal. Ele era um aliado, o olhar dizia. O protetor. Anteriormente um inimigo do governo branco, era verdade, mas agora igualmente amigo tanto de negros quanto de brancos. Não tinham nada a temer porque ele não pretendia fazer mal algum,

Fora das sombras

desejava o bem para eles e para o país. Já havia se passado mais de sete anos do fim da guerra, portanto certamente já podiam perceber isso.

Pittman podia ver tudo o que se passava, olhando por cima do cano da arma, apoiado num joelho como um soldado. Mugabe crescia cada vez mais em sua mira. Ele tinha campo livre, poderia atirar a qualquer momento, mas queria estar seguro. Também queria fazer bonito. Deixaria que Mugabe chegasse bem à frente, se virasse, encarasse a congregação, e então...

— Pittman.

Pitters piscou como se saísse de um sonho: teria ouvido alguma coisa?

Baixou a arma.

Virou-se para mim, ou para onde havia me deixado. E depois, ao se dar conta, para onde eu realmente estava, logo acima do seu ombro. Seus olhos se arregalaram com uma surpresa genuína, a boca formou um O silencioso. Rapidamente, mais rápido do que supus que fosse capaz, ele se mexeu para retomar a posição de tiro, mas meu braço já estava em movimento e fez um arco no ar, seguido de uma parada abrupta.

A cabeça de Pittman bateu contra a parede. Ele rosnou como um animal ferido, puxou o gatilho, caiu e finalmente desabou para a frente sem resistir.

No chão, cabeça curvada, o primeiro-ministro desenhou rapidamente, com uma das mãos, o sinal da cruz no peito.

Pausa.

Depois ele se levantou, tendo cumprido seu dever de católico diante do altar. Bully o conduziu ao seu lugar.

Atrás dos tubos do órgão, curvei minha cabeça e olhei para a bala que ainda estava em minha mão. Se Pittman tivesse me visto retirá-la da câmara, teria sido necessário apenas um movimento rápido do ferrolho, para trás e para a frente, para posicionar a nova bala. Mas ele não tinha percebido e, com aqueles segundos de tempo extra, consegui retribuir o favor e salvar a vida do sr. Mugabe.

Puxei o rifle de baixo do corpo inerte de Pittman, retirei o resto da munição, danifiquei o percussor e deixei Pittman lá, para que acordasse quando fosse a sua hora, em qualquer que fosse o pesadelo que encontrasse.

Esgueirei-me pela porta da sacristia e arranjei um espaço na extremidade da área reservada ao coral, ajeitando minha camisa e minha gravata e limpando meu rosto. Os rapazes que ali estavam me olharam, mas não disseram nada, enquanto Bully levava adiante a programação.

– ... e, naturalmente, é com extremo prazer e gratidão que recebemos hoje nosso estimado convidado...

Cheguei para a frente e arrisquei uma espiada em Ivan. Seu rosto estava franzido, com uma expressão de impaciência, enquanto olhava para cima na direção dos tubos do órgão. Seus lábios se moviam silenciosamente.

Vamos lá, vamos lá...

Seus olhos desceram e deram comigo e devia estar escrito em mim, porque ele pareceu entender exatamente o que acontecera. Seu rosto se transformou, mas, pela primeira vez, não tive medo. Estava me libertando.

Sua boca se tornou uma linha dura e reta.

– ... e sei que falo por todos aqui quando digo que estamos verdadeiramente agradecidos, primeiro-ministro, porque o senhor conseguiu tempo no que sei que deve ser uma agenda extremamente ocupada e importante...

Por um momento, Ivan pareceu perdido. Como se o mundo estivesse fugindo de seu controle. Mas então, devagar, o canto de sua boca começou a se levantar novamente e toda a incerteza havia desaparecido. Tentei fingir que isso não estava acontecendo, mas podia *sentir* que era real. Minha autoconfiança baixou. O que ele poderia fazer?, eu me perguntei. Não havia mais ninguém.

Havia?

O sorriso de Ivan era amplo. Por uma última vez, ele parecia saber o que se passava na minha mente e abriu o casaco o bastante para deixar à mostra a coronha da pistola automática que trazia no bolso, certamente a mesma que ele e eu tínhamos disparado um milhão de vidas atrás em sua fazenda. Ele a conservara, a roubara do seu velho... Planejara esse dia por um tempo longo demais para permitir que lhe escapasse.

– ... então, sem mais demora, vou chamar agora o líder dos alunos, Ivan Hascott, para dar início aos discursos e oficialmente dar as boas-vindas ao nosso convidado especial.

Bully se afastou para o lado e puxou os aplausos.

O primeiro-ministro descruzou as pernas e se levantou.

Ivan ajeitou o casaco contra o corpo, abotoou-o e passou os dedos pelos cabelos.

Não tive tempo de pensar. Nem tenho certeza se foi uma decisão consciente ficar de pé num salto e andar para a frente, eu simplesmente fiz isso.

Bully foi o primeiro a notar minha aproximação e sua expressão de repente mudou muito, algo entre surpresa e extrema contrariedade, mas ele continuou a bater palmas porque os guarda-costas do primeiro-ministro não perceberam nada, nem o próprio sr. Mugabe, que olhava para mim com o braço estendido. Pude ver que Bully se perguntava o que fazer em relação àquilo, mas a situação ultrapassou qualquer possibilidade de conserto quando aceitei a mão estendida do sr. Mugabe.

Seus dedos envolveram os meus, seu aperto era firme e, quando assumiu o controle do movimento, empurrando meu braço para baixo sutil, mas firmemente, notou o estado das minhas roupas e do meu rosto. Ainda assim, sua atitude foi resoluta e, sem largar minha mão, sob aplausos, falou.

– Ouvi muitas coisas boas a seu respeito – disse suavemente.
– Disseram-me que você é filho de fazendeiro.

Balancei a cabeça.

Ele se inclinou mais e prendeu minha mão entre as suas, sorrindo. E eu estremeci.

No fundo da capela, um grito encheu o ar. Inicialmente suave, foi ficando mais alto. Os aplausos foram diminuindo até se ouvir apenas o grito, saindo das profundezas do inferno de Ivan.

Todos se viraram.

Ivan corria pela nave da capela, uma mão metida no casaco, enquanto ressoava a palavra:

— *Nããão!*

Aproximava-se depressa, agressivamente, gritando. Minha boca ficou seca, e, involuntariamente, dei um passo à frente do sr. Mugabe, mas agora os guarda-costas tinham se lançado à ação e fecharam um círculo apertado em torno de Ivan, antes que ele tivesse ao menos a chance de mostrar a arma. Eles o agarraram com mãos rudes e conseguiram levá-lo depressa de volta para fora das portas principais sem que os pés dele tocassem o chão.

O tempo todo Ivan gritava e chutava e berrava.

— *Tirem suas mãos sujas de mim. Me larguem. Vocês não percebem? Me ponham no chão, seus negros...*

A saída foi fechada e sua voz, cortada. Ouviu-se o barulho de um tumulto, o berro de um dos guarda-costas, depois mais nada.

Um murmúrio encheu gradualmente a capela. Robert Mugabe alisou o terno, me dispensou e voltou para o seu lugar. Conseguiu passar a impressão de que nada havia acontecido, mas eu flagrei lançando para Bully um olhar chamejante, de derreter pedras.

O sr. Bullman começou a suar.

— Senhoras e senhores. — Ele levantou as mãos, tremendo visivelmente. — Por favor, senhoras e senhores, está tudo sob controle — disse, porque ele achava que estava.

Eles o arrastaram pelas escadas da capela abaixo, através do gramado queimado de sol e para longe. Quando consegui sair da capela, já não estavam mais à vista. Só soube onde estavam por causa dos olhares incrédulos dos novatos.

Corri atrás deles, sem saber o que faria, mas precisava ir até lá.

Atrás da biblioteca, encontrei dois dos guarda-costas acocorados enquanto um terceiro estava deitado na terra, arfando e segurando a virilha. Ele gemia e gritava e os outros dois gritavam em resposta. Nenhum deles parecia preocupado com Ivan, só eu fiquei, ao vê-lo atravessar correndo os campos de esporte de baixo. Estava fugindo.

Continuei a perseguição. Ele não foi longe, porém, porque um soldado veio correndo de outra direção e interrompeu sua fuga. Obrigou Ivan a se ajoelhar no meio do gramado. Quando cheguei até eles, vi que era o mesmo soldado que tinha me confrontado mais cedo, e que também já me golpeara com o Kalashnikov, ao despencar do que quer que tivesse fumado para uma espiral de paranoia.

– Abaixem-se! Abaixem-se! – Suas mãos não sabiam para quem apontar a arma. Então ele pareceu se lembrar do meu rosto e se fixou em mim. – Faça o que eu estou mandando!

Obedeci sem hesitar.

– Ele tem uma arma – tentei explicar.

O soldado parecia confuso e dividia sua vigilância entre nós dois. Ivan agarrou sua chance.

– Ele está mentindo. *Ele* é que tem a arma. Ele tentou matar o primeiro-ministro.

– Não, o mentiroso é ele. Examine os bolsos dele se você não acredita em mim.

– Não acredite nele. Veja, estão todos atrás dele.

De um para o outro. E para o outro. No fim, o soldado me escolheu e gritou:

— *Estou de olho em você.*

— Não. Não sou eu...

— Vou *atirar*. — Levantou o Kalashnikov. — Vou atirar e vou te matar.

Ivan começou a se levantar.

— *Vocês dois*. Fiquem parados.

— Mas eu sou inocente. — Ivan levantou as mãos. — O cara certo está ali.

— Estou avisando.

— Mas...

— Pare!

Ivan se virou para mim. — É tudo culpa sua. — Furioso, deu um passo, ficando entre mim e o soldado. — Eu já podia ter feito tudo.

Atrás dele, o soldado deu um pulo para me manter na sua mira.

— Por que você me impediu? — Ivan pôs um dedo na minha cara. Era tudo outra artimanha? Não, a zanga era verdadeira, ele não fingiria aquilo.

— Saia da frente — ordenou o soldado.

Ivan o ignorou.

— Bem, eu não vou desistir. Tenho que fazer isso. Tenho que voltar e acabar com ele. Você não percebe? É o que todo mundo quer — disse. Respirou fundo e depois o sorriso voltou. Deu a piscadela típica de Ivan Hascott, e vi sua mão entrando no bolso. Seus dedos envolveram o metal. — Mas primeiro este estúpido *kaffir* merece um buraco na cabeça. Você não acha?

Ele se virou rapidamente.

— *Não!* — berrei.

A bala atingiu o soldado com força suficiente para derrubá-lo, os braços girando. O Kalashnikov voou. Ele não estava morto, porém, e virou de bruços e começou a se arrastar, os olhos saltados, emitindo sons curtos e arquejantes.

Ivan estava de pé junto a ele. Ao longe, na borda do campo, percebi pessoas correndo, se aproximando.

— Viu? *Os kaffirs* são estúpidos demais. Se ele fosse branco, eu estaria morto agora, sem dúvida.

Apontou a arma para a parte de trás da cabeça do soldado e se preparou para atirar.

Realmente não tenho certeza se me lembro de ter pegado o Kalashnikov do gramado, só que ele estava nas minhas mãos com fumaça saindo do cano. O eco de uma explosão soava em meus ouvidos e Ivan cambaleava para trás como se algo invisível o puxasse.

Ele me olhou estupefato com mil e uma perguntas no rosto. Depois olhou para o pequeno buraco no ombro de sua jaqueta. Um segundo mais tarde, um pequeno ponto escuro apareceu no tecido azul, e foi se expandindo lentamente.

— Que... — a dor começava a se insinuar nele — merda é essa?

Minha cabeça girava. O metal do Kalashnikov era quente e frio nos meus dedos.

— Não posso permitir que você faça isso — disse eu.

— Mas... — Ele fez uma careta. A pistola pendia frouxamente da extremidade de seu braço sem vida, ele a agarrou com a mão esquerda e a sacudiu para reforçar sua ideia. — Você não entende? Depois de tudo o que eu lhe contei?

— Sim, eu entendo. Entendo tudo. Você é que não entende.

Ele deixou minhas palavras penetrarem nele, depois torceu a boca e apontou a pistola diretamente para mim. Eu podia ver dentro do cano. Era profundo e preto. O suor escorria para dentro dos meus olhos.

— Eu quase o admiro, Jacko. Mas você está lutando do lado errado.

— Não há lados. Não mais. Você não percebe que o que está fazendo é completamente errado? — perguntei. E me lembrei do que um amigo, chamado Nelson Ndube, tinha me dito uma vez. — As guerras deveriam existir para pôr um *fim* no que está errado, não para criar um novo erro.

Sua cabeça balançou de um lado para outro. Ele segurou com mais força o cabo da arma e a manteve firme.

– Estúpido bastardo *pommie*.

Um segundo tiro perfurou o ar.

Tropecei, esperando sentir dor, mas não senti. Olhei para cima e era Ivan quem vacilava sobre os pés. Sua boca estava muito aberta. Ele piscava devagar, olhando para mim, embora eu ache que ele descobriu antes de mim o que estava acontecendo, um brilho de tristeza se afogando em raiva pura e frustrada. Porque isso é o que sempre existiu: raiva, sem lugar para onde canalizá-la.

– Você... – começou ele.

O guarda-costas gritava à medida que investia. Ivan girou a arma naquela direção, o guarda-costas se abaixou e deu outro tiro. Ivan dobrou nos quadris e um jato vermelho espirrou das costas de sua jaqueta. Agora só havia descrença nele. Ele se virou, mal controlando o corpo, mas conseguindo ficar de pé.

– ... Você...

O guarda-costas se preparou novamente, um olho fechado, mas sua arma estalou inofensivamente com a câmara emperrada.

Ivan mirou em mim.

O Kalashnikov saltou em minhas mãos e a bala final penetrou o tórax de Ivan. Ele caiu para trás e aterrissou no chão como se estivesse na etapa sentada de um exercício abdominal, com as pernas esticadas e os braços caídos ao lado.

A cabeça balançou para a frente, murcha.

– Você devia ter me deixado agir – sussurrou. – Você vai ver.

Depois não houve mais palavras, apenas um estranho gargarejo quando sua cabeça abaixou e seu queixo foi se aproximando mais e mais dos joelhos até que, por fim, parou. Depois disso, ele não se mexeu mais. Nem mesmo quando me levaram do campo para um carro que esperava. No que me diz respeito, ele ficou lá para sempre, curvado diante do guarda-costas alto, a franja levemente agitada pela brisa repentina que, de todo jeito, não lhe proporcionava alívio.

ZIMBÁBUE
HOJE

QUARENTA

Agora a escola está fechada.

Já sabia. Não houve surpresas quando saí da estrada principal e entrei no caminho que conduzia à escola e encontrei a corrente pesada que pendia do portão como uma gravata desleixada. Mesmo assim, levei um longo tempo para sair do carro.

Fale sobre sua época de escola.

Minha mulher, meus amigos, meus colegas me pedem. Aquela bala que me destaquei ao evitar.

– Aqui está – poderia responder pela primeira vez. – Este é o lugar.

E desci do carro debaixo de enormes nuvens de verão.

A corrente chacoalhou uma ameaça vazia quando escalei a cerca, mas, no alto, o passado voltou numa espiral e, no momento seguinte, eu escorregava para o outro lado, dedos arranhando o metal, numa nuvem de poeira.

Jacko! Um grito soou quando toquei o chão. *Corre, Jacko! Estou avisando, é melhor correr muito, porque nós vamos te pegar. Vamos te acertar pra valer. Você está morto.*

A escola está fechada agora, mas isso não tem nada a ver com o que aconteceu então, com o que fizemos.

Quando os guarda-costas se apertaram contra mim no banco traseiro daquele carro, o convidado de honra já tinha terminado seu discurso e inaugurado o novo alojamento, como planejado. Depois o levaram embora – em abençoada ignorância, tenho certeza – e duvido que ele tenha pensado de novo sobre aquele dia quando retornou à sua vida ocupada de trabalho como primeiro-ministro, depois presidente, depois tirano e opressor. O fechamento de escolas (pois Haven não ficou de modo algum sozinha) fez parte dessa vida e foi notícia internacional, uma entre tantas tristes e sádicas histórias de Mugabe em sua determinação de destruir esse país abandonado. Gritos que não são ouvidos – um país pega fogo, mas ninguém enfrenta as chamas.

Você deveria ter me deixado agir...

Apoiado contra a cerca, procurei em volta alguém ali vigiando. Ninguém. Só eu e um monte de fantasmas.

Virei-me e fiquei de frente para a estrada vazia, uma visão que evocava tantas emoções, boas e ruins, do passado. Aquelas emoções não existiam mais para mim. Um alívio: na verdade, eu não era mais o garoto que fora um dia. Com certeza.

Andei pela estrada em torno da escola. O calor saltava do asfalto em ondas e parei para tirar as botas e as meias úmidas de outro hemisfério e continuei descalço, exatamente como fazíamos quando crianças na África. Por toda parte, o capim rodeava os edifícios como um mar faminto.

Os campos de esportes de baixo se abriam à minha esquerda. Além deles, lá longe, em algum lugar debaixo das copas das árvores mais altas, a savana escondia os penhascos, assombrados para sempre pelas covas rasas que foram descobertas ali, entre elas a de Nelson Ndube. Aparentemente, tudo obra de algum maluco da vila vizinha, ou ao menos essa havia sido a conclusão da polícia preguiçosa. Mas eu sei.

Eu sei.

O sol desapareceu sob nuvens cinzentas, as áreas escuras se expandiram e se tornaram uma só.

Você devia ter me deixado agir, a voz reapareceu. *Você vai ver.*

A voz *dele*, alcançando-me e agarrando exatamente como sempre tinha feito, obrigando-me a fazer coisas que eu sabia que não queria fazer. Por um momento terrível, pensei que o via, como o tinha visto tantas vezes em meus sonhos. Eu não podia continuar. Não ia dar certo.

O pavor tomou conta das minhas pernas e desabei na beira da estrada.

Não tenho noção de quanto tempo fiquei desse jeito antes de o velho passar lentamente por mim numa bicicleta que rangia e gemia, como se cada volta do pedal pudesse ser a última. Impassível, olhou para o homem branco e pálido (e meio cobiçosamente para as botas a meu lado) antes de balançar e parar sem elegância.

– *Eweh! Shamwari.* O que foi?

A voz era severa, mas as linhas de seu rosto o entregavam. Estava apenas curioso. Coçava a cabeça de cabelos ralos e os grandes olhos castanhos nadavam num mar amarelo de velhice. Olhos tristes e cansados. Nenhuma febre de eleição neles. Em alguma outra época, talvez, mas não mais.

Quando não achei uma resposta, pensei que ele prosseguiria seu caminho, mas eu era muita coisa para ele ignorar. Eu era um *murungu*. Um homem branco. O que um tipo como eu estaria fazendo ali? Não era seguro.

Com um cuidado comovente, arranjou um lugar para a bicicleta e se sentou perto de mim. Notei suas roupas: calça de flanela, camisa, colete e casaco de tweed, apesar do calor. Tudo tão velho e muito além de seus melhores dias, porém ele espanava salpicos de poeira como se não visse o desgaste que cobria cada peça como uma erupção cutânea. Não estava calçado, provavelmente porque não tinha sapatos. Senti o cheiro de fumaça de lenha e o odor rançoso de corpo.

Ele me olhou e deu um sorriso de falhas e gengivas.

– Meu amigo. Você está derramando muitas lágrimas, você deve estar muito infeliz. Por que você está se sentindo tão infeliz?

Fiquei comovido. Gostei dele.

Limpei as lágrimas que não tinha percebido que estavam ali, depois peguei uma pedra e me concentrei nela.

– Eu estudei nesta escola. Há muitos anos.

– Ah! É mesmo? – Ele recebeu a informação com alegria. – Mas esta escola era muito, muito boa. Os professores eram muito, muito bons. Você é um homem de sorte. Você tem roupas boas e um bom relógio. Você tem sorte. Acho que esta escola foi boa para você.

– Digamos apenas que eu não saí daqui com as notas que deveria ter tido.

– Há muito mais coisas relacionadas com a educação além do que o que acontece dentro da sala de aula.

Aprumei o corpo.

– É verdade, *shamwari* – disse eu. – É verdade.

Não se dando conta da importância do que dissera, seus olhos se moveram por minha pele branco-azulada.

– Você veio de longe, portanto eu acredito que goste muito daqui. Você é jovem. Não pode ter sido há tanto tempo, você deve se lembrar bem daqui.

– Bem até demais. – Atirei a pedra e ela deslizou na grama. – Você trabalha aqui perto?

Ele riu.

– *Shamwari*, não há trabalho aqui. O Velho acabou com ele. Ele mentiu e pegou tudo para ele. O homem branco pode ser acusado de muitas coisas, mas o Velho também tem culpa. Mugabe foi *tsotsi*. *Mambara*. Porque ele foi um ladrão descuidado que roubou nossa esperança — lamentou-se ele. — E agora eu sou um velho também, os braços e as pernas estão muito, muito lentos agora.

O vento farfalhou entre as árvores. Um trovão rugiu a distância.

— As chuvas da tarde estão chegando e eu não quero molhar o meu casaco novo — anunciou. — Minha mulher não vai gostar. Minhas namoradas também não.

— Nunca é bom aborrecer a mulher da gente. Eu já aborreci a minha muitas vezes. E a minha filha.

— Ah! Uma filhinha. Quantos anos?

— Vai fazer três no mês que vem. — Com uma saudade dos ausentes que eu tive prazer em sentir, eu lhe mostrei um retrato de cachos louros e bochechas com covinhas.

— Eu conheço isso! — exclamou ele. — Conheço esse orgulho que um pai sente por uma filhinha como esta. Eu tive *sete filhas*!

O sorriso se tornou mais cheio, mais intenso. Era o tipo de sorriso de alguém que se maravilhava com um pôr de sol: um momento privilegiado e prazeroso quando você tem uma visão tão bela que não quer perder nunca, sabendo que vai perder.

— Agora eu não tenho nenhuma. Este país... — Devolveu a foto, cuja luz tinha se apagado para ele. — Não é um país para gente jovem, pois não deixa as pessoas envelhecerem. Eu sou velho, mas sou um homem de sorte. Meus filhos... Agora só restou meu único filho. O nome dele é Tuesday. Ele é meio cego. Eu rezo para que ele enxergue apenas a metade dos maus espíritos que nos cercam aqui.

As lágrimas já estavam voltando porque eu sabia o que ele diria então.

— Meu nome é Weekend. — Ele me estendeu a mão áspera.

Eu a apertei e a segurei com força como se contivesse nossas lembranças comuns, e minha vontade era não soltá-la mais.

— Sim — disse eu. — Sim, é.

Mas não podia dizer que o conhecia, do mesmo modo como não podia contar a ninguém sobre o meu tempo de escola e o que tínhamos feito então e o que *eu* tinha feito.

Então me levantei e lhe dei adeus e o vi subir com dificuldade na bicicleta, não antes de lhe dar o meu relógio e as minhas botas e todo o dinheiro que tinha no bolso. Talvez isso seja errado, mas nunca retribuí o que ele me deu durante todos aqueles anos passados, e foi muito o que recebi.

Ele se afastou pedalando de um modo desajeitado. Fiquei espiando e deixei os primeiros pingos baterem no asfalto à minha volta antes de contornar a esquina em direção à Selous House.

Ignorei a chuva e fiquei em pé debaixo do olhar daquelas janelas de venezianas. Não houve sinal de reconhecimento nelas. Nenhum tipo de emoção. Tudo isso existia em mim, me atormentava como o enxame que uma vez me deixara tão perto do limite. O suor picava meu couro cabeludo.

Achei outra pedra.

Não me causou prazer ouvir o estilhaçar do silêncio e ver dois pedaços de vidro desaparecerem dentro da minha antiga sala de estudos, mas havia uma espécie de satisfação. Minha saída daquele lugar tinha sido um momento sem voz, não houve um grito angustiado nem mesmo um olhar de raiva para trás quando me levaram embora, e não pronunciei uma palavra durante a minha prisão. No final, tiveram de me soltar: tinha ajudado a salvar a vida de um soldado, muito obrigado, siga o seu caminho e esqueça. Isso foi o que disseram que fariam. Mas desde aquele dia até quando finalmente saí do país para viver como estrangeiro na Inglaterra, nunca me senti inteiramente só: fumaça de cigarros em carros estacionados, passantes vestidos de maneira esquisita, estranhos com um olhar intencional... Ivan – meu amigo – chegara com uma arma à distância de uma cusparada do primeiro-ministro, portanto não acredito que tenham parado de me vigiar, ansiosos por proteger o seu líder corrupto.

— Ali está um grande, grande homem — dissera meu pai quando nos dirigíamos a Haven School, no primeiro dia. — Ele deu liberdade ao povo; que conquista pode ser maior que essa?

Mas não se pode dar liberdade. Liberdade tem de ser descoberta.

O vento soprava agora, a chuva estava forte.

Você devia ter me deixado...

A voz que tem me acompanhado sem piedade por mais de vinte anos.

Levantei o rosto e deixei a chuva me lavar e, de repente, eu tinha quinze anos de novo, na aula de história, com um professor chamado sr. Van Hout perguntando:

— Se eu o pusesse diante de um homem, pressionasse o metal frio de uma arma contra a palma da sua mão e o mandasse apertar o gatilho, você o apertaria...?

Ao contrário de então, eu tinha uma resposta.

— Sim.

Porque eu já o tinha feito e por isso Ivan estava morto.

Mas o país para onde eu tinha voltado era quase irreconhecível, um mero remanescente que se retorcia num pântano de perseguição e corrupção, de raiva e ódio, de morte, miséria e doença. Famílias são destruídas pela fome e pela Aids e por doenças evitáveis todos os dias. Gangues aterrorizam o interior impunemente, intimidando as pessoas — negros e brancos — e os expulsando de suas casas. Enquanto isso, no topo, homens e mulheres importantes ainda estão sentados vendo tudo isso acontecer à sua volta, camaradas que construíram uma posição de privilégio obsceno para si e sugaram a vida de uma nação onde antes havia abundância.

E tudo, em última instância, herança de um homem.

E então, eu estava certo?

Ou deveria ter deixado Ivan agir?
Deveria?
Deveria?
Era uma pergunta para a qual esperava obter a resposta, só que ela não estava ali, e eu percebi, naquele momento, que *nunca* a obteria. O que já era uma resposta.

— *Se eu o pusesse diante de um homem, pressionasse o metal frio de uma arma contra a palma da sua mão e o mandasse apertar o gatilho, você o apertaria?*
— *Não, senhor.*
— *Tem certeza?*
— *Claro, senhor. De maneira alguma!*
— *E se eu então lhe dissesse que tínhamos voltado no tempo e que o nome dele era Adolf Hitler? Você atiraria então? Atiraria? Atiraria?*
Eu gostaria de perguntar a ele: — *Por quê?*

Quando olhei de novo, a chuva tinha parado e a cor de carvão do céu dava lugar ao azul.
Escutei com atenção.
A porta da Selous acenou, mas não fui até lá. Intuí que não haveria necessidade e me virei e andei na direção contrária.
Os campos de esportes estavam vazios. Naquele instante, a sombra desapareceu deles e um sol quente pesou nas minhas costas.
Prestei atenção novamente e não ouvi nada ainda. Ivan tinha ido embora.
Por entre as árvores que escondiam a vila dos trabalhadores, vi alguém se mexer e imaginei que talvez fosse Weekend. Levantei o braço, mas já estava sozinho novamente, dando adeus para rostos que não estavam mais lá, num silêncio que há muito tempo não ouvia.

Quando atravessei a escola de volta, de repente notei que as coisas não eram bem como eu as recordava. Ela era menor, claro, e estava desmoronando em alguns lugares. Mas a estrutura ainda era sólida. Era um terrível desperdício, mas, ao mesmo tempo, vejo esperança, pois talvez algum dia as coisas sejam diferentes e a escola possa reabrir. A história – o *curso* da história – nunca está determinada.

Cheguei ao portão, escalei-o e liguei o motor do carro. Dirigi devagar, sem olhar nenhuma vez pelo retrovisor, entrando e saindo das sombras, pela estrada ladeada de salgueiros e para além dos enormes pilares de pedra em que está gravado o nome da escola.

No final, virei para oeste em direção ao sol africano que se suavizava. As nuvens de tempestade tinham ido embora e eu ia ao encontro de um céu cambiante de cores maravilhosas e improváveis.

Impresso no Brasil pelo
Sistema Cameron da Divisão Gráfica da
DISTRIBUIDORA RECORD DE SERVIÇOS DE IMPRENSA S.A.
Rua Argentina 171 – Rio de Janeiro, RJ – 20921-380 – Tel.: 2585-2000